BLOEMKOOL UIT TSJERNOBYL

W0280904

Roman Helinski

Bloemkool uit Tsjernobyl

EEN VADERGESCHIEDENIS

2014 Prometheus Amsterdam

Voor mijn vader en moeder

Eerste druk februari 2014
Tweede druk september 2014

© 2014 Roman Helinski
Omslagontwerp b'IJ Barbara
Foto omslag Gine Seitz/Plainpicture/HH
Foto auteur Sacha de Boer
www.uitgeverijprometheus.nl
ISBN 978 90 446 2559 2

Dites-moi d'où il vient
Enfin je saurais où je vais

Un jour où l'autre on sera tous papa
Et d'un jour à l'autre on aura disparu

– Stromae

Proloog

Hij staat voor de grote wereldkaart die een van de muren van mijn woonkamer bedekt. Ogenschijnlijk verzonken in de gekleurde vlakken op de kaart. In zijn hoofd vaart hij over de helderblauwe zeeën, bedwingt hij gebergten met sneeuw op de toppen. Hij kijkt naar een wereldkaart, maar wat hij ziet, is een film waarin hijzelf een glansrol speelt.

Vanuit de keuken staar ik een poosje naar hem. Dan loop ik op hem af en leg mijn hand op zijn schouder.

'Ah! Daar ben je...' zegt hij en hij drukt zijn wijsvinger tegen Oeganda, het donkergroene land in het oosten van Afrika, doorsneden door de evenaar.

'Kijk, zo ga ik.'

Met zijn vinger trekt hij een lijn dwars over de Atlantische Oceaan, zo naar Amerika, Chicago.

Stad van de maffia in grijze films.

'En dan ga ik zo.' Zijn vinger, die een beetje trilt, glijdt over de kaart naar de westkust van Amerika.

'En dan omlaag.'

Mexico, Guatemala, Peru, dwars door de Andes. Hij schuift helemaal door tot het zuiden van Argentinië.

'Vanaf daar vlieg ik terug naar Oeganda.'

Even kijkt hij me aan, zo trots heb ik hem zelden gezien. Hij zegt: 'Ik ben een moderne James Bond.'

I

1

In de deuropening verscheen mijn vader, terug van weer een reis. Een grote tas die op knappen stond op zijn rug.

Ik vloog hem om zijn nek en drukte een kus op zijn ruwe wang. Wanneer hij een paar dagen van huis was, schoor hij zich liever niet. Hij keek me aan, glimlachte met zijn hele gezicht. Die lach verdween toen hij moeizaam zijn enorme rugzak tegen de muur zette.

Mijn moeder omhelsde hem. Ze huilde.

'Rustig maar,' fluisterde hij. 'Geen reden tot paniek.'

Zijn reis was dit keer naar Bulgarije gegaan, naar de hoofdstad Sofia. Op de wereldkaart had hij aangewezen waar dat lag. Dicht bij Polen, waar een groot gedeelte van onze familie woonde. Hij ging voor een congres van zijn werk. Daarvoor moest hij wel vaker op reis. In de week dat hij weg was, belde hij een paar keer naar huis. Een krakende lijn, meestal werd de verbinding halverwege het gesprek verbroken. Mijn moeder vond het maar niets dat hij zo ver weg was, en dat hij ook nog eens mijn verjaardag miste, die precies in deze week viel. Op de dag dat ik zes werd, ontplofte in de Sovjet-Unie een kerncentrale. Een ramp die de hele wereld in zijn greep hield omdat het een nieuw soort ramp was, een waarvan de gevolgen op korte en lange termijn niet duidelijk waren. Bovendien was het een ramp waaraan we zelf schuld hadden. Veel mensen waren op slag dood, maar het grootste probleem was de straling. Daarvoor was iedereen bang. In plaats van mijn verjaardag te vieren, brachten we de hele dag naast de telefoon door. Mijn moeder draaide wel twintig keer het nummer van mijn vaders hotel en zelfs van de ambassade in Bulgarije. Tot 's avonds laat zat ze in de woonkamer en wachtte; ze wachtte op een bericht dat niet kwam.

De derde dag belde hij zelf.

'Wat een ontploffing!' riep hij door de telefoon, zo hard dat ik het ook kon horen terwijl mijn moeder de hoorn tegen haar oor hield. 'Boem! Heel de lucht dagen achter elkaar asgrauw.'

Mijn moeder luisterde een poosje zonder wat te zeggen, toen vroeg ze met beverige stem: 'Dus je weet het zeker, de wind stond gunstig?' Op haar gezicht tekende zich opluchting af.

De reden dat we hem niet hadden kunnen bereiken was dat het congres was afgeblazen en hij van de gelegenheid gebruik had gemaakt door net buiten Sofia in te trekken bij een oud vrouwtje op de boerderij. Ze onderhield daar een klein hostel.

'Een buitenkans!' juichte mijn vader toen hij veilig en wel bij ons op de bank zat. 'Het Bulgaarse platteland, stel je voor.' Op een zwart-wittelevisie had hij vernomen dat de overheden in het Oostblok vreesden dat de oogst besmet was. Onder geen beding mochten groenten van het land worden gegeten. 'Eeuwig zonde,' zei mijn vader nu. 'Zo veel goede groenten, granen en mais. Prima in orde natuurlijk. Voorzorgsmaatregelen van een overheid die het ook niet goed weet. We hebben de mooiste bloemkool geplukt en daar gewoon soep van gemaakt. Smaakte geweldig.'

Met grote ogen keek mijn moeder hem aan. 'Je bent gek.'

'Allerminst, mevrouw,' antwoordde hij en hij maakte een buiging. Na die buiging gaf hij mij mijn verjaardagscadeau. Het voetbalshirt van Bulgarije, wit met groen. Nummer tien. Toen hij het uit zijn tas haalde, zag ik een opgevouwen vliegtuigdekentje liggen. Mijn moeder zag het ook. 'Heb je er weer eentje meegenomen?' vroeg ze.

Mijn vader knikte tevreden. 'Voor de collectie.' Onder het dekentje lag een bloemkool.

'Nee Roman!' riep mijn moeder boos. 'Dat meen je niet. Denk maar niet dat ik daar een hap van eet.'

De dagen hierna vertelde mijn vader aan iedereen die het horen wilde, en ook aan mensen die dat niet per se wilden, dat hij een bloemkool mee had gebracht uit Tsjernobyl. De mensen geloofden het, want mijn vader kon overtuigend vertellen. Mij probeerde hij hetzelfde verhaal wijs te maken, maar voordat hij was vertrokken had hij op de wereldkaart aangewezen waar hij heen zou gaan. De ramp waarover iedereen het had, was op een heel andere plek.

Hij maakte diezelfde week soep van de bloemkool. Mijn moeder weigerde er inderdaad van te proeven en verbood mij ook een hap te nemen, wat ik op aandringen van mijn vader, toen ze even weg was, natuurlijk toch deed. En toegegeven: het was heerlijke soep.

In ons dorp noemden ze hem de gekke Pool. Misschien omdat hij gestudeerd had en met moeilijke woorden sprak. Woorden waar de meeste dorpelingen nog nooit van hadden gehoord. Wanneer hij zich bijvoorbeeld niet goed voelde, zei hij: 'Mijn metabolisme is niet op orde.'

Het is vreemd hoe het gaat met herinneringen. Door de

tijd heen is mijn vader uiteraard veranderd: hij heeft grijs haar gekregen, is krommer gaan lopen, is trager geworden in zijn bewegingen, maar wanneer ik aan hem denk, zie ik steeds hetzelfde beeld voor me: in zijn overall, onder de modder omdat hij in de tuin aan het werk is. Met zijn donkergroene laarzen, waar aan de onderkant de gedroogde modder in dikke plaggen aan is blijven hangen. Zijn haar is kort en bruin, grijzend bij de slapen. Hij heeft stug, dik haar: de kapper van zijn geboortedorp had hem gezworen dat hij nooit kaal zou worden. In mijn herinnering heeft hij stoppels en lacht hij zijn te gele tanden bloot. Hij was een kop kleiner dan mijn moeder, maar ze mocht van hem gewoon hakken aantrekken als ze daar zin in had. Zo'n vrouw was ze niet: mijn moeder dirkte zich alleen voor belangrijke feesten op, dan straalde ze helemaal. Ze had halflang bruin haar en donkergroene ogen waar een beetje geel in dreef. Wanneer het feest was, droeg ze eenvoudige jurken die haar leuk stonden. De vader van een vriendje zei eens: 'Jouw moeder mag er wezen.'

Mijn vader verdiende zijn bijnaam 'de gekke Pool' niet. Ten eerste was hij niet echt gek en ten tweede was hij niet echt Pools. Mijn vader was een goede man, een beetje te goed soms. En hij had belangrijk werk. Mensen met belangrijk werk zijn nooit gek. Hij hield kantoor in het ziekenhuis in de grote stad verderop, waar hij iets deed met patiënten die weer naar huis mochten. Hij hielp ze hun zaken te regelen, door bijvoorbeeld een huurhuis voor ze te zoeken, of ze de juiste therapie aan te bevelen. Oudere mensen hielp hij een geschikt bejaardenhuis te vinden. En hij deed nog veel meer, misschien ook wel dingen die buiten zijn taakomschrijving vielen. Hij herenigde moeders met zonen, vaders met dochters, en zelfs mensen die helemaal niet herenigd wilden worden. Met Kerstmis ontvingen we meer dan vijftig kaarten van cliënten die hij had geholpen. Mijn moeder hing ze aan een lang rood lint door de woonkamer.

Ondanks het feit dat zijn kantoor groot was, en behoorlijk luxe, met een houten vloer waarop ik met sokken aan kon glijden, nam mijn vader vaak patiënten mee naar huis, bijvoorbeeld oude mannen en vrouwen, en mensen met maar één been of arm. Een keer nam hij een man mee die van top tot teen in verband was gewikkeld, een slachtoffer van een brand. Ik verstopte me toen op zolder. Mijn moeder vroeg hem de dag hierna of hij werk en privé gescheiden wilde houden. Sindsdien nam hij me mee naar zijn cliënten. Dat moest een beetje stiekem, want mijn moeder mocht het niet weten.

Zo stelde hij me op een dag voor aan oma Mossel, een oude, bozige vrouw die zuur rook. Ik was net een paar dagen acht. Ze zat op de bank en haalde snuivend adem. In haar gezicht lagen diepe, diepe groeven. Ik werd al moe van het kijken naar haar, moe en ook een beetje verdrietig.

'Dit is Victor,' zei mijn vader. De vrouw stak haar gerimpelde hand uit. De hand voelde voor mij onbekend koud aan, en voor het eerst zag ik dat de dood al in een mens zit, wachtend op het geschikte moment om op de voorgrond te treden. Mijn instinct vertelde me de kamer uit te lopen, maar mijn vader gaf met een knikje van zijn hoofd te kennen dat ik moest gaan zitten. Een tijdje sprak hij met de oude vrouw, terwijl ik rondkeek in haar woning. Het was er kaal en leeg.

Op de terugweg in de auto vroeg ik waarom het zo leeg was geweest bij de vrouw.

'Oma Mossel gaat naar het bejaardenhuis,' zei hij. 'Ze heeft geen meubels meer nodig.' En daarna, met een zachte stem die hij bewaarde voor verdrietige mededelingen: 'Stel je voor, Victor... helemaal alleen, niemand die er voor je is...'

Een paar dagen na dit bezoek kregen we een nieuwe bank en een glazen salontafeltje. Die avond woedde een felle ruzie tussen mijn ouders, die er al uren aan zat te komen, zodat ik me op tijd uit de voeten had weten te maken. Op dat soort momenten was het alsof de lucht in huis minder rijk aan zuurstof was. Ik werd me bewuster van mijn ademhaling en sloop op mijn tenen rond. Ik werd me vooral bewuster van mijn eigen aanwezigheid.

Mijn vader was geliefd in ons dorp, dat merkte ik bij de paas- en kerstmissen in de kerk, bij de lampionnenloop met Sint-Maarten en tijdens de wedstrijden van het eerste elftal van de plaatselijke voetbaltrots, waarbij ik overigens in een jeugdelftal speelde. Overal en altijd was hij met mensen in gesprek, in mijn beleving was hij de burgemeester van ons dorp. Vanaf de overkant van het marktplein riepen ze hem vrolijke groeten toe, en in het plaatselijke café werd hij meestal binnengehaald alsof hij terugkeerde van een lange reis. Ook mij klopten ze daar op mijn smalle schouders wanneer ik in zijn kielzog binnenstapte.

Mijn moeder hield er niet van wanneer ik stinkend van de sigarenrook thuiskwam. Liefst zag ze mijn vader ook niet naar de kroeg gaan, maar ze leek zich erbij neergelegd te hebben dat hij dat met grote regelmaat deed.

'Roman, het hele huis stinkt door jou,' zei ze, wanneer hij te lang weg was geweest. Gelukkig noemde ze hem bij zijn naam en niet 'gekke Pool'. Zijn ouders, mijn opa en oma, waren Pools, maar ze woonden het grootste gedeelte van hun leven in België. Daar werd mijn vader geboren en dus kreeg hij naast de Poolse ook de Belgische nationaliteit, een nationaliteit die hij met veel bravoure droeg. Al helemaal toen hij in een Nederlands ziekenhuis werk vond en trouwde met een Nederlandse.

Om de drie jaar moest hij zijn verblijfsvergunning verlengen op een deprimerend kantoortje in een buitenwijk van de grote stad. Uren lieten ze hem daar wachten.

'Ik zit daar met Turken, Marokkanen, Armenen, Chinezen en grote negers,' schetste hij de situatie meer dan eens, want het was een verhaal dat hij graag op feestjes of in de kroeg mocht vertellen. Het verlengen van zijn verblijfsvergunning was voor mijn vader meer dan de zoveelste, terugkerende formaliteit in een mensenleven; hij ontleende er zijn identiteit aan. Tijdens grote voetbaltoernooien knoopte hij lintjes in de kleuren van de Belgische vlag aan de antenne van zijn auto.

Zijn liefde voor België werd beschimpt door mijn oma, een rasechte Poolse met rinkelende gouden armbanden en oorbellen. We noemden haar *Babunia*, Pools voor omaatje. De eerste vijftien jaar van mijn leven dacht ik dat ze werkelijk zo heette.

Babunia woonde vlak over de grens in een grauw dorpje waar zich tijdens en na de oorlog veel mijnwerkersfamilies hadden gevestigd. Nog steeds in het huis van mijn vaders jeugd, de laatste oude krijger die het fort bewaakte. Ze mopperde op haar buren, op haar leven en ze mopperde op België, een land waar ze maar weinig van begreep, ondanks het feit dat ze er al zo'n zestig jaar woonde.

We gingen elke zondag bij haar op bezoek en op feestdagen kwam ze bij ons langs. Nagenoeg altijd kregen mijn vader en zij dan ruzie, waarna ze nog voordat de koffie was doorgelopen alweer weg wilde.

Terwijl de meeste feestdagen veelbelovend begonnen. Op paasmorgen druppelde mijn vader net zo lang water op mijn voorhoofd tot ik wakker werd. 'Ik zegen je,' zei hij hierbij. Het water was afkomstig uit het porseleinen schaaltje dat de rest van het jaar op de kast in de woonkamer stond.

Aan de ontbijttafel zegende hij mijn moeder en mij voor de zekerheid nog een keer. Wanneer Babunia aankwam, zegende hij haar ook. Toch kregen ze daarna ruzie. Bijna elk feestmaal eindigde ermee dat mijn vader moest huilen, om redenen die niet duidelijk waren.

Als hij niet in snikken uitbarstte, was er mijn moeder die midden in een gesprek, wanneer je net je laatste hap had genomen, in haar handen klapte en zei: 'Even opruimen.' Ook dit leidde tot ruzie, want mijn vader vond dat gesprekken pas echt interessant werden wanneer de borden leeg waren.

Voor die tijd was mijn oma al naar huis vertrokken, naar het fort in de Belgische mijnwerkerswijk, waar tegenwoordig een bonte verzameling aan gastarbeiders woonde: Turken, Grieken, Italianen, Polen en een grote groep Portugezen. In haar huis stonden potten en pannen op de grond om de regen op te vangen die door het dak lekte. Dat kwam doordat het huis scheef stond; volgens mijn vader was het gaan verzakken sinds mijn opa stierf.

2

Het was een warme, mooie dag, zo'n dag waarop je de zon kunt ruiken. Mijn vader zat in het gras in onze tuin onder de kersenboom. Op alle foto's uit die tijd draag ik een bril met veel te grote glazen.

'Kom er eens bij, jongen,' zei mijn vader. Hij deed plechtig en sprak op de toon waarmee hij praatte tegen de patiënten die hij soms mee naar huis nam.

Mijn aandacht richtte zich op wat hij achter zijn rug verborgen hield. 'Wat heb je daar?' vroeg ik.

'Iets heel belangrijks,' antwoordde hij. Het was het doosje dat normaal op de kast in de woonkamer stond. Het zat vol met pasjes, sleutels en garantiebewijzen – ik mocht er nooit aankomen. Het doosje was van eikenhout en aan de binnenkant zat rode, fluwelen bekleding. Mijn vader viste er iets uit en gaf het aan mij. Het was een plak van een of ander dof metaal. De plak voelde massief aan, en was wel een halve centimeter dik.

'Dit is van Dzia Dzio geweest.' *Dzia Dzio* was een Poolse koosnaam voor opa.

Aan één kant van de medaille stond een afbeelding van

een doel waarin de keeper naar de bal dook. Op de andere zijde waren onleesbare woorden gegraveerd. 'Dat is Frans,' zei mijn vader. Hij bracht de medaille naar zijn mond alsof hij hem ging opeten.

'Pap!' riep ik.

'Rustig maar.' Hij beet erop, voorzichtig, maar toch voelde ik in een flits mijn eigen tanden.

'Hij is sterk,' zei mijn vader. 'Dzia Dzio was er enorm trots op, dat mag je van me aannemen.'

Dzia Dzio scoorde in de Franse bekerfinale, maar toch werd die wedstrijd met 2-1 verloren. De dikke, bronzen plak die mijn vader toonde, was daar het bewijs van. Tenminste, het bewijs dat in 1939 inderdaad een bekerfinale werd gespeeld. In het Parc des Princes, om precies te zijn. Het staat in het Frans op de medaille. Mijn vader vertelde over deze finale alsof hij vooraan langs de lijn had gestaan. Maar in 1939 was hij -5.

Als hij vertelde over Dzia Dzio was het alsof hij over zichzelf sprak, alsof opa en hijzelf een en dezelfde persoon waren. Ik zag het stadion voor me, het uitzinnige publiek, bijna hoorde ik de leuzen die werden gezongen. De bal was van koeienleer, met de hand bijeengebonden met een darm, zoals in zwart-witbeelden van oude wedstrijden te zien is. Uit alle verhalen van mijn vader bleek hoe veel interessanter zijn ooms en tantes waren geweest in verhouding tot de mijne. Iedereen over wie hij vertelde had iets bijzonders, iets om mee herinnerd te worden. Bovendien waren zijn verhalen over vroeger veel spannender dan de dingen die ik meemaakte. De bergen uit zijn jeugd waren hoger, de dalen angstaanjagend diep.

Gezeten op de rand van mijn bed vertelde hij elke avond voordat ik ging slapen een verhaal. Meestal over een meesterspion die mijn naam droeg: geheim agent Victor. In een snelle, dure auto liet mijn vader hem door onze straat rijden. Soms ontrafelde geheim agent Victor een complot waar onze melkboer bij betrokken was. Op andere avonden was hij op missie in China of Peru, verre landen waarvan ik niet eens zeker wist dat ze bestonden of dat ze aan mijn vaders fantasie waren ontsproten. Ik vroeg het hem een keer en hij zei: 'Het zijn landen waar ik naartoe wil, soms lees ik er boeken over.' Op zijn nachtkastje lag meestal wel een reisboek. Zijn lievelingsschrijver was een wereldberoemde, Poolse reisjournalist. 'Wat een geluksvogel,' zei mijn vader over hem. 'De hele wereld over vliegen, prachtige verhalen schrijven!'

Zelf reisde hij ook veel. Twee keer per jaar had hij een congres van een of andere gezondheidsorganisatie. Bijna altijd in interessante steden als Boedapest, Barcelona, Sofia of Glasgow. Toen er eens een editie in Amsterdam was, had hij er veel minder zin in.

Een keer voer hij een week met een cruiseschip over de grote Europese rivieren. In de haven van Rotterdam gingen we hem uitzwaaien. Mijn vader deed alsof hij over de reling van boord dreigde te vallen, tot woede van mijn moeder. Ze was vaker boos wanneer hij op reis ging. Destijds dacht ik dat dit was omdat ze het een tijdje zonder hem moest stellen, omdat ze opzag tegen het hem moeten missen. Daar had ik zelf weinig last van, misschien omdat ik te veel gewend was aan zijn afwezigheid. Wel miste ik zijn verhalen als hij weg was.

'Dat doelpunt van Dzia Dzio was een absolute wereldgoal,' zei mijn vader trots. Hij stond op en sprintte een eindje bij me vandaan. 'Lange pass van achteruit,' riep hij. 'Hoppa, in één keer dood gemaakt, daarna met een snelle schaar langs zijn directe tegenstander en met zijn zwakkere linkerbeen... bam! In de korte hoek.' Juichend rende hij rondjes om me heen.

Of mijn opa spits was, links- of rechtsbuiten of middenvelder weet ik niet. En uit de verhalen van mijn vader, die doorgaans zeer hechtte aan details, werd het me nooit duidelijk. 'Maar hij droeg nummer tien,' bezwoer hij me. 'Een mooier nummer bestaat niet.'

De finale werd tegen de verwachting in verloren, maar toch was de bronzen plak het dierbaarste bezit van mijn opa. In het huis van mijn vaders jeugd, dat tegenwoordig zo vervallen huisje vlak over de grens met België, stond hij midden op de schoorsteenmantel – de trouwfoto had ervoor moeten wijken.

Omdat Dzia Dzio zo goed was, wilde de Franse bond hem meenemen naar het WK-voetbal in 1942. Er was één probleem: Dzia Dzio was een Pool. Een Pool met een iets te grote neus, mogelijk joods maar dat was niet helemaal zeker. Maar jood of geen jood, Pool of geen Pool, de wereldcup winnen is het hoogst haalbare voor een voetballer. Aangezien die kans met Polen erg klein was, overwoog Dzia Dzio Fransman te worden. Hij reisde een paar keer per trein op en neer naar Parijs, eerst voor enkele gesprekken en daarna om de formaliteiten af te handelen. Mijn vader vertelde dit verhaal vaak, steeds net even anders dan de keer daarvoor.

Naast het voetbal was mijn opa postbode, je moest er in die tijd werk bij hebben. Van het geld dat hij verdiende met het bezorgen van brieven huurden hij en Babunia een klein huisje. Voor zijn prestaties op het veld kreeg hij slechts een fooi. Wel hoefde hij in geen enkel café zijn drankjes af te rekenen, maar hij hield het bij koffie: mijn opa dronk geen druppel. Het leven was goed en werd nog beter met het vooruitzicht voor de Franse nationale ploeg uit te mogen komen.

En toen klonk in de verte het gedreun van miljoenen marcherende soldaten, de oorlog begon. Dzia Dzio sloeg op de vlucht. Met zijn dwingend aanwezige neus voelde hij zich niet veilig en hij verdoezelde wat papieren over zijn afkomst. Heel zijn leven heeft hij voor zich gehouden of hij nu wel of niet een Poolse jood was, ook mijn vader wist het antwoord daarop niet. Dzia Dzio en Babunia vluchtten uiteindelijk naar dat kleine dorp in België, even buiten Genk. Daar kende hij mensen die hem aan werk konden helpen. Voetbal verloor elke prioriteit, nu kwam het aan op overleven. Daarvoor was geld nodig. Dzia Dzio meldde zich aan bij de steenkoolmijnen, zoals zo veel mannen in die tijd deden. Slecht werk, vreselijk voor je rug, je longen en je ogen. Maar hij moest wat. Daarom dook hij tijdens de oorlog elke dag het donker in om steenkool te winnen, 's avonds kwam hij vermoeid thuis in het huisje waarvan ze de huur ternauwernood konden betalen. Elke keer wanneer hij ondergronds verdween, deed hij dit in de hoop dat wanneer hij weer boven de grond kwam de wereld was veranderd, dat de oorlog ten einde was en hij opnieuw kon voetballen. Na het werk speelde hij soms met een paar mannen op een voetbalveldje bij het stadion van de plaatselijke club. Na elk doelpunt moest het net opnieuw in het doel worden gehangen. Dzia Dzio oefende met negen andere mannen en hij was met afstand de beste. Zijn aannames, afrondingen, zijn dribbels. Alles was even subliem, afgemeten. Zijn prestaties bleven niet onopgemerkt, buurtbewoners kwamen kijken naar de wedstrijdjes, vooral om hem te zien spelen. Hoe graag hij zich ook op het veld manifesteerde, verstandig was het niet. Hij was naar België gekomen om niet op te vallen, het hoofd laag te houden totdat er betere tijden zouden aanbreken. En juist door te doen wat hij het liefste deed, viel hij op, onderscheidde hij zich van de andere mensen. Dus stopte hij met voetballen. Heel soms, vlak voor het invallen van de duisternis, ging hij nog in zijn eentje spelen. Feilloos joeg hij de ballen dan in het lege doel, maar wat had het voor zin?

Wanneer mijn vader vertelde over deze tijd uit Dzia Dzio's leven, werd hij droevig. Hij zei een keer: 'Kun je je voorstellen hoe dat is, Victor? Een leven moeten leven dat je niet wilt?'

Ik kon me daar niets bij voorstellen.

Toen ik op school meer en meer leerde over de geschiedenis van de Tweede Wereldoorlog, vroeg ik me wel eens af of dat oorlogsverleden van mijn opa helemaal klopte. Of mijn vader het misschien in zijn enthousiasme verkeerd vertelde, want hoe veilig was het in België voor joden?

Ik streelde met mijn vinger over het reliëf van de medaille.

'Dat is nu jouw opa, ben je trots?' vroeg mijn vader. Misschien was ik nog te klein om trots te voelen, maar ik voelde in ieder geval iets, sloot even mijn ogen. Toen ik ze weer opende stond mijn vader voor me met de bal aan zijn voeten. 'Voetballen?'

'Maar je hebt je laarzen nog aan,' zei ik.

Mijn vader kocht zijn laarzen een paar maten te groot. Ze maakten een ploffend geluid wanneer hij liep. Toch trapte hij de bal even later kaarsrecht op me af, met zijn linker- en zijn rechtervoet. Hij speelde de bal steeds zo dat ik met links moest schieten terwijl ik rechtsbenig was.

'Zo oefen je je zwakke been,' had hij daarover al vaker gezegd. 'Het is belangrijk om je zwaktes te oefenen.'

Toch vond ik het vervelend. Ik wilde de ballen goed raken als mijn vader keek, en dat was moeilijk met links.

3

Elke zondagmiddag gingen we op visite bij Babunia. Een halfuur rijden over slechte wegen, langs de bossen waar we elke herfst paddenstoelen plukten. Als we het grenskantoortje passeerden, zei mijn vader bijna altijd: 'Glimlachen! Of ze zetten ons stil langs de kant.' De verveelde douaniers in mosgroene politie-uniformen keken ons met strenge blikken aan. Een keer moesten we ondanks ons glimlachen uitstappen en werd de auto grondig binnenstebuiten gekeerd. Op een halfvolle fles wodka na, die achter het reservewiel werd gevonden, was de auto schoon. We mochten doorrijden, maar de wodka werd ingenomen. Mijn moeder was laaiend op mijn vader.

Mijn band met Babunia was niet sterk, waarschijnlijk omdat ik bijna niet met haar kon praten. Mijn Pools en Frans waren slecht en zij sprak gebrekkig Nederlands. Op warme dagen dansten Portugese, Griekse en Albanese klanken door haar wijk. Meestal klonk ergens uit een geopend raam een onverstaanbare, heetgebakerde ruzie. Bij binnenkomst gaf ik Babunia één zoen, waarbij onze brillen in elkaar haakten. Haar bril had versierde randen van goud.

Toen ik heel jong was, dacht ik dat ze een gouden bril had en dus wel heel rijk moest zijn.

'Goe ghaat et?' vroeg ze me elke zondag opnieuw.

'Ça va bien,' antwoordde ik. 'Et toi?' Meer Frans was me niet gegeven, dus haar antwoord verstond ik niet. Elke week gaf ze me een standje omdat mijn taal niet was verbeterd. De rest van het bezoek sprak ze met mijn vader in hun onverstaanbare mengelmoes van Frans en Pools. Zelden nam mijn vader de moeite te vertalen.

Babunia's huis rook naar orchideeën. In een hoek van de kamer stond een grote vitrinekast, met tientallen kristallen beeldjes; poezen, eenden, schildpadden, maar ook servies met gouden randen, een miniatuur-Eiffeltoren en twee kleine voetbalschoenen van zilver. Meestal keek ik in de woonkamer naar samenvattingen van de Belgische voetbalcompetitie op tv, terwijl mijn ouders oude lampen vervingen, de was opvouwden en de plinten afstoften, want daar kwam Babunia zelf niet meer aan toe.

Vanachter haar fornuis overzag ze haar huishouding als een veldvrouw. Met een witte, rafelige schort met een gat erin voor. In haar keuken was het bloedheet en rook het naar gegrild vlees, gesmolten kaas en verse rozemarijn en tijm, en misschien een beetje naar gas dat lekte uit de oude oven. Mijn oma kookte voortreffelijk met haar kromme vingers die glommen van de roomboter. Tomaten uit de oven, gevuld met kruidige rijst of lamsgehakt. Vaak maakte ze *kluski*: Poolse aardappelballetjes. Veel werk, maar boterzacht aan de binnenkant. Bij haar ovengegrilde kip serveerde ze zelfgebakken frietjes.

Als het niet te hard regende, stuurde Babunia mij de tuin in, want een kind hoorde volgens haar buiten te spelen. De huizen in haar buurt hadden grauwe kleuren, van de hekken was de verf afgebladderd. De meeste tuinen lagen vol oud, roestend ijzer, of verweerde houten planken die met mos waren begroeid. Af en toe fietste er een leeftijdgenootje langs, met een pet diep over het hoofd getrokken, met wie ik geen gesprek durfde aan te knopen. Oudere jongens slenterden rokend, in groepjes voorbij en riepen wat naar me. Ik verstond het meestal niet.

De tuin van Babunia vormde een aangename uitzondering op de andere tuinen in de wijk. Bij haar bloeiden in de zomer rode klaprozen en zonnebloemen. In haar moestuintje stonden courgettes, paprika's, tomaten, aardbeien en pompoenen die nog groter waren dan het hoofd van mijn vader, dat had hij een keer bewezen door ernaast te gaan liggen, zijn hoofd plat op de grond. Alles wat Babunia zaaide groeide tot grote hoogte. Wanneer ze koffie had gezet, stortte ze de drab ervan uit over de bloemen en planten. Daar deden ze het goed op, en het scheen de katten weg te houden.

Naar buiten worden gestuurd voelde aan als een straf. Ik had het idee dat er binnen dan dingen werden besproken waarvan ik niets mocht weten, grote geheimen uit ons verleden en belangrijke beslissingen over de toekomst van ons gezin. Als ze nu nog een voetbal had gehad, dan had ik die in haar kleine tuin nog wat kunnen hooghouden, maar in het hele huis was geen bal te vinden. Toen ik een keer met mijn eigen bal onder mijn arm klaarstond om te vertrekken, zei mijn vader: 'Doe dat maar niet, dat vindt ze vast niet leuk.'

'Hoezo niet?' vroeg ik.

'Ze is bang dat je haar groentes omverschiet.'

Op de iets te kleine tafel in haar keuken serveerde Babunia later op de middag de heerlijkste maaltijden. Zoals *barszcz*, volle, romige bietensoep, of *pierogi*, kussentjes van deeg met daarin witte, vette kaas of lobbige kwark. Wekelijks hoogtepunt was haar verse kervelsoep, waarvan ze de kervel zelf plukte in het bos dat grensde aan haar dorp. Vaak nog voor zonsopgang speurde ze daar naar kervel en in de herfst naar paddenstoelen.

Volgens mijn vader was zondag de enige dag in de week waarop ze kookte, daarom aten we de pannen nooit helemaal leeg. Zodat ze de dagen erna ook nog wat had.

Onze bezoeken aan haar werden nooit vroegtijdig afgebroken, zoals haar bezoeken aan ons. Maar na de afwas maakten we ons binnen een halfuur uit de voeten, omdat dan op tafel de vele brieven werden uitgevouwen waarover mijn oma vragen had. Volgens mijn vader kon ze ongelofelijk zeuren. Ze klaagde over haar slechte gezondheid, die behoorlijk goed was, op de absurde kromheid van haar vingers na, waarmee ze als kind eens tussen de deur bekneld was geraakt.

Als we niet op tijd weg kwamen, pakte ze een zakdoek en drukte hem krampachtig tegen haar ogen. Haar handen, vol met ouderdomsvlekken, trilden net zoals haar oogleden. Volgens mijn vader had ze heimwee naar Polen, zoals hijzelf soms heimwee had naar België. Wanneer Babunia begon te huilen, bleven we een halfuurtje langer en sloop ik de kamer uit. Naar haar slaapkamer waar ik niet mocht komen. Daar rook het naar haar parfum, bloemig en zoet. Op haar nachtkastje stond de zwart-witte trouwfoto. Mijn oma was daarop een mooie, jonge vrouw en ze keek gelukkig. Mijn opa leek als twee druppels water op mijn vader. Een grote neus, charmante lach, dezelfde ogen. In zijn haar lag een nette scheiding. Dzia Dzio zag er niet uit als een voetballer, totaal niet. Eerder als een jonge soldaat vlak voordat hij de oorlog in wordt gestuurd.

Dzia Dzio stierf toen ik heel jong was. Van hem herinner ik me nauwelijks iets. Zijn bed stond in de woonkamer, dat vond ik gek. Meestal zat hij in de grote bruine leunstoel. Hij had een zwarte, vierkante bril met dikke glazen, sprak niet en was van de ene op de andere dag weg. Van zijn begrafenis staan me vage beelden bij: mensen in het huis van Babunia die onverstaanbaar door elkaar heen praten, tafels vol eten, mijn vader die geen grapjes maakt.

Gemist heb ik mijn opa nooit. Hoe kon ik iemand missen die ik amper kende? De man in de zetel aan het raam zei nooit wat tegen me. Volgens mijn moeder keek hij in de laatste fase van zijn leven niet naar buiten, maar hij keek ook de kamer niet in. Op straat kwam hij bijna niet meer, daar was hij te zwak voor. 'Een gevangene in zijn eigen huis,' zei mijn vader later over hem. 'Een vreselijk einde van een prachtig leven.'

Om de week bezochten we Dzia Dzio's graf. Op de bloemen na zag dat er net zo grauw uit als de begraafplaats zelf. Kaal en leeg. In oneindige rijen stonden de graven opgesteld. De kiezels op het pad kraakten onder mijn voeten. Liever liep ik over het gras, maar dat mocht niet van mijn moeder.

Zijn grafsteen was groot, groter dan Nederlandse grafstenen. Polen laten zich met veel bombarie begraven. Mijn vader poetste het graf elke keer met een sopje. 'Papa,' zei hij dan. 'Ik ga even op uw buik staan.'

Het enige fijne aan de begraafplaats was dat hij in de schaduw lag van het stadion van de voetbalclub Waterschei. Die speelde in de hoogste Belgische divisie. In zijn jeugd had mijn vader er bijna bij het jeugdelftal gevoetbald. Het stadion was bouwvallig en klein, maar voor mij als kind was het een voetbaltempel. De gedachte dat mijn vader daar wel eens op het veld had gestaan, zoals hij me bij herhaling had verteld, kon ik bijna niet bevatten.

Mijn oma ging overigens nooit met ons mee naar het graf. Zij koos haar eigen moment van de dag uit om Dzia Dzio op te zoeken: vroeg in de morgen, ongeveer het tijdstip waarop ze altijd was opgestaan om hem een stevig ontbijt te maken voordat hij naar de mijnen vertrok. Babunia harkte de aarde rond het graf aan, brandde een kaarsje. Ze dekte de tafel altijd voor één iemand extra.

Thuis vroeg mijn vader een keer aan mijn moeder: 'Als ik weg ben, doe je dat dan ook voor mij?'

4

Een andere thuiskomst van mijn vader die me goed bijstaat, is de keer dat hij op een namiddag in oktober terugkwam uit Oslo. Hij zoende me, zijn stoppels prikten in mijn wang. Hij zette zijn rugzak, die zo groot was dat hij er zelf zowat inpaste, tegen de muur en draaide zich naar mijn moeder. 'Denk je het nog steeds?'

Ze schilde aardappels voor het avondeten, met de ernst waarmee een chirurg opereert. Al dagen was ze zo ernstig. 'Doe me een plezier,' zei ze. 'Schop alsjeblieft geen scène.'

Mijn vader rommelde met de sluiting van zijn rugzak terwijl hij mopperde: 'Ze gelooft me niet, ze gelooft me nog steeds niet.'

'Roman,' zei mijn moeder. 'Hou op, het is al goed.'

Ondanks de spanning die in de kamer hing, moest ik een beetje lachen.

Nog even zocht hij door, toen riep hij uit: 'Gevonden!' Hij zwaaide met een potje waarin je pillen bewaart. Er zat een witte vloeistof in die bijna doorzichtig leek. Het potje was voor de helft gevuld.

'Wat is dat nu weer?' vroeg mijn moeder. Ze zette een

stap dichterbij. Ik wilde het potje van hem afpakken, maar hij hield het uit mijn greep. Hij richtte zich tot mijn moeder, gaf me daarmee het onaangename gevoel dat ik er niet bij hoorde. Hij zei: 'Dit is hét bewijs dat ik niet vreemd ben gegaan!' Ze zette snel een stap achteruit.

De rest van de avond werkte hij in de tuin, schoffelde met een hark het aardappelveldje en daarna wroette hij met zijn handen in de aarde tussen de bloemenperkjes.

'Kom toch naar binnen,' riep mijn moeder na een poosje. 'Vertel ons over je reis.'

'Nog even!' klonk het uit de tuin. 'Ik kom er zo aan.' Maar ik zag hem die avond niet meer.

5

Oma Mossel was dood. Ze was hard op haar gezicht gevallen en dat was het dan. Ik moest huilen, ook al kende ik de oude vrouw amper.

Mijn vader nam de telefoon mee naar de slaapkamer en kwam daar een paar uur niet meer uit. Tijdens het avondeten vroeg mijn moeder hem: 'Waar was je de hele dag toch zo druk mee?'

'De begrafenis van die arme vrouw regelen.'

'Doet haar familie dat niet?'

'Het was een eenzame vrouw,' antwoordde hij zachtjes. Ook de dagen die volgden was hij druk met regelen.

'Ga je mee kransen uitzoeken?' vroeg hij mijn moeder daags voor de begrafenis.

'Ik ken die vrouw helemaal niet.'

'Goed,' zei mijn vader. 'Dan gaat Victor mee.'

Ook dat vond mijn moeder geen goed idee, maar hij deed het toch. 'Neem dit van mij aan,' zei hij daarover, 'luister niet altijd naar je vrouw later. Ze hebben vaak gelijk, maar niet altijd.'

Voor de dienst had mijn vader een zwart pak voor me gekocht. Er zat een dunne, zwarte das bij, die we maar niet netjes omgeknoopt kregen. Als mijn vader niet keek, trok ik er steeds aan, zodat we er een hele tijd over deden.

In de kerk was het niet druk, er zaten ongeveer twintig oude mensen die alle liederen konden meezingen. Ze hingen aan mijn vaders lippen toen hij vertelde over zijn eerste ontmoeting met oma Mossel in het ziekenhuis, hoe charmant en lief ze was geweest, maar ook hoe ontzettend eenzaam ze al jaren was. Haar man, die in de olie had gezeten, was lang geleden overleden en haar twee zonen kwamen nooit op bezoek. Ze waren zelfs niet op de begrafenis. Dat vertelde hij in de auto na afloop.

De pastoor had zijn tekst niet goed voorbereid, want hij liet lange stiltes vallen, waarin mijn gedachten afdwaalden naar mijn laatste wedstrijd. Drie doelpunten had ik daarin gemaakt.

In een korte, trage stoet liepen we naar de begraafplaats. Ik hield mijn vaders hand vast, af en toe kneep hij in de mijne. Het was leuk dat de kransen bij de kist inderdaad dezelfde waren als die we de dag ervoor hadden uitgekozen.

Na thuiskomst bracht mijn vader de hele avond door in de tuin, mijn moeder moest werken. Op het aanrecht stond zoals bijna elke avond wanneer mijn moeder weg was een bakje met paprikachips dat ik om halfacht mocht pakken. Niet één keer pakte ik het eerder dan dat tijdstip, meestal deed ik dat zelfs later.

Mijn moeder draaide avonddiensten als verpleegkundige in het bejaardentehuis. Zeven dagen wel, zeven dagen niet. We aten vlak voor ze vertrok rond vijven, om elf uur kwam ze weer thuis. Ons zware, stroeve hek kraakte en piepte dan.

Op de dag van de begrafenis hoorde ik haar 's avonds

haar auto de schuur in rijden. We hadden een heel grote schuur, letterlijk zo groot als een huis. Mijn vader had hem met twee Poolse mannen uit het dorp gebouwd, zonder vergunning en zonder bouwtekeningen. Twee weekenden werden ze hierbij geholpen door een verre oom van mijn vader, ook een Pool. Ze hadden wel wat van elkaar weg. Hij woonde het meest dichtbij van de hele club; met zijn tweede vrouw, een Nederlandse, runde hij een varkenshouderij in Noord-Brabant. De paar keer dat hij langskwam in mijn jeugd nam hij altijd een fles wodka mee. Mijn vader verheugde zich telkens erg op zijn komst.

Aan het eind van elke dag dat gewerkt werd aan de schuur, veegde ik samen met mijn moeder het gruis op dat was achtergebleven. Voor de bouw gebruikten ze grote, grijze stenen, in de nok kwam een wirwar aan balken. 'Zo blijft de schuur staan,' zei mijn vader. 'Zelfs als het stormt.' Hij zei ook, trots: 'In Polen bouwen ze de huizen van hetzelfde materiaal.'

Toen het dak er eenmaal op zat, stuurde de gemeente een boze brief, en maandenlang hing ons boven het hoofd dat we de schuur weer af moesten breken. Het waren onzekere tijden, de sfeer thuis was gespannen.

Ruim een uur nadat mijn moeder uit haar werk was gekomen, hoorde ik het hek nog een keer open- en dichtgaan. Vaak wandelde mijn vader 's avonds door het dorp of hij ging naar de tennisbaan die naast ons huis lag. Soms verdween hij een paar uur zonder te zeggen waarheen. Als mijn moeder vroeg: 'Waar ben je geweest?' haalde hij zijn schouders op. Ik was bang dat hij op een keer een hele nacht weg zou blijven, of misschien wel twee nachten. Meestal sliep hij op de bank in de woonkamer wanneer hij tot laat was gaan wandelen. Zo ook deze keer.

De volgende morgen aan het ontbijt zei hij: 'Ze was zo vreselijk eenzaam vlak voor haar dood. Ik ben bang dat...'

'Dat jij ook zo eindigt?' vroeg mijn moeder.
'Bang dat Babunia zo eindigt.'
'Maar jij bent er toch?' vroeg ik. 'En wij zijn er?'
Mijn vader zweeg een tijdje en keek voor zich uit.
De gemeente gaf toestemming om de schuur te laten staan. Mijn vader kwam die dag uit zijn werk met een fles champagne waarvan hij de kurk tegen het plafond liet schieten. In de weken daarna richtte hij de schuur in naar zijn eigen smaak. Mijn moeder maakte het niets uit, want ze kwam er toch nooit. Alleen als ze haar auto nodig had. In de winter vond ze het er te koud, in de zomer te donker. Langs de muren timmerde mijn vader rekken met bakken waarin hij zijn gereedschap bewaarde, zijn harken en scheppen hing hij aan haken op en hij zette een tafel met een stoel in de hoek. 'Een mooie plek om te prakkiseren.' Prakkiseren betekende zoiets als nadenken en piekeren ineen.

Drie maanden na de begrafenis van oma Mossel maakten we een reis die ik nooit van mijn leven zal vergeten. Het idee kwam van mijn vader, en na veel overreding ging mijn moeder akkoord. Ze was nog nooit buiten Europa geweest, en ik denk dat ze vooral de gedachte zo ver van huis te zijn eng vond. Mijn vader wilde naar China, dat in die tijd nog door maar heel weinig mensen was bezocht. Omdat mijn moeder zo aarzelend had toegestemd was ik ook een beetje op mijn hoede voor de verre reis. In die drukke steden hadden ze vast geen voetbalvelden waar ik even een balletje kon trappen.

Mijn vader had de reis tot in de puntjes voorbereid. In de uren die hij normaal in de tuin doorbracht, zat hij nu aan de tafel in de schuur brochures door te spitten. Soms kwam hij naar binnen om ons foto's te laten zien, of om een anekdote te vertellen die hij in een boekje had gelezen.

We bezochten drie Chinese steden en een sprookjesachtig dorpje waar we in een kleine tempel sliepen. Reizen was niet in het hele land even gemakkelijk, omdat China zich pas net had opengesteld voor de buitenwereld. Bij binnenkomst van elke stad stonden we urenlang voor loketten te wachten om ons in te kunnen schrijven. Overal schaarden we ons in rijen; voor de treinen, voor de bussen en zelfs in de restaurants.

Mijn vader riep steeds: 'Wat bijzonder dat we hier kunnen zijn!' Mijn moeder vond de zon te fel en het wachten verveelde haar. Geen markt bezocht ze zonder te fronsen en ze werd wanhopig van de Chinezen die zij niet begreep en die haar niet begrepen.

'Rustig blijven,' doceerde mijn vader toen mijn moeder een Chinees die haar probeerde af te zetten bij zijn kraag pakte. 'Zorg dat ze je willen helpen. Lach even naar ze, maak een complimentje.'

'Laat mij,' beet mijn moeder van zich af. Mijn vader zei niets meer en liep bij ons weg, verdween tussen de marktkraampjes.

'Kom terug!' riep mijn moeder. Ze greep me bij de arm en ging hem achterna. Ze sleurde me met zich mee. Ik moest rennen om haar bij te houden, maar ik begreep wat er op het spel stond. 'Roman, blijf hier. Straks raken we elkaar kwijt.'

Hij stopte met lopen, keek om. 'Sorry,' zei hij. 'Sorry.'

'Je kunt niet zomaar bij ons weglopen!'

'Maar je doet je best niet,' zei mijn vader. 'Een geweldig land, stralend weer, mooie mensen maar het doet je niets. Hoe kan je dit nu niet mooi vinden?'

Ze haalde haar schouders op en mijn vader sloeg zijn arm om haar heen. Even later kocht hij een stuk gegrilde varkenspoot en hij stond erop dat mijn moeder ook een stukje probeerde. Ze at minder dan de helft op. De volgende twee nachten lag ze wakker omdat ze moest overgeven, maar er kwam niets. Mijn vader at alles waar hij trek in had. Zelfs een gefrituurde cicade, een sprinkhaanachtig insect. Hij smikkelde van de lever van een rat en toch werd hij niet ziek. Soms leek het alsof mijn moeder hem dit kwalijk nam.

De reis stelde haar voortdurend op de proef. Nergens was ze echt op haar gemak, zelfs de wc was een beproeving voor haar. Vaak waren de toiletten niet meer dan een diep gat. Op een keer ging mijn moeder vier dagen niet naar de wc.

'Ik snap niet dat je dan niet ontploft,' lachte mijn vader. Beeldend deed hij voor hoe hijzelf net nog boven het gat in de grond had gehangen, zich vastklampend aan de muren links en rechts van hem. 'Ik viel er bijna in,' zei hij en hij kwam even niet meer bij van het lachen. 'Met één been was ik al halverwege dat gat...'

Deze uitgelatenheid vergezelde hem niet de hele reis. In het grootste museum van de stad kon er de hele dag geen lach af. Hij weigerde uit te leggen wat er scheelde. Toen we later die middag per ongeluk in een arme wijk belandden, bleef hij stil alsof hij op een kerkhof liep. Nu en dan stond hij met de handen in zijn zakken te kijken naar een oude vrouw die de was deed, of naar een jochie dat aan het spelen was. Dan leek hij in trance te zijn.

Terug in het hotel wilde hij onder geen beding in onze mooie kamer slapen, iets wat hij uiteindelijk toch deed, maar pas nadat er een fikse ruzie aan vooraf was gegaan. Dit soort buien waren mijn moeder en ik wel van hem gewend, zodat we er niet veel aandacht aan besteedden en hem gewoon even met rust lieten wanneer hij wat voor zich uit zat te staren.

Op onze een-na-laatste dag kocht mijn vader in een klein atelier van een gebochelde kunstenaar een houten plank waarin een grote draak was gekerfd. De plank was twee meter lang en werd later met stevige touwen boven op de bus gebonden die ons naar het vliegveld bracht. Mijn vader controleerde voor het vertrek fluitend de knopen. Hij zag er anders uit dan thuis, dat zag ik nu pas. Bijna de hele reis had hij er anders uitgezien. Met zijn hoed van stro, zijn gebruinde huid en vooral zijn montere blik, alsof geen tegenslag hem te veel kon worden en geen muur voor hem te hoog was.

'Hoe moet dat nu mee naar huis?' vroeg mijn moeder in de bus. 'Hoe zie je dat voor je in het vliegtuig?'

Hij glom en ten antwoord floot hij zijn vrolijke wijsje verder, terwijl hij uit het raam van de bus keek en af en toe naar een gebouw wees, of naar een oud heertje. Bij de incheckbalie zei een starre dame: '*Impossible sir*.' Ze had hierbij een brede glimlach op haar gezicht, een glimlach die ik herkende, omdat alle Chinezen hem aan ons toonden.

'*But it has to come with me*,' zei mijn vader. '*It just has to... I need it...*'

Mijn moeder voerde me bij de balie vandaan. Van een afstandje keken we naar mijn vader. Hij begon al snel met zijn hoofd te schudden en maakte drukke armgebaren. Na een poosje begon mijn moeder bezorgd op haar horloge te kijken en mompelde: 'Waarom moet het altijd op deze manier. Straks missen we ons vliegtuig nog.'

We haalden het vliegtuig ternauwernood en de plank vloog met ons mee. Met tape vastgemaakt aan de keukenkastjes in de personeelscabine. We mochten nog even de keuken in om er een foto van te maken. Het was een gek gezicht en de stewardessen giechelden erom. Mijn vader maakte grapjes met ze. Desondanks jatte hij ook dit keer het dekentje mee waaronder hij had geslapen.

Thuis legde hij het bij de andere dekentjes in de kast; het was een van zijn vele gewoontes waarover ik geen vragen stelde. Als kind accepteer je sommige zaken gewoon. Nadat hij het dekentje had opgeborgen, hing hij de plank in de woonkamer aan de muur. Een tijdje keek hij er zwijgend naar, de armen over elkaar geslagen.

Toen we terugkeerden uit China, trof mijn vader tussen de stapel post een paar brieven aan van de advocaat van de zonen van oma Mossel.

Trouw had mijn vader tot aan de reis enkele keren haar graf bezocht, steeds met een bosje bloemen. Op zaterdagochtend naar de begraafplaats, zondagmiddag langs bij Babunia. Mijn vader hield zich keurig aan dit soort ongeschreven verplichtingen. Hij nam me een paar keer mee naar het graf, voor mijn voetbalwedstrijd reden we dan even heen en weer.

'De dood is een vreselijk iets, maar niet eng,' zei hij toen ik eens vroeg waarom ik mee moest.

Als hij alleen ging, kwam hij later thuis dan wanneer hij mij meenam. Tot verbazing van mijn moeder en mij schoot hij bij thuiskomst niet meteen de tuin in om te werken, maar kwam hij eerst een poosje bij ons zitten. 'Wat een bijzondere vrouw was dat toch,' zei hij tijdens een van die keren.

'Maar je kende haar amper,' antwoordde mijn moeder.

'Kun je nagaan hoe bijzonder ze was,' zei hij snibbig en daarna verdween hij alsnog de tuin in, met gebogen hoofd. Waarschijnlijk was de dood toch enger dan hij had doen voorkomen.

In China hadden we het niet één keer over oma Mossel, maar eenmaal terug konden we niet om haar heen. Haar zonen waren woest, want de oude vrouw, die net geen zes maanden in ons leven was geweest, had mijn vader een flinke som geld nagelaten. Geld dat hij had aangenomen, geld waarvan we onder andere naar China waren gegaan.

In de weken na onze reis verschenen de zonen van mevrouw Mossel twee keer voor onze deur, met opgeheven vuisten. Klaar om het geld te innen. Kale glimmende hoofden hadden ze. Mijn vader liep de eerste keer nog naar buiten om met ze te praten.

Mijn moeder riep: 'Niet doen, Roman. Blijf binnen.' Ik was op dat moment zo bang dat ik niet eens wat kon roepen. De zonen droegen hemden waar hun borsthaar bovenuit piepte. Zelfs toen mijn vader naast ze stond, schreeuwden ze tegen hem. Mijn vader antwoordde kalm, maar dat maakte de mannen alleen maar bozer.

Toch verdween mijn angst langzaam, omdat ik moest denken aan een verhaal dat hij me had verteld. Uit zijn studententijd. Op een avond was hij naar huis gelopen, een beetje beschonken. Twee mannen waren achter hem aan gekomen. Na een paar honderd meter werd zijn pad versperd door een gracht. In een uiterste poging was hij eroverheen gesprongen en zo was hij ontsnapt. De dag erna was hij teruggegaan naar de plek waar hij over het water was gesprongen. 'Onmogelijk,' vertelde hij achteraf. 'Veel te breed. Ik weet niet hoe ik het heb gedaan en het zou me ook niet nog eens lukken, maar toen kon ik het... toen het écht moest... ze hadden me doodgeslagen, dat weet ik zeker.'

Aan dit verhaal dacht ik terwijl mijn vader buiten met de twee mannen een gesprek probeerde te voeren. Mossels zonen leken niet voor rede vatbaar, zodat mijn vader een sprintje trok, terug naar binnen. Achter zich knalde hij de voordeur dicht. De mannen sloegen nog enkele keren tegen de ramen die trilden in hun sponningen. Daarna vertrokken ze.

Gedurende een jaar werden we regelmatig gebeld door de boze broers, soms midden in de nacht. Mijn moeder vond dit vreselijk, van mijn vader kreeg ik de indruk dat het hem ergens wel beviel. Hun advocaat bestookte ons met brieven. Tot een rechtszaak kwam het niet, zodat alles goed afliep. Maar het voelde thuis steeds vaker alsof ik op mijn tenen moest lopen. Nog steeds bezocht mijn vader op zaterdagochtend het graf van oma Mossel, maar ik hoefde niet langer mee.

6

Mijn vader was een man van tradities en gebruiken. Naast dat hij regelmatig de doden op het kerkhof bezocht en hun graven onderhield, hechtte hij ook veel belang aan feestdagen. Toen mijn moeder op sinterklaasavond eens niet hoefde te werken, stelde hij een groot feest voor met familie en vrienden. Mijn moeder vond dat geen goed idee, dus uiteindelijk trokken we lootjes met ons drieën.

's Middags bakte ik met mijn moeder speculaaspoppen en pepernoten. Het huis rook naar koekkruiden. Mijn vader moest overdag gewoon werken, maar kwam 's avonds de woonkamer binnen met een groot cadeau waar een rode strik omheen gebonden was.

'Het ruikt hier verrukkelijk!' jubelde hij. 'Het wordt een prachtige avond!'

Ik kon niet wachten op het uitpakken van de cadeaus. Ik had mijn moeder getrokken en iets lekkers voor in bad voor haar uitgezocht. Ze rook eraan en zei: 'Heel lekker.' Zij gaf mijn vader een nieuwe lamp voor 's avonds in de tuin, want de oude was niet sterk genoeg. Ze gaf hem ook een fotolijst met daarin een foto van ons alle drie. Toen hij het zag, kneep hij in haar knie en daarna in de mijne.

Er was nog één cadeau over. Het grote cadeau.

Ik wilde het uitpakken, maar mijn vader zei plotseling hardop: 'Gek, voor mijn gevoel hangt dat ding hier al jaren.' Mijn hand verstijfde in de lucht. Hij wees naar de Chinese plank aan de muur. 'Ongelofelijk toch dat het in werkelijkheid maar een paar maanden is?'

Nu pas zag hij mijn uitgestoken hand en het was alsof hij ervan schrok. 'Wat doe je?'

'Mijn cadeau uitpakken...'

'Die is voor mama,' antwoordde hij en daarbij wendde hij zich tot haar: 'Ik hoop dat je het mooi vindt.'

Ik begreep er niets van.

'Ik heb al een cadeau,' stamelde mijn moeder.

Zo was het, iets voor in bad. Ik trok de strik los.

'Victor,' zei mijn vader scherp. 'Ik maak geen grap. Het is niet voor jou.'

De rest van de avond bracht ik door op de badkamer, met de deur op slot.

'Jullie kopen maar een heel duur cadeau voor me,' riep ik kwaad. 'Morgen wil ik het hebben.'

Vanuit de badkamer liep ik rechtstreeks naar mijn bed, en ik lag nog niet of de slaapkamerdeur ging voorzichtig open. Mijn vader sloop naar binnen. 'Het spijt me echt,' fluisterde hij. 'Ik dacht dat ik mama had.' Ik draaide mijn rug naar hem toe en hij ging weer weg.

Even later hoorde ik ons piepende hek en ik lag wakker totdat ik het nog een keer hoorde, uren daarna, toen de maan alweer ondergegaan was

Jaren later, toen we in de westelijke woestijn in Egypte sliepen onder een deken van kamelenhaar, vertelde mijn vader dat het moment hem terug had doen denken aan vroeger, toen ik drie jaar was en werd geopereerd aan mijn ogen. Hij had beloofd bij de ingreep te zijn, maar op het moment dat ik naar de operatiekamer werd gereden, was hij nergens te bekennen.

Mijn vroegste herinnering is van de dag erna. In een grote zaal, wit en leeg, speelde ik met blokjes aan een grote tafel. Mijn vader kwam aangelopen en ik draaide mijn rug naar hem toe. Ik hoorde hem fluisteren: 'Victor, daar ben je. Kom eens hier.' Maar ik weigerde naar hem toe te gaan, weigerde hem zelfs aan te kijken. Het gevoel dat ik toen had, die boosheid omdat hij me in de steek had gelaten, is een gevoel dat me altijd is bijgebleven. Ik weet verder niets meer van dat ziekenhuisbezoek, of van de weken erna, maar dát gevoel kan ik oproepen alsof de hele scène zich gisteren heeft afgespeeld.

Om goed te maken dat hij er voor aanvang van de operatie niet was geweest, kwam mijn vader een paar dagen later aanzetten met een gemotoriseerde helikopter. Het grote, malle ding kon niet vliegen, maar de propellers draaiden wel, waarbij ze een enorm lawaai produceerden. Vaag kan ik me het apparaat herinneren. Midden in onze woonkamer ronkte hij zo hard dat de vloer erdoor trilde. Ik schijn weg te zijn gerend en daarop gebood mijn moeder hem de helikopter terug naar de speelgoedwinkel te brengen en een houten trein te kopen. Hij kocht er zo veel extra rails bij dat ik de hele vloer vol kon leggen.

De volgende morgen bij het ontbijt was ik het ergste verdriet over het sinterklaascadeau wel vergeten. Maar een spoor van teleurstelling en wantrouwen bleef achter.

'Ik maak iets in de tuin voor je,' beloofde mijn vader. 'En daar word je heel gelukkig van.' Hij sprak vaak over geluk. Zelf werd hij gelukkig van rommelen in de tuin, van soep maken, van mensen helpen en boven alles natuurlijk van reizen.

In het weekend begon hij achter de schuur te werken

aan het mysterieuze project. In de kou. Wanneer het donker werd, klikte hij de grote lamp aan die hij van mijn moeder had gekregen. Voor mij bleef het een raadsel wat hij maakte en als ik het aan mijn moeder vroeg, haalde ze haar schouders op, maar ze wist het best; ze zat in het complot. Mijn vader verbood me in de tuin te gaan kijken en ik moest zweren ook niet stiekem te spieken. Mijn nieuwsgierigheid steeg bijna boven mezelf uit, tot boven de schuur, zodat het weinig scheelde of ik had heimelijk een blik kunnen werpen op het grote grasveld dat erachter lag. Ik hield me in, vroeg mijn vader zelfs niet wat hij aan het doen was als hij moe van de inspanning binnen een kopje soep opwarmde. Zijn soepen bereidde hij op vrijdagavond en hij vroor ze in lege ijsbakjes in, zodat hij er de hele week van kon eten. Uren trok op het fornuis water met daarin grote kippenbouten of een half konijn, zoals bij Babunia thuis.

Een paar dagen gingen voorbij waarin ik soms vergat dat er iets was wat ik niet mocht weten, maar dat besef kwam steeds terug en ik werd er humeurig van. Ik voelde me buitengesloten, zoals wanneer ik bij Babunia de tuin in werd gestuurd. Ik deed kortaf tegen mijn vader en onaardig tegen mijn moeder.

Op een zaterdagmorgen na het ontbijt zei mijn vader: 'Trek je schoenen eens aan.' Ik pakte ze. 'Nee, die andere schoenen...'

Ik schoof mijn voeten in de voetbalschoenen, nam de lange veters en draaide ze twee keer onder de zool door, daarna trok ik ze strak aan en legde een knoop erin, een dubbele knoop zoals mijn vader me had geleerd. Opwinding voelde ik, want hij ging onthullen waaraan hij al die dagen had gewerkt. Ook voelde ik angst. Of was het wantrouwen? Hij had me immers teleurgesteld, en om mezelf te beschermen verwachtte ik vanaf dat moment een beetje minder, hield rekening met een nieuwe teleurstelling.

Ik volgde mijn vader de tuin in. Het was een klare winterdag; de zon scheen en ik hoorde een paar vogels, maar vooral hoorde ik het getokkel van de noppen van mijn voetbalschoenen op het stenen pad langs de schuur. En toen zag ik het: een groot wit doel waarin een net hing. Het veld was omlijnd met krijt, er was zelfs een penaltystip. De geur van gemaaid gras had ik bij de schuur al geroken. Twintig meter van het eerste vandaan stond nog een doel. De netten waren strakgetrokken met haringen. De achterlijn ontbrak, maar wat maakte het uit? Ik had een voetbalveld, mijn eigen voetbalveld.

'Ik heb de netten opgekocht bij de vereniging en ze een beetje bijgeknipt,' begon mijn vader. 'Op het woonwagenkamp vond ik voor weinig geld een machientje om rechte lijnen te trekken. Allicht is het gestolen... maar ach...'

Hij was misschien wel meer ritselaar dan voetballer. In de supermarkt woog hij de tomaten af en nadat hij dat had gedaan, stopte hij er altijd nog drie of vier in de zak. En hij had onlangs nog een vijftien jaar oude, zilveren Mercedes op de kop getikt, ook via iemand uit het woonwagenkamp. Diezelfde week was hij met zijn Mercedes naar Duitsland gereden en daar had hij hem met 250 kilometer per uur over de snelweg gejaagd.

'Machtig!' vertelde hij daarover. 'Alles trilde!'

Meer ritselaar dan voetballer dus, al was hij als kind een begenadigd talent geweest. De profclub uit de buurt had hem zelfs eens uitgenodigd mee te spelen in het jeugdelftal. Voor de selectiewedstrijd versliep hij zich, en toen hij een tweede kans kreeg, versliep hij zich opnieuw. 'We hadden thuis geen wekker,' vertelde hij. 'En mijn vader maakte me niet wakker.' Hij zweeg even: 'Geen mens is perfect, Victor. Dus mijn vader niet en jouw moeder niet. Jij niet, ik niet, het gaat erom dat we anderen hun fouten vergeven...'

Ik was bereid mijn vader alles te vergeven, want hij gaf me het mooiste cadeau van mijn leven. Geen vrij uur ging voorbij zonder dat ik voetbalde op mijn nieuwe veldje. In tenues van de teams die er in die tijd toe deden, zaten de jongens uit de buurt op de rand van de stoep bij ons huis te wachten. Iedereen wilde mijn vriendje zijn. Ook wanneer het regende speelden we en dan kreeg zelfs het lelijkste doelpunt iets heroïsch. Mijn vader keek vanonder het afdak van de schuur vaak toe. Had hij niet verteld dat het tijdens de finale van Dzia Dzio ook flink had geregend? Met mijn vriendjes ploegde ik het veld om en geregeld kwam ik aan het einde van de middag onder de modder weer binnen. Van mijn moeder moest ik me bij de deur uitkleden en naakt naar de douche rennen.

In de zomer mocht ik ook 's avonds in het donker nog buiten voetballen, bij het licht van de grote, fel brandende lampen van de tennisbaan, die vlak bij ons huis lag. Het was hetzelfde licht waarbij mijn vader tot laat in de tuin stond te schoffelen, een handeling die hem leek te betoveren, want hij hield het hele lentes en zomers vol. Soms keek ik 's avonds vanuit mijn slaapkamerraam naar hem. Nauwgezet verrichtte hij zijn werk. Om tien uur stopten ze op de baan met tennissen, en vrij snel daarna doofden de lichten. Eén voor één. Bam, bam, bam, bam! Ik probeerde wel eens precies op dat moment naar mijn vader te kijken. Het ene ogenblik badend in het licht, een seconde daarna opgelost in de duisternis.

7

Hoe goed was ik als jonge voetballer? Ik scoorde regelmatig. Misschien ontstond daardoor ten onrechte de indruk dat ik er wat van kon. Of kwam het doordat mijn vader mijn spel ophemelde? Toen ik nog heel klein was, ontdekte hij mijn talent, en hij stond erop dat ik op voetbal ging, al was ik daar een jaar te jong voor. Hij kreeg de plaatselijke club zover dat ik toch werd toegelaten.

In al mijn voetbaljaren miste mijn vader, ondanks zijn vele congressen, weinig thuiswedstrijden, en zelfs wanneer we in een uithoek van de provincie speelden, op een veld dat niet aan de goede afmetingen voldeed en waar ook nog eens gaten in de netten zaten, was hij erbij. In zijn overall verscheen hij langs de lijn en als het kouder werd, droeg hij eroverheen een felrode bodywarmer die elk jaar fletser werd, maar waarin geen gat of slijtplek kwam. Altijd droeg hij zijn legergroene laarzen. Na afloop kon je zien waar op de tribune hij had gezeten, omdat daar vertrapte modder was achtergebleven. Regelmatig kwam hij pas na een minuut of twintig aangewandeld en floot dan even op zijn vingers om me te laten weten dat hij er was.

Hoewel hij hield van gezelschap, ging hij meestal alleen zitten. 'Ik kom voor de sport,' zei hij dan. Dat was niet helemaal waar. Als hij er een keertje vroeg was, dronk hij in de kantine jonge jenevers. In de andere gevallen deed hij dit tijdens de rust. Zo vroeg in de middag was hij meestal de enige afnemer, maar dat maakte hem niets uit.

Als ik scoorde, floot hij scherp op zijn vingers. Daar bleef het bij. Wel gaf hij vaak hetzelfde commentaar. 'Je moet meer om de bal vragen. Je doet er altijd wat goeds mee. Je moet hem opeisen.' Hij zei nog iets wat me heel gelukkig maakte: 'Je trainer vertelde dat hij het liefst elf Victors opstelt.'

Ik was gelukkig als mijn vader over mijn voetbalkwaliteiten sprak, omdat ik dan voelde hoezeer ik ertoe deed voor hem. Ik wist best dat hij van me hield, vaders houden onvoorwaardelijk van hun zoon. Maar hij was zo druk dat ik vreesde dat hij dat op een dag zou vergeten.

In al die jaren vertelde hij één keer iets wat ik bijna niet kon geloven. Toen Ajax een wedstrijd in Limburg speelde, gingen we er samen heen. Het was een ijzige avond, de grasmat lag vol sneeuw. Vrijwilligers deden hun best het veld speelklaar te maken, terwijl wij op de tribune zaten te wachten. Het gerucht ging dat de wedstrijd best eens afgelast zou kunnen worden. Uiteindelijk gebeurde dat ook, en het stadion stroomde leeg, terwijl ik me enorm had verheugd Ajax een keer in het echt te zien voetballen. Ik mopperde op mijn vader alsof hij er iets aan kon doen en ondertussen keek ik naar mijn voeten, omdat er zo veel mensen waren dat ik bang was op iemands tenen te gaan staan. Plotseling was mijn vader weg. Overal zag ik mannen, maar nergens mijn vader. Ik zocht zijn blik die me gerust zou stellen, maar ik vond hem niet, en de stroom mensen voerde me mee, dreef me bij hem vandaan totdat ik op de straat stond voor het stadion. Politieagenten zaten op paarden, overal waren mannen, in de verte klonk dreigend supportersgezang, en ik wilde weg. Mijn vader zoeken. Ik dacht me te herinneren waar hij de auto had geparkeerd, maar ik vergiste me: ik vond onze auto niet terug. Ik dwaalde rond, minstens een uur, en toen werd ik gevonden. Mijn vader sprong uit een politiewagen en omhelsde me zonder wat te zeggen. Waarom zei hij niet gewoon dat hij blij was me weer te zien? In plaats daarvan bleef hij stil.

Toen we van de schrik waren bekomen, bromde hij: 'Zeg dit maar niet tegen je moeder.'

Onderweg naar huis vertelde hij over de zoektocht door agenten, dat hij op het dak van een politiebus was geklommen en de longen uit zijn lijf had geschreeuwd. Daarna was mijn naam ook omgeroepen via de stadionspeaker, over het hele plein galmden mijn voor- en achternaam, zoals de namen van de voetballers voor de wedstrijd door het stadion worden geschreeuwd.

'Ik keek toen je naam klonk naar de Ajax-bus,' zei mijn vader. 'En ik zag de spelers luisteren. Voorin zat Louis van Gaal. Hij heeft je naam gehoord, Victor. Over enkele jaren maak je een belangrijk doelpunt en dan zal hij denken: die naam heb ik in Limburg al eens gehoord, op die heel koude avond toen het veld vol sneeuw lag.'

Ik lachte erom alsof het een grapje was. Ik lachte er zo hard om dat mijn vader geïrriteerd raakte. Hij bleef volhouden dat het echt was gebeurd, zoals hij ook vol bleef houden dat ik een voetballer was met dezelfde buitengewone kwaliteiten als mijn opa. Kwaliteiten die hijzelf ook bezat, maar die waren er nooit uitgekomen.

'We hadden thuis geen wekker,' zei hij. 'Dzia Dzio stond op met de zon, geen wekker nodig. In de weekenden had hij meestal geen dienst op de mijnen en dan sliep hij lang. Uitgerekend op zaterdag had ik tot twee keer toe die selectiewedstrijden, heel belangrijke wedstrijden. Ik versliep me steeds. Dzia Dzio stond niet op om me te wekken.’

8

Toen ik een jaar of elf was, verdween mijn vader voor zijn langste congres in mijn jeugd. In welke prachtige stad het werd gehouden, wilde hij niet vertellen. Hij gaf me vlak voor vertrek zelfs een tik omdat ik niet stopte ernaar te vragen, maar ik was gewoon nieuwsgierig. Op mijn vraag wanneer hij terug zou komen, werd mijn moeder op haar beurt heel boos. Ik begreep er niet veel van.

'Morgenvroeg gaan we winkelen,' zei ze twee weken nadat hij was vertrokken. Het was vrijdagavond.

'Kan niet,' antwoordde ik. 'Ik heb dan een wedstrijd.' Geen heel belangrijke wedstrijd, maar was elke wedstrijd niet belangrijk als ik zo goed wilde worden als mijn opa?'

'Brutale aap,' riep mijn moeder. 'Je gaat mee als ik dat zeg.'

De volgende morgen kwamen we na een rit van twee uur aan bij een groot oud huis midden in het bos, een verlaten hotel uit een spookverhaal. Een vreemde plek voor een congres, te meer omdat die voor zover ik wist altijd in wereldsteden werden gehouden. Mijn moeder had in de auto weinig gesproken – ze hield er niet van te rijden over onbekende wegen. Ik begreep allang dat we niet gingen winkelen, maar wat er precies aan de hand was, bleef onduidelijk.

Mijn vader stond bij de ingang van het gebouw voor een groot hek. Hij zag er goed uit, alsof hij flink had uitgeslapen. Hij omhelsde mij en drukte een kus op mijn moeders lippen. We liepen het bos in, niemand sprak. Mijn ouders hadden een mooie, frisse dag uitgekozen voor dit uitstapje.

'En?' vroeg mijn moeder. 'Hoe gaat het hier?'

Hij schraapte zijn keel en zei: 'Heel goed, kijk eens hoe mooi.' Hij wees met een weids gebaar. 'Ik maak lange wandelingen door het bos. Ik vraag me af hoe het hier in de herfst is.' Hij kneep me in mijn schouder: 'Onder elke boom zullen dan de paddenstoelen uit de grond schieten, denk je niet?'

'En verder?' vroeg mijn moeder.

'Nou, ik hoop hier weg te zijn voor die herfst er is,' verzuchtte hij. 'De mensen zijn gek, echte gekken zitten hier opgesloten.'

Er floten veel vogels in het bos. Mijn vader bleef onder een boom staan, stak zijn vinger in de lucht: 'Een specht,' zei hij. 'Hoor je?' Inderdaad klonk ritmisch geklop tegen de stam.

Mijn moeder zuchtte, ze draaide wat ongemakkelijk met haar handen. 'En hoe gaat het nu verder?' vroeg ze.

Mijn vader zweeg.

'Ik heb eigenlijk een wedstrijd nu,' zei ik, om maar wat te zeggen.

'Wat jammer voor je team.'

Het was even alsof ik geen adem kon halen, ik kreeg het benauwd. Ik vroeg: 'Waarom zit je hier?'

Hij wendde zijn blik af.

Mijn moeder zei: 'Laat ons maar even praten.'

'Ja, dan kun jij ondertussen de eenden voeren,' vulde mijn vader aan. Hij had brood bij zich. Er stond een groot bord met daarop: NIET VOEREN.

'Ik voer ze elke dag,' zei hij tevreden.

Mijn ouders dempten hun stemmen, zodat het even later extra hard klonk toen mijn vader uitriep: 'Maar je luistert niet naar mij!' Met een ruk draaide hij zich om en hij liep bij haar vandaan. Voorovergebogen leunde hij met één hand tegen een boom, alsof hij op adem moest komen. Toen opende hij zijn mond en schreeuwde. Een vreselijke schreeuw die uit zijn tenen kwam. Vijf, tien seconden.

De eenden in de vijver vlogen weg. Mijn moeder liep ook weg, terug naar het spookhuis.

'Nog een week,' zei mijn vader bij het afscheid voor de poort daar. 'Geen dag langer. Dan ben ik er weer.'

Deze belofte kwam hem op een kille blik van mijn moeder te staan.

Een week later stond hij aan de rand van het voetbalveld en floot op twee vingers toen ik scoorde. Zoals altijd wanneer ik een doelpunt maakte. Natuurlijk was er iets veranderd, dat voelde ik ook wel aan. Maar kon het kwaad te doen alsof alles bij het oude was gebleven? Nog een paar maanden had ik moeite 's nachts in slaap te komen, want telkens als ik mijn ogen sloot, zag ik hem tegen de boom leunen en hoorde ik zijn schreeuw.

9

Iedere zaterdagmorgen maakte mijn vader me veel te vroeg wakker. Zelfs wanneer zijn adem de katten uit het huis verdreef, bakte hij een eitje voor me. Met een wolkje melk erin, paprikapoeder en verse peterselie uit de tuin. Hij legde het op een dubbele witte boterham die hij doormidden sneed. Als hij dit laatste vergat, wist ik dat het niet goed met hem ging. Op dit soort dagen had ik liever niet dat hij naar de wedstrijd kwam kijken en al helemaal niet naar mijn trainingen. Het maakte me verdrietig als hij op kille herfstavonden met zijn handen in zijn zakken vanuit het duister naar de training keek. De kantine was gesloten en dus stond hij daar, zwijgend, soms met een sigaar in de mond – de walm daarvan rook ik vaker nog voordat ik mijn vader langs de zijlijn opmerkte.

Ook op de dag dat hij thuis was gekomen met het potje vol doorzichtig wit, stond hij 's avonds langs de kant van het trainingsveld. Hij had me per se willen brengen. Veel te vroeg waren we thuis vertrokken. Gewoonlijk hield ik ervan naast hem in de auto te zitten. Wanneer we elkaar niet aankeken, vertelden we elkaar onomwonden de waarheid, of misschien onze eigen waarheden. Bovendien kon hij niet zomaar verdwijnen zolang hij naast me zat. Deze gedachte schonk me rust. Dit keer zei hij: 'Wat een vreselijk congres. Vijf dagen op een boot. Wie verzint dat?'

'Maar je verheugde je er toch op?' vroeg ik. Voor vertrek had hij verteld over het casino aan boord en over het nachtcafé met de grote dansvloer.

'Het was vreselijk,' zei hij met zachte stem. 'Opgesloten als kippen in een te klein hok. Ik kon geen kant op.'

Wanneer mijn moeder een avond had gewerkt, informeerde ze de volgende dag tussen neus en lippen door: 'Is papa nog ergens heen gegaan?'

Zijn afwezigheid hoorde bij mijn jeugd, zoals naar school gaan erbij hoorde en zoals elke zaterdag een wedstrijd voetballen er onderdeel van uitmaakte. Ik zag geen kwaad in zijn afwezigheid. Regelmatig werd er 's avonds voor hem gebeld en als ik zijn naam dan de tuin in riep, kwam hij meestal niet. Ik nam een boodschap aan en vroeg mensen de volgende dag terug te bellen. Over waar hij heen was, dacht ik nauwelijks na. Mensen helpen die hij via zijn werk kende? Of misschien wandelde hij door bossen en over de heide, zodat de wind door zijn hoofd kon waaien, want daar hield hij van. Of hij deed iets heel anders, iets wat nog veel belangrijker was. Misschien hielp hij de politie wel met het oplossen van misdaden, maar mocht hij dat aan niemand vertellen. Zelfs niet aan mijn moeder.

'Hij zit gewoon in het café hoor,' zei mijn moeder eens toen ik eigenlijk nog te klein was om dat te horen. 'Zuipen totdat hij dubbel ziet.'

Aan de jongens van mijn voetbalteam vertelde ik de dag erop dat mijn vader bij de politie werkte, in een speciale functie; erg hoog en belangrijk. Ik vertelde erbij dat ze het absoluut niet mochten doorvertellen, maar ik hoopte stiekem dat ze het aan al hun vriendjes zouden zeggen.

'We hebben een film gekeken,' antwoordde ik vaak als mijn moeder vroeg of mijn vader thuis was gebleven. Ze was veel gelukkiger als ik zei dat ik de hele avond met hem op de bank had gezeten.

Als mijn vriendjes en ik tussen het voetballen door even verstoppertje speelden, was ik bang dat iemand zich in de schuur zou verstoppen. Zelf vond ik daar regelmatig flessen sterkedrank; verstopt in een kier tussen een kast en de muur, verborgen tussen de opgestapelde tuinstoelen. Ik goot ze leeg achter de schuur en bracht ze naar de glasbak, zonder dat mijn vader of moeder er iets van zeiden. Misschien hadden ze het niet eens door. Nooit nam ik een slok, want ik associeerde de geur met onaangename tijden, tijden waarin ik 's nachts wakker lag omdat ze beneden ruzie aan het maken waren.

Na zo'n nachtelijke ruzie kwam hij toch altijd naar mijn voetballen kijken. Een enkele keer trad hij zelfs als grensrechter op, dan hield ik mijn hart vast. Hij deed dat gewoon op zijn laarzen. Hij liep niet mee met het spel, maar bleef op één punt staan, ergens halverwege de helft. 'Zo kan ik het ook zien,' zei hij. Inderdaad vlagde hij nagenoeg foutloos, en als het een keer mis ging, dan altijd in ons nadeel. Aan voortrekken deed hij niet. Daar moesten sommige jongetjes van mijn team aan wennen, zoals de mensen langs de kant aan zijn verschijning moesten wennen, aan zijn laarzen vol modder, aan de sigaar die hij genoegzaam rookte. Af en toe liet hij de sigaar vallen omdat hij pardoes zijn vlag in de lucht moest steken. Ook stak hij de sigaar wel eens in de lucht en liet hij juist de vlag vallen. Soms zag ik hem wegdromen aan de zijlijn en dan riep ik: 'Pap!' In de kleedkamer kroop ik in een hoekje weg wanneer de trainer vroeg welke vader even wilde vlaggen.

Hij vlagde niet voor zichzelf, hij deed het voor mij. Daarom was ik niet boos als ik een blik over mijn schouder wierp en er geen grensrechter te bekennen was. Een lege zijlijn, tot hij vanuit het publiek een sprintje terug naar zijn plek trok. 'Sorry, sorry,' verontschuldigde hij zich en hij stak zijn sigaar in de lucht. 'Even een vuurtje gehaald.'

Tijdens de belangrijkste wedstrijd die ik speelde, was mijn vader er overigens niet. Hij was voor een congres naar Milaan. Ik speelde met mijn team een toernooi en scoorde twee doelpunten in de laatste vijf minuten van de finale, waardoor we het toernooi wonnen. Dat mijn vader uitgerekend deze wedstrijd miste, vond ik vreselijk.

Toen hij opbelde, vertelde ik hem erover aan de telefoon. 'Wat zonde!' zei hij. 'Dat had ik graag gezien, maar Victor, mijn beltijd is op. Ik ga uitvallen.'

Ik sprak hem zo kort, dat ik niet eens over de medaille die ik had gewonnen kon vertellen. In afwachting van zijn thuiskomst sliep ik ermee onder mijn kussen. Ik mocht die avond opblijven tot hij er zou zijn. Mijn moeder en ik hadden toastjes met tonijnsalade klaargezet en in de koelkast lag chocolade met pepers erdoor, mijn vaders favoriet. Met mijn hand tastte ik af en toe in mijn broekzak om te controleren of mijn medaille er nog was.

Het werd later en later. 'Waarom ga je niet lekker naar bed?' vroeg mijn moeder. Maar ik peinsde er niet over. Mijn medaille was niet zo mooi als die van mijn opa. Hij was van een of ander nepmetaal, dat zag je meteen. Ook stond er geen fraaie Franse tekst in gegraveerd. Maar toch... mijn doelpunten hadden ons het ding opgeleverd.

Ik vocht tegen mijn moeheid. Om twee uur 's nachts roffelde mijn vader eindelijk op het raam. 'Daar is hij dan,' sprak mijn moeder cynisch. Ze bleef op de bank zitten, terwijl ik naar de achterdeur liep.

Mijn vader kwam binnen met een brede glimlach. 'Ciao!' zei hij. Hij zag eruit als een presentator van een televisieprogramma. Zijn gezicht was bruin en hij had een modieus sikje. Hij wreef in zijn handen en zei: 'Wat is het toch koud in Nederland.'

Inmiddels was mijn moeder opgestaan en ze zoende hem. 'Waarom heb je een sikje?' vroeg ze.

'Dat hadden alle Italianen...'

'Maar je bent geen Italiaan,' zei ze.

Als antwoord hief hij zijn hoofd een beetje op, zoals een model dat doet.

We namen plaats op de bank en mijn vaders verhalen kwamen al snel in een stroomversnelling. Hij vertelde over het congres, over de Dom van Milaan, over een meer dat hij had bezocht, waarvoor hij een hele middag congres had moeten missen.

Uit zijn koffer haalde hij een pakketje waar een krant omheen gewikkeld zat. 'Ik heb wat voor je meegenomen Victor,' zei hij. 'Je zult het prachtig vinden. Je weet dat de Italianen van goed eten houden, toch? Net als de Polen. Nou, bij dat meer was een terras met houten stoelen. Twee oude Italianen zaten daar te discussiëren en te roken. Lange sigaren, tussen hun harige vingers geklemd. Naast de mannen stond een bord, met daarop: lasagne 7000 lire. Dat is krap 6 gulden, spotgoedkoop. Ik bestelde een lasagne en een glas rode wijn bij een oud vrouwtje met een enorme neus. Ze deed me aan mijn moeder denken, maar dan zonder die neus. Ze liep bijna net zo krom. En...'

Hij was gestopt met het uitpakken van het cadeau en keek mijn moeder en mij aan: 'Het was de lekkerste lasagne ooit, zonder overdrijven. En ik zat daar, uitzicht over dat prachtige, rustige water en ik voelde me geweldig.'

Hij zweeg en mijn moeder zei: 'Dat is mooi, maar pak dat cadeau nu eindelijk eens uit.'

'Sorry,' zei mijn vader en hij ging verder met de kranten eraf te wikkelen. 'Je houdt toch van koffie?' vroeg hij mij.

Ik dronk al koffie sinds mijn derde. Volgens mijn vader was dat in Polen en België heel gebruikelijk.

'Aan dat meer dronk ik de lekkerste koffie uit mijn leven,' ging hij verder. 'En daarom...' Hij toverde een klein, metalen ding tevoorschijn. Een stoomketeltje, maar dan smaller en hoger. Hij gaf het aan me. Ik had geen idee wat het was.

'Het heet een percolator,' doceerde mijn vader. 'Het is voor heel sterke koffie. Espresso noemen ze dat. En ik heb de sterkste bonen van heel Italië bij me. Uit Sicilië, de punt van de laars!'

Mijn moeder had de percolator overgenomen en hield hem in het licht. 'Wat een mooi ding,' zei ze. Hij glom zoals de medaille van Dzia Dzio had gedaan toen ik hem voor het eerst zag.

Zelf kreeg ze hierna ook nog een cadeau van mijn vader, Italiaanse chocolade. Hij vertelde er een lang verhaal bij, iets over een fabriek in Perugia. Ondertussen sloot mijn moeder af en toe haar ogen. Voor Babunia had hij een miniatuur van de Dom van Milaan meegebracht.

'De hele reis was een geweldige ervaring!' riep mijn vader enthousiast. Mijn moeder schrok wakker van zijn stemverheffing.

In mijn zak zat nog steeds de medaille, maar hij brandde niet langer. Ik hield hem waar hij was.

10

Vroeg op een herfstige morgen reed ik met mijn vader naar het bos, hetzelfde bos waar Babunia hem vroeger mee naartoe had genomen. We hadden een handboek over paddenstoelen bij ons. Een dik boek dat mijn vader 'de bijbel' noemde. De getekende plaatjes begonnen al te vervagen.

Het bos rook naar verregend mos en eikels, en tussen de bomen hingen slierten mist. De zon was nog niet op, want volgens mijn vader kon je niet vroeg genoeg in het bos zijn; de geuren, de geluiden, allemaal was het de moeite waard. 'En dan die zonsopgang, veel mooier kan bijna niet.' De vorige avond was hij op tijd gaan slapen. Zijn blauwe ogen stonden helder. Hij sprak bevlogen over eekhoorntjesbrood, de cantharel en de oesterzwam. Ik voelde rust en geluk als hij met veel toewijding iets uitlegde. Het bracht ongeveer dezelfde aangename sensatie bij me teweeg als de zonsopgang. Overal om me heen vielen gouden stralen op de grond. Mijn vader bleef staan en keek ernaar, zwijgend. Ik begreep dat ik ook even mijn mond moest houden.

Over zijn schouder hing een groene legertas, want hij

had in dienst gezeten. In deze tas stopten we de paddenstoelen, en in de zomer op Franse stranden de kokkels, weekdieren in schelpjes die zich ingraven in het zand. Daarbij laten ze vaak een dun kruipspoor achter, waardoor ze hun verstopplaats prijsgeven.

Tijdens het zoeken stak mijn vader soms ineens zijn hand in de lucht. Dan vloog er een zwerm ganzen over, of zat in de boom een specht te tikken.

Deze ochtend vroeg mijn vader uit het niets: 'Zeg, vertel eens. Heb je eigenlijk al een vriendinnetje?' Ik schudde mijn hoofd. 'Dat wordt misschien eens tijd,' zei hij. 'Je bent al bijna dertien. Maar je moet doen waar je gelukkig van wordt...'

'Jaja,' zei ik.

'Niets jaja,' antwoordde hij fel. 'Heb je iemand op het oog?'

Ik twijfelde even en zei zacht: 'Ja.'

'Als je het maar veilig doet.'

'Pap!'

'Je bent oud genoeg om dit te horen.' Hij stopte met praten en ging op zijn knieën zitten om een paddenstoel van dichtbij te bekijken. Hij trok hem uit de grond en rook eraan. 'Wat denk je?' De paddenstoel was lichtbruin van kleur. Dikke, natte slierten liepen er aan de onderkant uit.

'Ziet er goed uit, toch?' vroeg ik weifelend.

Hij opende het boek en bladerde zich naar het antwoord. Op dat moment begon het te regenen. 'Ah!' zei hij. 'Lekker fris.' Hij wreef de druppels die op het opengeslagen boek vielen steeds weg met zijn duim en bleef zoeken naar de paddenstoel. Ik wachtte in spanning af – ik hield van deze ogenblikken, ik hield van mijn vader die elk moment het verlossende antwoord kon geven.

'Ziet er inderdaad goed uit!' zei hij en hij stopte de paddenstoel in zijn tas.

'Hoe heet ze?' vroeg hij toen.

'Laat maar. Ze vindt me toch niet leuk.' Nog steeds had ik een grote bril en inmiddels ook een beugel.

'Dat weet je niet! Je bent anders dan andere jongens,' zei mijn vader. 'Dat zien die meiden, de goede dan.' Als student was mijn vader een rokkenjager geweest. Het bewijs hiervan was een sigarendoosje dat hij in de schuur bewaarde in een bak met gereedschap. Ik vond het op een dag toen ik heel andere dingen zocht. Het doosje was oud en het stonk een beetje, naar tabak en vergane glorie. Aan de binnenkant stonden tientallen meisjesnamen, in het krullerige handschrift van mijn vader. Met vulpen, altijd een vulpen. Die droeg hij in het borstzakje van zijn overhemden. Tot ergernis van mijn moeder, want de vullingen lekten vaak en meer dan één overhemd werd erdoor verruïneerd.

Ik vroeg hem eens naar het doosje en naar de namen aan de binnenkant. Hij antwoordde zonder aarzelen: 'Dat zijn alle meisjes met wie ik wat heb gehad.'

'Zoveel?' Ik telde de namen een paar keer, uit trots en jaloezie, geloof ik. Misschien vielen ze op zijn ogen, daar kreeg hij veel complimenten over.

In het bos ontweek ik die ogen toen hij vroeg: 'Komt er al wat uit daar beneden?'

'Waaruit?'

Even leek hij te zoeken naar woorden, toen zei hij: 'Laat ook maar.'

De regen bleef op ons neerkomen, soms heftig, dan weer rustiger. Ik raakte er een beetje gedesoriënteerd van, maar had geen angst om te verdwalen. Mijn vader was bij me.

We wandelden door, steeds dieper het bos in. Gebogen, zoals elke keer wanneer we op zoek waren naar die ene paddenstoel die onze ochtend compleet zou maken. Liefst een heel bijzondere die we nog nooit hadden gezien. Achter in de bijbel stonden een paar exemplaren die er zo bizar uitzagen dat we ons niet konden voorstellen dat ze daadwerkelijk bestonden.

'Als je een keer seks hebt,' zei mijn vader na een tijdje, 'doe er dan zo'n ding omheen. Je voelt er minder van, het is vreselijk. Maar je wilt niet dat ze zwanger wordt.'

'Pap!'

'Ik vertel het, want dan weet je het,' zei hij. 'Ik lag een keer met een meid. Heel mooi meisje, maar die zei terwijl we bezig waren: "Ik wil een kindje van je." Ze was helemaal gek. Ik meteen eruit.'

Nadat hij dit had gezegd, gaf hij met enige vorm voor drama een klap op zijn tas. 'We hebben genoeg. Op naar die fraaie Mercedes van me.' Maar die vonden we niet meteen, dat duurde ruim een uur waarin we helemaal natregenden.

De paddenstoelen bakte hij bij thuiskomst met knoflook, gedroogde pepers en sojasaus in de wok. Zo vond hij ze het lekkerst, zo had hij ze in China gegeten op een marktje ergens in het zuiden van het land.

'Het wordt heerlijk,' riep hij tussendoor. 'Wil je echt niets?' Hij verheugde zich er op dezelfde manier op als wanneer hij kokkels of mossels bereidde. Daar serveerde hij frietjes bij, met zelfgemaakte mayonaise.

Na het eten werd mijn vader steeds opgewekter. Zijn woorden schoten vooruit zoals zijn wagen had gedaan over de Duitse snelweg toen hij hem daar was gaan testen. Hij pakte alle kranten die door de woonkamer verspreid lagen en maakte er een stapel van. Toen begon hij ze één voor één door te bladeren en hij slingerde de bekeken katernen door de kamer. Ondertussen vertelde hij over een nieuwe auto die hij wilde kopen. 'Zullen we buiten gaan voetballen?' vroeg hij opeens, terwijl het zo hard regende dat zich een plas vormde op ons grasveld.

Ik rende de trap op en trok mijn oudste kleren aan. Daarna moest ik nog even plassen, iets wat ik altijd deed voordat ik ging voetballen. Terug in de woonkamer, zag ik mijn vader nergens. Ik riep door het raam zijn naam, maar hij verscheen niet.

Pas een minuut of tien later kwam hij binnen. Drijfnat van de regen, met een brede glimlach op zijn gezicht.

'Voetballen?' vroeg ik.

Hij stond voor me in de woonkamer. Water drupte van zijn jas op de vloer. Hij had zijn laarzen nog gewoon aan. 'Ik zat te denken,' zei hij. 'Jij vond China toch ook geweldig?' Mijn antwoord wachtte hij niet af. Hij riep: 'Muziek!' Hierop trok hij zijn laarzen uit, daarna zijn natte jas en broek, en hij zette de platenspeler aan, Led Zeppelin. Hij sprong op de bank en speelde luchtgitaar. In zijn onderbroek. 'We moeten een grote reis maken,' schreeuwde hij boven de muziek uit. 'Jij en ik.'

Toen het nummer afgelopen was, ging hij even op de bank zitten. 'Ik voel me zo licht in mijn hoofd,' gaf hij toe. Hij had een bezweet gezicht en zijn pupillen waren groot.

'Gaat het?' vroeg ik bezorgd. Misschien was er iets in zijn hoofd geknapt. Een verbinding.

'De paddenstoelen,' zei hij. 'Het zullen de verkeerde zijn geweest.' Hij sloot zijn ogen alsof hij moe was. 'Ik zie allemaal kleuren. Geel, blauw. O, en Victor...' Hij keek me ontredderd aan. 'Waarom sta je op de kop?'

Hij stond op en liep naar me toe. Ik deinsde achteruit.

'Vroeger heb ik dit al eens gedaan,' zei hij. 'Maar toen was het de bedoeling.' Hij lachte weer hard en ik moest ook lachen. Mijn buik begon er pijn van te doen.

'Papa,' zei ik toen. 'Mama komt zo thuis.'

Hij nam de woonkamer in zich op. Overal op de grond lagen kranten en vanaf de deur liep een modderspoor naar de platenspeler. Zijn natte kleren lagen op een hoopje op het tapijt. 'O hemel,' zei hij. 'Dan krijg ik weer op mijn kop.'

Mijn moeder was inderdaad streng in huis. Wanneer de kachel aanstond in de winter schreeuwde ze wel tien keer op een dag: 'Deuren dicht!' En alles moest opgeruimd zijn. Als ik uit school kwam mocht ik mijn tas niet even tegen de muur zetten, ik moest hem meteen naar mijn kamer brengen en mijn jas hoorde aan de kapstok.

'Ik droomde er altijd van een vrij man te zijn,' mompelde mijn vader terwijl hij het modderspoor bekeek. 'Veel meer dan vrijheid hoefde ik niet. Geen wilde seks of geld, alleen de mogelijkheid de wereld te zien.' Ik reageerde niet. 'Of de mogelijkheid om diezelfde wereld juist niet te zien. Zolang ik het zelf maar kon bepalen.'

'Papa, doe niet,' zei ik.

'Je bent oud genoeg om dit te horen.'

Ik wist wat er ging komen en dus liep ik de trap op, weg van zijn woorden. Hij kwam me achterna. 'Rustig maar,' beloofde hij. 'Ik stop al. Kom terug...'

Voor de zekerheid wachtte ik nog even boven aan de trap en liep toen pas de woonkamer binnen. Hij was bezig de modder op te vegen. Zijn kleding had hij netjes over een stoel gehangen.

'Zullen we dan nu voetballen?' vroeg hij voor de tweede keer. 'Ik ben in bloedvorm.' Hij deed alsof hij me passeerde met een denkbeeldige bal, zoals hij vlak daarvoor denkbeeldig gitaar had gespeeld en denkbeeldig een paard had gevangen met een lasso. Toen rinkelde de telefoon.

'Met Victor!' Ik hoorde een taal die ik niet verstond, maar wel herkende. Ik twijfelde even, en riep toen: 'Pap!'

Hij nam de hoorn aan met dezelfde brede glimlach die hem de hele dag al sierde. Een serieuze trek verscheen op zijn gezicht. Hij fronste zijn wenkbrauwen, sprak Pools. Toen hij oplegde, was het alsof al het voorgaande was vergeten.

Hij begon te huilen, hevig en diep. Ik wist me geen raad. Hij huilde alsof hij alleen was. Toen hij eindelijk tot bedaren was gekomen, zei hij: 'Wujek Lech heeft zelfmoord gepleegd.' *Wujek* betekent oom. Wat zelfmoord betekende, wist ik al zolang ik me kon heugen, omdat wujek Lech niet de eerste in de familie was die de hand aan zichzelf sloeg.

Ik vond het ingewikkeld als het bericht van een zelfmoord ons bereikte. Mijn vader was dan dagen terneergeslagen, ook als het een aangetrouwde neef betrof die hij pas een paar keer had ontmoet.

Mijn moeder liet geen moment passeren om te zeggen hoe laf een zelfmoord was. 'Dat is echt iets voor zwakke mensen,' zei ze dan bijvoorbeeld.

'Dat mag je niet zeggen,' antwoordde mijn vader een keer. 'Ik keur het ook niet goed, maar je weet niet wat er speelde.'

'Jawel hoor,' antwoordde ze doodgemoedereerd. 'Drank.'

Andere zaken maakten veel meer indruk op me. Het verdwalen na de afgelaste wedstrijd van Ajax bijvoorbeeld, maar ook een gebeurtenis die plaatsvond toen ik in de brugklas zat.

Het was laat in de ochtend en ik liep alleen naar school omdat ik een afspraak bij de oogarts had gehad. Vlak bij mijn school stond een gevangenis, waar ik met een boog omheen liep. Niet met een te grote boog, want even verderop zaten bijna altijd wel jongens op een bankje die probeerden iedereen die voorbijkwam en jonger was dan zij een klap te verkopen. Ik was de dans tot nu toe ontsprongen, omdat ik het niet pas op een hollen zette op het moment dat ze me zagen, maar ruim daarvoor al. Dit keer stak ik het grote grasveld over dat midden in de wijk lag, een gevaarlijk punt, omdat het geen enkele beschutting bood.

Een donker, klapperend geluid stortte zich plotseling

vanuit de hemel omlaag. Een helikopter verscheen, vlak boven de bomen. Verbaasd zag ik hoe hij verderop rakelings over de huizen vloog. Hij daalde en daalde. Tien, twintig seconden hoorde ik het daverende geronk, daarna trilde de grond en klonk er een enorme knal. Rook steeg op, pikzwarte rook. Al snel stonk de lucht naar benzine en vuur. Mensen renden hun huizen uit, gebaarden druk naar elkaar, maar niemand leek een idee te hebben van wat er aan de hand was. Brandweerwagens verschenen. Een brandweerman kwam op me af gelopen.

'Ga naar je school,' zei hij. 'Deze lucht is slecht voor je.'

Ik kon niet wachten aan mijn vriendjes te vertellen wat ik had meegemaakt. 'Ik heb een helikopter zien neerstorten,' riep ik opgewonden toen het pauze was. In een kringetje verzamelden ze zich om me heen. 'Echt niet,' oordeelden ze. Ik hield vol, maar ze geloofden me niet. Niemand van hen had ooit een helikopter neer zien storten, dus waarom ik wel? Zelfs toen de rector omriep dat er een helikopter tegen de grond was gegaan, weigerden ze te geloven dat ik erbij was geweest.

Toen ik thuiskwam, was mijn vader de heg aan het snoeien. Hij had een paar weken vrij van zijn werk. Ik vertelde hem het hele verhaal, buiten adem.

'Wat bijzonder!' zei hij. 'Ik heb nog nooit een helikopter neer zien storten.' Hij zei het alsof het iets was wat hij was misgelopen in zijn leven.

Binnen vertelde ik het verhaal even later ook aan mijn moeder. 'Weet je zeker dat je dat hebt gezien?' vroeg zij.

'Natuurlijk.'

'Pas maar goed op bij zoiets,' zei ze. 'Het klinkt gevaarlijk.' Ze deed er luchtig over, alsof het geen wonderlijke gebeurtenis was geweest. Daarom vertelde ik opmerkelijke zaken veel liever aan mijn vader. Die begroette dat soort verhalen met het aanstekelijk enthousiasme dat ze verdienden.

Die avond kwam de helikopter voorbij op het nieuws. Het hele verhaal bleek nog veel spannender dan ik dacht. De helikopter was geland op de binnenplaats van de gevangenis, waar op dat moment een beruchte Colombiaanse drugsdealer aan het sporten was. De man zat een jarenlange straf uit. De Colombiaan sprong in de gelande helikopter, zijn vrijheid tegemoet. Maar bij het opstijgen bleef het toestel achter elektriciteitskabels haken en stortte neer. Alle inzittenden stierven.

Op de bank zat ik te trillen van de spanning.

'Ongelofelijk,' riep mijn vader uit. 'Wat een kameraadschap; met een helikopter je vriend uit de gevangenis proberen te krijgen. Dat moeten wel heel goede vrienden geweest zijn, of gewoon familie, denk je niet?'

'Heb je dat echt allemaal gezien?' vroeg mijn moeder. Ik knikte gretig.

Voor ik ging slapen, kwam mijn vader nog even mijn kamer binnen. 'Ik ben trots op je,' zei hij op ernstige toon. 'Je hebt iets gevaarlijks meegemaakt en bent rustig gebleven.' Hij aarzelde even en vervolgde: 'Heb ik wel eens verteld over die avond in Leuven dat twee mannen me achterna zaten? Dat ze me wilden doodslaan?'

Ik kende dit verhaal maar het was fijn naar mijn vader te luisteren, dus schudde ik mijn hoofd.

'Ik lag op de grond en toen deed ik mijn beenklem, ken je die?'

'Nee.'

'Kom hier eens staan.'

Hij schoof mijn bureaustoel opzij en ging op zijn rug op de grond liggen. 'Kom maar,' zei hij. Ik zette een stap in zijn richting en hij haakte zijn benen om me heen, ter hoogte van mijn knie. Toen zette hij kracht en ik viel om, er was geen verweer tegen. Ik kwam best hard neer.

'Prachtig!' riep mijn vader. 'Zo ging het toen ook. Nu jij.'

Ik ging op mijn rug liggen en een poosje oefenden we samen. De laatste keer lukte het me hem op de grond te krijgen met zijn eigen truc. Hij schaterlachte terwijl hij omviel.

'Maar hee,' zei ik toen we allebei uit stonden te hijgen. 'Was je niet ontkomen aan die mannen door over de gracht te springen?'

Hij keek me even verbaasd aan. 'Natuurlijk,' antwoordde hij toen. 'Na die klem heb ik het op een lopen gezet en ben over de gracht gesprongen. Precies zo is het gegaan.'

11

De ochtend nadat wujek Lech zichzelf van het leven had beroofd, verscheen mijn vader in een stemmig zwart pak aan het ontbijt. Hij zag eruit als een minister, en zo keek hij ook, heel ernstig. Ter hoogte van zijn adamsappel had hij een snijwond van het scheren. Zijn stropdas zat daar vlak onder, zo strak aangetrokken dat ik het er benauwd van kreeg.

'Jullie kunnen nog mee,' was het eerste dat hij zei. 'Hooguit drie dagen zijn we daar.'

'Ik moet werken,' antwoordde mijn moeder.

Zijn blik kriebelde op mijn kruin terwijl ik naar mijn brood staarde.

'Hij moet naar school, Roman.'

'School, school,' mopperde mijn vader. 'Familie is ook belangrijk. Lech was een bijzondere man.'

In een ijzige stilte ontbeten we, ik hoorde mezelf kauwen. Mijn vader zuchtte een paar keer diep, legde zijn boterham terug op het bord en zei: 'Ik krijg geen hap door mijn keel. Hij was verdomme nog geen vijftig.'

'Maar hij was gek,' zei mijn moeder. 'Dat weet je zelf ook.'

Zwijgend begon hij zijn zwarte, leren schoenen aan te trekken. De vorige avond had hij ze op het terras schoongemaakt nadat hij het slechte nieuws had ontvangen. Tussendoor had hij me over wujek Lech verteld, aan de hand van een fotoalbum van zolder. Bij sommige foto's vertelde hij een kort verhaal. De bijschriften had hij er jaren geleden zelf onder geschreven, in dat sierlijke handschrift van hem.

Wujek Lech was een gezette man met een volle snor, die eruitzag alsof hij uit de jaren tachtig naar deze tijd was gekomen. Een tikje ongewassen, waarschijnlijk rook hij naar Poolse worst. Op meerdere foto's stond een geit aan zijn zijde. 'Dat was Chaja,' zei mijn vader. 'Daar woonde hij mee samen.'

'Waarom?' vroeg ik.

'Het was een heel creatieve man, echt een kunstenaar. Zo iemand moet je niet proberen te begrijpen.' Wujek Lech had zes romans geschreven. Alle zes over het leven. 'Een heel bijzondere man,' zei mijn vader nog eens. 'Vreselijk dat hij dood is en dat zijn werk nog niet ontdekt is, maar misschien komt dat nog...' Zacht fluisterde hij me toe: 'Hij is begonnen de familiegeschiedenis op te schrijven, eeuwig zonde dat hij die niet kan afmaken.'

Mij begon te dagen dat ik wujek Lech één keer had ontmoet. Lang, lang geleden. Toen wij op het punt stonden weg te gaan bij Babunia, kwam hij net aan in een grijze, oude wagen. Helemaal uit Polen. Een tijdje had ik naast hem op de bank gezeten. Hij droeg grauwe kleren, verder stond me van die ontmoeting niets bij. Van Chaja de geit geen spoor.

'Als dat maar goed gaat,' zei mijn moeder toen mijn vader na het ontbijt in zijn Mercedes de straat uit reed, op weg naar Polen. 'Het zijn allemaal dronkenlappen daar. En gek, stuk voor stuk. Vroeger was er een oom en die stookte de zwaarste wodka die je je maar kan voorstellen. Die heeft zich er uiteindelijk zelf aan dood gezopen; na een avondje flink drinken is hij niet meer wakker geworden.'

De afgelopen jaren waren er meerdere zelfmoorden geweest. Nog geen tien maanden ervoor was wujek Kazik uit zijn slaapkamerraam gesprongen. Hij liet een vrouw, een zoontje van twee en een dochtertje van tien achter. Mijn moeder vertelde zonder compassie over deze zelfmoorden. Ik begreep niet hoe ze zo afstandelijk kon praten over iets wat mijn vader zo diep raakte. Maar ze kende de geschiedenis van onze Poolse familie natuurlijk veel beter dan ik, en ze wist dat een geschiedenis zich veel eerder herhaalt dan dat deze wordt herschreven. Ze moet niet hebben geloofd in onze Poolse familie, terwijl mijn vader er zo diep in geworteld was dat hij er wel in moest geloven, omdat hij er anders misschien wel aan ten onder zou gaan.

Na een kleine week keerde mijn vader terug. Zijn kleren zaten onder de kreukels en hij rook naar sigaren en drank. Hij was ongeschoren.

'Pap!' zei ik. Hij drukte twee zoenen op mijn wangen.

'Zo doen we dat daar. Ook de mannen kussen. Je had mee moeten gaan. Ik heb over je verteld.' Hij liep ons huis binnen en zoende mijn moeder vol op haar mond. Ze zette een pas naar achteren. 'Je stinkt,' flapte ze eruit.

'Het was een vreemde week,' antwoordde mijn vader afwezig. Hij schraapte zijn keel. Thuis was het een doodnormale week geweest, behalve dan dat mijn moeder naar de voetbalwedstrijd was komen kijken. Voor het eerst sinds ik me kon heugen.

Mijn vader vroeg niet hoe we het hadden gehad. Hij zei: 'Ik heb Poolse worst meegenomen, en gebak en een paar boeken van Lech...' De boeken waren in het Pools en dus kon ik ze niet lezen, het gebak was uitgedroogd. De Poolse worst rook weeïg, maar smaakte prima. We aten het tussen de middag bijna altijd bij Babunia, met ei en versgebakken brood erbij. De worst werd gekookt in water en er zat een varkensdarm omheen die je er eerst af moest stropen, maar echte Polen aten hem mee op. Ik was geen echte Pool.

'Doodop ben ik,' zei mijn vader. 'In één ruk vanuit Polen. Nauwelijks geslapen. We hebben rond de dode gewaakt, een paar nachten. Zo gaat dat daar. En ik heb vijf van zijn zes boeken gelezen. Wat een schitterende literatuur.'

'Wat is waken?' vroeg ik.

'Dan zit je naast de dode...'

'En zuipt,' vulde mijn moeder aan.

'En dan wordt er inderdaad gedronken op de dode,' zei mijn vader. 'Iedereen vroeg waar jullie waren. Ze zien jullie nooit.' Hij ging naast mijn moeder op de bank zitten: 'Ik voel me daar ontzettend thuis, wist je dat? *Ciocia* Wićia kookte elke dag heerlijk, en ciocia Tosia zorgde voor me alsof ik haar bloedeigen zoon was. Toen ik binnenkwam, klemde ze mijn gezicht tussen haar handen en zei: "Wat zie jij er goed uit! Wat geven ze je te eten in Holland?"' Hierop keek hij me aan en zei: 'We hebben ook veel over opa gepraat, en over voetbal. Ik heb verteld hoe goed je bent. Je neefjes willen met je voetballen.' Hij liep heen en weer door de woonkamer. Het was alsof hij zich nog steeds bevond in een ruimte gevuld met Poolse verwanten.

'Ze vonden het jammer dat ze me alleen zien wanneer er iemand dood is,' zei hij. 'En dat is natuurlijk ook gek.'

Mijn moeder bladerde door een van de boeken van Lech, terwijl mijn vader zijn keel schraapte en zei: 'En dus heb ik ze uitgenodigd voor deze zomer.'

'Wat?' vroeg mijn moeder.

'Ze komen allemaal,' jubelde mijn vader. 'Ze kunnen niet wachten.'

Onze Poolse familie, die ik alleen kende via de verhalen van mijn vader, telde ongeveer vijftig mensen.

Die zomer reed er op een snikhete middag, nadat we uren vol spanning in de tuin op de uitkijk hadden gezeten, eindelijk een rode bus met Pools kenteken voor. Toeterend kwam hij tot stilstand, uit de ramen staken zwaaiende handen naar buiten. Op een drafje rende mijn vader naar de bus. Hij riep: 'Daar zijn ze! Daar zijn ze!'

Omdat ze niet te lang in de zon buiten kon zijn, wachtte mijn oma iedereen op in de schuur, waar het feest op aandringen van mijn moeder werd gehouden. 'Al die mensen,' had ze gezegd. 'Wat moeten die nu binnen?'

'Het is mijn familie!' had mijn vader geantwoord. 'Ontvangen we die tegenwoordig in de schuur?' Uiteindelijk ging hij ermee akkoord, en toegegeven: de schuur was een prima locatie, zeker nadat we de meubels en andere rommel die er stond voor even bij de buren hadden gestald. Door de hele schuur heen hingen slingers in allerlei kleuren en bovenin prijkte de Poolse vlag, vastgeknoopt aan de balken.

In de tuin had mijn vader twee kuilen gegraven. Aan het zicht onttrokken door een laken. Daar kon iedereen naar het toilet. 'Grote boodschappen mogen binnen,' beloofde mijn moeder. 'Maar niet plassen.'

Mijn vader had twee keer drank gehaald. Eén keer toen mijn moeder thuis was, en nog een keer toen ze naar haar werk was vertrokken.

Al wekenlang keek ik uit naar de komst van de Polen. Ik wilde iedereen mijn voetbalveld laten zien en net zo lang voetballen met mijn neefjes en ooms tot ik te moe was om nog langer op mijn benen te staan. Mijn vader had de vorige dag het gras gemaaid en de lijnen opnieuw gekrijt.

Toen de rode bus kwam voorgereden, pakte ik de bal en

hield hem onder mijn linkerarm. Op het moment dat de bus stopte, deed ik hem vlug onder mijn rechterarm. Dat zag er nog beter uit.

Eerst stapten enkele oude mannen uit, met spierwit haar en maatpakken vol versieringen, veteranen van een of andere vergeten oorlog in het Oostblok. Ze droegen zonnebrillen met gouden monturen die fonkelden in het zonlicht. Stuk voor stuk waren ze kleiner dan ik, gedrongen mannen. Sommigen droegen een zwarte of bruine gleufhoed. Ze zoenden me drie keer, waardoor ik me een lid van een maffiafamilie waande. Jammerend vielen ze mijn vader in de armen, ze klopten hem op zijn schouders en zoenden hem nog een paar keer.

Mijn moeder keek er met een glimlach naar. Ze zag er prachtig uit; ze droeg een rode jurk die ik nog niet eerder had gezien. Ze had zich mooi opgemaakt en gaf iedereen een hand en een warme blik.

De oudere vrouwen leken op mijn oma. Dames volgehangen met sieraden, gehuld in zwarte, rode en witte jurken, de wangen onder de rouge, de ogen paars van de oogschaduw. Wolken parfum dampten van hen af. Meerdere oude vrouwen die ik ciocia, tante, moest noemen, namen mijn gezicht tussen hun mollige handen. Ze bedolven me onder kussen. Mijn wangen tintelden ervan.

Daarna stapten de jongere mensen uit: vaders en zonen, moeders en dochters. Er was een knap nichtje bij, en een paar jongens; doodnormale jongens, die leken op de kinderen bij mij op school, maar ze hadden een andere blik in hun ogen, keken anders naar onze tuin, naar ons huis, naar mijn ouders en naar mij.

Mijn vader riep na een paar minuten: ‘Zevenenveertig, Victor. Ze zijn met zevenenveertig.’ Overal klonk Pools of Frans.

Ik sleurde mijn neefjes mee naar het voetbalveldje en

meteen begonnen er wedstrijdjes. Bijna iedereen kon voetballen, zelfs mijn nichtjes. Waardoor ik werd gesterkt in de gedachte dat mijn opa inderdaad een ontzettend goede voetballer moest zijn geweest. Al snel zat mijn nette broek onder de strepen van het gras. Ik speelde samen met mijn vader tegen een neefje en een oom. Het waren goede voetballers, maar mijn vader en ik waren veel beter. We maakten schitterende doelpunten. Ik scoorde met een omhaal, en volgens mij klapten er toen een paar Polen.

'Laat eens wat vrije trappen zien,' stelde mijn vader na het partijtje voor. Enkele Polen hadden zich rondom het veldje verzameld.

'Is het niet leuker partijtje te spelen?' vroeg ik.

'Neem maar een paar vrije ballen, dat vinden ze prachtig.'

Ik deed wat hij vroeg, schoot er een paar vrije trappen in. Maar mijn vader was alweer in de drukte verdwenen. Soms hoorde ik zijn lach boven het geroezemoes uitstijgen. Ik voetbalde nog een hele poos en trok mijn vader nog een paar keer aan zijn arm naar het voetbalveld om mee te doen, maar hij had geen tijd. Steeds was hij druk in gesprek met verloren gewaande familieleden. Enkele van die gesprekken gingen er hevig aan toe, met drukke armgebaren en verhitte gezichten. 'Dat zijn de beste gesprekken,' verzekerde mijn vader me.

Toen ik uit was gevoetbald, mengde ik me onder de mensen. Ik hielp ook nog even met het opzetten van de tentjes achter in de tuin. Daar konden de kinderen en de ouderen later op de avond slapen.

Af en toe zocht ik mijn moeder op, vooral om te zien of ze het naar haar zin had. Ze voerde gesprekken met veel verschillende familieleden en zei meer dan eens: 'Wat een leuk feest, heel leuk, ja.'

Drie dagen had mijn vader in de keuken gekookt alsof

zijn leven op het spel stond. Hij had heerlijke koude schotels gemaakt, maar ook warme vleesgerechten, soepen en dampende ovenschotels. Ik was de keuken binnen gelopen toen hij een berg uien aan het snijden was, voor een of andere soep. Alle kastjes stonden open, op een bord lagen verse kruiden uit de tuin. Mijn ogen prikten door de walm die van de uien af kwam. Ik wreef erin.

'Niet doen,' riep mijn vader lachend. 'Maakt het alleen maar erger.' Uit een van de kastjes pakte hij de suikerpot. Hij zette hem voor me neer en zei: 'Kijk hier maar naar.' Ik moest een beetje lachen. 'Echt,' zei hij. 'Als je naar suiker kijkt, stopt het. Ciocia Wićia heeft me dat geleerd; het is een oud Pools gebruik.'

Ik deed wat hij zei, een poosje. Mijn vader sneed ondertussen de paprika's, aardappels, kool en bieten. Mijn ogen voelden al snel veel beter aan.

Nog uren bezette mijn vader die avond en nacht de keuken. Zelden zag ik hem gelukkiger dan toen.

Tijdens het feest stond al dat eten op lange tafels op ons grasveld. De etensgeuren waaierden uit over de hele tuin. Iedereen schoof in de rij aan om op te scheppen, terwijl er een cd werd gedraaid van het orkest waarvan een oom de dirigent was. Na het eten werd er gedanst, gedronken, nog meer gedanst en nog meer gedronken.

Nadat mijn vader en moeder even op de dansvloer hadden gestaan, onder uitbundig applaus, excuseerde mijn moeder zich, ze zag er moe uit. Ook Babunia ging naar bed; in de woonkamer hadden we eerder op de dag een veldbed voor haar klaargezet. Ze maakte een buiging toen mijn vader haar naar binnen hielp, en iedereen moest lachen. Ik danste de polka met mijn knappe nichtje, dat ik wilde zoenen, maar dat kon natuurlijk niet. Hoe donkerder het buiten werd, hoe harder de muziek werd gezet.

Steeds meer Polen begonnen te waggelen, of vielen op hun stoel in slaap. Ze dronken uit de fles die van hand tot hand ging. In het donker zoende ik toch heel even met dat ene nichtje.

Mijn vader was ook dronken, zijn ogen waren waterig en bijna doorzichtig. Hij riep: 'Zie je het, Victor? Ze hebben mijn ogen, allemaal. We zijn één grote familie.' Zelf had ik bruine ogen. Mijn vader sprak Pools tegen mij en Nederlands tegen de Polen. Normaal vond ik het vervelend hem dronken te zien, maar dat gevoel kreeg nu geen vat op me. Zelfs de oude maffiosi bleven tot diep in de nacht wakker. Opgewonden bewogen ze mee op de muziek, dansen kon je dat niet noemen.

Toen ik bijna omviel van moeheid, klonk er geschreeuw van achter de schuur. Twee Polen waren aan het bakkeleien. Boos stonden ze tegenover elkaar, klaar om tot de aanval over te gaan. Mijn vader bevond zich tussen hen in en hij keek naar de grond. Even was het spannend en leken de mannen werkelijk met elkaar op de vuist te gaan, maar toen dat moment aangebroken leek te zijn omhelsden ze elkaar plots. Mijn moeder was even buiten komen kijken, haar ochtendjas fladderde rond haar lichaam, slaap stond in haar ogen. Hoofdschuddend verdween ze al snel weer naar binnen.

12

Sinds ik me kon herinneren, was mijn vader druk met allerlei zaken; belangrijke en onbelangrijke zaken, het liep allemaal door elkaar. Wanneer hij ergens aan begon, stortte hij zich er volledig op en vergat daarbij het voorgaande. Zoals die keer dat ze hem vroegen de lokale omroep nieuw leven in te blazen. Die zond uit op een zender ergens voorbij kanaal twintig. De beeld- en geluidskwaliteit waren verschrikkelijk. Met hart en ziel zette mijn vader zich ervoor in. Hij las om de dag het buurtnieuws voor. Over een inzamelingsactie van de kerk en over een nieuw kunstwerk dat op het marktplein was geplaatst. Hierbij zat hij achter een desk, onze leeggeruimde eettafel, in het pak dat hij had gedragen op de begrafenis van oma Mossel. Op de tafel stond een microfoon met zo'n kaartje met het getekende zenderlogo erop. Mijn vader nam alles op met een automatische camera, nog een heel gepuzzel was dat want erg technisch was hij niet. De eerste keer keken we samen terug. Hij schraapte de hele tijd zijn keel en versprak zich veelvuldig. Die avond aten we biefstuk.

Mijn vader sloot bij de lokale omroep vriendschap met

een alleenstaande, nette man met twee teckels. Die ging over het geld, en gedurende dat jaar kwam hij vaak langs om koffie te drinken. Ze rookten dan samen sigaren totdat de woonkamer blauw stond en mijn moeder ze de tuin in stuurde. Wanneer ze niet rookten, aten ze kippensoep. Tot diep in de nacht discussieerden ze aan de eettafel over de te volgen koers en over welke sponsors nog extra geld konden opleveren. In het werven van sponsors bleek mijn vader goed te zijn.

Dagen lag hij als een zieke op de bank toen bleek dat zijn nieuwe vriend, de penningmeester, ervandoor was gegaan met de kas, een slordige tienduizend gulden. 'Het gaat niet om het geld,' klaagde hij. 'Maar die man zat hier alle avonden bij me. Hij had kunnen zeggen dat hij geld nodig had. Dan had ik hem geholpen, dat doen vrienden.'

'Maar je kende hem toch pas net, pap,' vroeg ik.

'Daar gaat het niet om.' Waar het wel om ging, legde hij niet uit. Gedesillusioneerd stopte hij met zijn werkzaamheden voor de lokale omroep, die het verlies van de twee belangrijkste medewerkers en bovendien de hele kas nimmer te boven kwam.

De smaak van het zakendoen had hij goed te pakken. Hij schreef zich in bij de Kamer van Koophandel met een prbedrijf onder de naam: Blitz for you. Blits betekende zoiets als 'heel cool'. Wanneer ik nieuwe voetbalschoenen had met op de zijkant in felle kleuren het merk van de fabrikant, zei mijn vader: 'Blits'. Ook laag overscherende vliegtuigen, speedboten en zonnebrillen vond hij blits.

De werkzaamheden van Blitz for you bleven schimmig. In de twee jaar tijd dat het bedrijf bestond, had mijn vader geen enkele klant, maar nog vele jaren schreef hij zijn brieven op het speciale briefpapier, onder andere zijn kandidaatsbrief voor het CDA, want hij wilde graag de politiek in. Liefst landelijk, maar hij begon lokaal. Hij koos voor de christelijke partij. 'Dat vindt Babunia fijn,' motiveerde hij eens zijn keuze. Babunia was erg gelovig.

Aan de punten van ons hek, aan de antenne van de Mercedes, aan onze deurknop: overal in en rond ons huis wapperden groene ballonnen met het CDA-logo erop. We waren er na een gesmeerde campagne zeker van dat hij het zou halen. Mijn vader had bij de mensen thuis aangebeld, zijn kaartje afgegeven en hier en daar een pen uitgedeeld. Samen met hem had ik posters geplakt op elektriciteitshuisjes, bomen, lantaarnpalen. Op de avond van de uitslag droeg hij een nieuw colbert en was in een opperbeste stemming. Nauwkeurig had hij in een boekje bijgehouden wie hadden toegezegd op hem te zullen stemmen, en hij kwam maar liefst tot honderdveertig mensen, en dan telde hij de twijfelgevallen nog niet eens mee. Ruim voldoende om te worden gekozen. Ik bleef thuis achter, terwijl mijn ouders naar de gymzaal gingen waar de verkiezingen op de voet werden gevolgd.

Rond een uur of tien kwam mijn moeder thuis. 'Het ging niet goed,' zei ze. 'Helemaal niet goed.'

Mijn vader had elf stemmen behaald.

'Waarom is hij niet mee naar huis gekomen?' vroeg ik. Ze haalde haar schouders op.

De ruzies 's nachts werden erger. Mijn vader kwam vaak te laat thuis. Tegenwoordig wachtte mijn moeder hem op, terwijl ze vroeger in bed bleef liggen en deed alsof ze sliep. Ze verbood hem bij haar te komen liggen, dus legde hij zichzelf met veel gemopper op de bank. Waar ik hem de volgende morgen, wanneer ik tekenfilms wilde kijken, aantrof, ommuurd door zijn eigen adem. Als hij nog niet wakker was, sloop ik de kamer uit en ging nog even terug in bed.

Een enkele keer, alleen als de nachten warm waren, lag hij niet eens op de bank, maar voor de achterdeur. Mijn moeder had hem niet meer binnengelaten.

Ook vond ik eens een plasje bloed op onze oprit, met daarin mijn vaders kapotte bril. Veel gedachten had ik er niet bij toen ik dit zag. Prettig was het niet, en ik maakte me er natuurlijk zorgen over of hij gewond was, maar daar bleef het bij. Ik viste de bril uit het plasje, keek even om me heen, deed mijn eigen bril af en zette de zijne op. Een beetje bloed kleefde aan mijn vingers. De bril stond scheef op mijn neus. Vlug deed ik hem af en bracht hem naar binnen.

Dit soort incidenten vonden plaats in het weekend. Door de week kwam het amper voor dat mijn vader een halve nacht verdween. Hij nam zijn werk erg serieus, misschien omdat hij vanwege zijn baan fraaie reizen kon maken en hij dat niet op het spel wilde zetten. Binnenkort wachtte er een trip naar Boedapest en volgens hem waren er geruchten dat het volgende congres in Caïro werd gehouden, maar dat stond nog niet vast. Toch sprak hij er vaak over.

In de nacht van de mislukte verkiezingen sprong ik uit bed toen ik het hek hoorde opengaan. Ik trok mijn sloffen aan en wachtte boven aan de trap, met gespitste oren.

Mijn vader riep: 'De kassajuffrouw is gekozen! Dat is toch niet te filmen. Een grap, dat is het.' Deze vrouw zat al jaren achter de kassa in de plaatselijke supermarkt en daardoor kende ze het hele dorp.

Na deze uitroep was het lange tijd stil. Een stilte die ik niet kon verdragen. Wat was er aan de hand? Ik aarzelde even en liep de woonkamer binnen. Daar trof ik mijn vader die met zijn hoofd op mijn moeders schoot lag. Hij sliep. 'Wat doe jij op?' vroeg mijn moeder verbaasd.

Zo sneuvelde de droom van mijn vader om de politiek

in te gaan, want hoewel hij het vier jaar later nog een keer had kunnen proberen, zwoer hij nooit meer een greep naar het pluche te zullen doen. De kassajuffrouw werd termijn na termijn herkozen, volgens mijn vader een zegetocht voor de democratie.

Gedurende mijn jeugdjaren bekleedde hij meer tijdelijke functies, met als ander memorabel dieptepunt het voorzitterschap van de plaatselijke basisschool. Onder zijn bewind werd het oude gebouw gesloten en herrees verderop in het dorp een modern pand. Maar mensen houden graag vast aan wat ze hebben, in plaats van hun vertrouwen te stellen in iets nieuws.

Tien boze dorpsgenoten verschenen voor ons huis om te protesteren. Ze hadden spandoeken gemaakt en scandeerden leuzen. Een steen werd tegen ons raam gegooid, maar de ruit brak niet. De klap was hard. Ik riep mijn vader uit de tuin en die rende de straat op, maar in de verre omtrek was al niemand meer te zien.

Een paar weken later ging mijn vader op de markt gerookte makreel kopen. Hij keerde met tranen in zijn ogen terug. 'Waar doe ik het allemaal voor?' vroeg hij. Terwijl hij een praatje met de visboer had gemaakt, was er een man langsgelopen die mijn vader in zijn gezicht had gespuugd en had geroepen: 'Lul!'

Op zijn werk meldde hij zich twee dagen ziek. In zijn pyjama lag hij thuis op de bank. Zowat het enige wat hij deed, was de boeken van wujek Lech herlezen. Nu en dan riep hij me bij zich en vertelde hij een anekdote uit een van de boeken. Meestal had Lech het zelf meegemaakt, want de boeken waren autobiografisch – stuk voor stuk fraaie verhalen.

Op de tweede dag trok mijn moeder hem van de bank. Ze deed dit heel ferm. 'Waarom ben je niet tevreden met wat je al hebt?' vroeg ze. 'Waarom wil je altijd meer? Steeds iets nieuws, het ene na het andere avontuur. Waarom is wat je hebt niet goed genoeg?' Daar had mijn vader niet zoveel op te zeggen.

Na deze aanvaring beloofde hij meer tijd met ons door te brengen, maar al snel ruimde hij de zolderkamer leeg, sleepte er een klein bureau en een tafel in, en zelfs een eigen bed. Op een vlooienmarkt tikte hij voor een schijntje een oude, oranje typemachine op de kop. Avond na avond hoorde ik wanneer ik aan de deur luisterde het bedwelmende ritme van zijn toetsaanslagen. Liever had hij in de schuur geschreven, maar in de herfst en de winter was het daar te koud. Wanneer ik naar boven sloop en de deur stond op een kier, zag ik hem zitten werken. Aan het smalle tafeltje, een been over het andere geslagen.

Een paar keer kwam hij na enige uren naar beneden met een stapel papieren onder zijn arm, en dan mocht ik een stukje lezen. 'Je mag het mama niet laten zien,' fluisterde hij dan. 'Die zou er niets van begrijpen.'

In een romanpassage had hij de bloeiperiode van Dzia Dzio beschreven. Kleurrijk opgetekend. Vol nieuwe details en anekdotes. Het deel dat hij had getypt eindigde ermee dat Dzia Dzio vlak na de oorlog noodgedwongen stopte met voetballen; gedesillusioneerd. Een grote voetballer die, omdat hij in de verkeerde tijd leefde, geen prijzen had kunnen winnen en die zijn enige finale, tegen de verhouding in, nipt had verloren.

Prachtig vond ik het om mijn vaders verhaal over Dzia Dzio te lezen, maar liever nog dan dat hoorde ik hem erover vertellen. Trots was ik op mijn opa die nog voor de Poolse ploeg had gevoetbald. Nog veel trotser was ik op mijn vader, op de brede grijns waarmee hij steeds vertrok op zijn reizen, en op de achteloze manier waarop hij praatjes aanknoopte met Jan en alleman. Maar naarmate ik ouder werd, ontdekte ik dat er ook veel aan mijn vaders leven was wat me tegenstond. Zoals de teleurstellingen die hij het hoofd moest bieden als bijvoorbeeld de kassajuffrouw was verkozen, of wanneer de mensen uit het dorp boos voor onze voordeur verschenen omdat ze het niet eens waren met een beslissing die hij had genomen.

Langzaamaan begon ik te begrijpen dat zijn dronken thuiskomsten hiermee te maken konden hebben, dat het gebeurtenissen waren die niet los van elkaar stonden. En toch zocht hij steeds de rand weer op, begon hij over een nieuw project terwijl het oude nog niet eens klaar was.

Toen dit besef in mij landde, kwam ik tot de overtuiging dat ik juist niet zo wilde worden als hij. De ironie van het leven zorgde er uiteraard voor dat ik naarmate ik ouder werd meer op hem begon te lijken. Volgens mijn moeder gaapten we op dezelfde manier, en net als hij sliep ik op mijn linkerzij en at ik eerst de lekkerste dingen van mijn bord.

Parallel aan mijn voornemen om anders te worden dan mijn vader, groeide bij mij de overtuiging dat ik moest stoppen met voetballen. Ik had genoeg van mijn vaders hoge verwachtingen. Van zijn niet uitgesproken droom dat ik de familie-eer op een dag zou verdedigen tijdens een WK. Het klonk door in alles wat hij zei over mijn voetbal. Het was allemaal zinloos, want ik was niet goed genoeg. Als ik dat zelf inzag, waarom deed hij dat dan niet? Soms nam ik een bal mooi aan en dan klapten de mensen langs de kant, dat was het zo ongeveer wel, meer talent kleefde er niet aan mijn voeten. Scouts van de professionele voetbalclubs uit de buurt kwamen regelmatig kijken. In een lange regenjas gehuld, een pet op het hoofd. Zo stonden ze langs het veld. Meestal waren het oude mannen met aantekeningenboekjes in hun handen. Ik werd er paranoïde van, omdat ik elke opa aanzag voor een scout.

'Het publiek vergeleek je met Bergkamp,' zei mijn vader een keer toen ik een lekkere wedstrijd had gespeeld. Eerlijk gezegd geloofde ik het niet eens meer. Geen scout schreef me ooit op, nooit werd ik benaderd om mee te trainen met de jeugd van de regionale trots. Nooit. Terwijl onze middenvelder en keeper wel werden uitgenodigd voor trainingen. Dat begreep ik goed, want dat vond ik zelf ook onze beste spelers. Maar zelfs zij konden niet aanhaken bij het hoge niveau van de regionale selecties, zodat ik op mijn veertiende de conclusie kon trekken dat ik nooit professioneel voetbal zou gaan spelen. Het was tijd om te stoppen, om een andere hobby te zoeken. Ik wachtte alleen nog op het goede moment om dit aan mijn vader te vertellen.

Op een avond haalde ik zo hard uit op het doel in onze tuin dat ik een stuk van de paal af knalde. Splinters vlogen door de lucht. Het doel stond nog overeind, maar niet van harte, als een dronkenlap tollend op zijn benen.

'Het hout is rot,' zei mijn vader toen hij het zag. 'Ik zal nieuwe doelen moeten timmeren.'

Ik was laf, liet de gelegenheid voorbijgaan om hem te vertellen dat het niet meer hoefde, dat ik toch met voetbal wilde stoppen.

13

Mijn moeder ging niet elke keer mee naar Babunia. 'Mooi weer spelen daar,' bromde ze tegen mijn vader. 'Maar ondertussen ben jij weer de halve nacht weggeweest... bedankt, maar nee.'

Op middagen dat zij thuisbleef, gedroeg Babunia zich nukkiger dan normaal. In de keuken spraken zij en mijn vader op ernstige toon tegen elkaar, hun gesprekken leken te balanceren op de rand van een ruzie. Hoewel deze middagen afweken van de dagen waarop mijn moeder meekwam, bleven ze voor mij behoorlijk eentonig; ze leken me net zo eentonig als het leven van Babunia. Al was ze volgens mijn vader onwaarschijnlijk gelukkig. Waarop hij dat baseerde, bleef voor mij onduidelijk. Misschien verwarde hij zijn wens met de werkelijkheid. Meer dan eens veegde ze met een verfomfaaide zakdoek haar tranen weg. Zodra ze merkte dat ik het zag, glimlachte ze zwakjes.

'Waarom huilt oma zo vaak?' vroeg ik mijn vader een keer.

'Weet ik veel,' antwoordde hij. 'Om vroeger. Om Dzia Dzio, het leven dat ze hebben gedeeld.' En na een korte stilte: 'Het is een oude vrouw, Victor. Oude mensen zeuren. Ze heeft het goed gehad, dat vergeet ze wel eens. Ze wil terugkeren naar Polen, maar dat kan niet meer op haar leeftijd.'

Over de fysieke ongemakken waarmee ze het moest stellen, zeurde Babunia voor zover ik wist nooit. Haar ogen holden achteruit, lopen ging steeds moeizamer. Wanneer ze met een van pijn vertrokken gezicht achter het aanrecht stond te koken, riep mijn vader wanhopig uit: 'Laat er toch naar kijken! Kom mee naar het ziekenhuis.'

Ze peinsde er niet over zich te laten onderzoeken in een Nederlands ziekenhuis, en alleen als ze echt pijn had waagde ze zich aan een Belgisch hospitaal. Daar ging ze heen toen ze van de trap was gevallen en haar heup had gekneusd. Bont en blauw was die heup, net als haar wang en haar neus. Mijn vader had weinig tijd om haar in het ziekenhuis te bezoeken. Hij moest werken, maar ook na werktijd waren er allerlei zaken die hem bij haar weghielden. Mijn moeder klopte haar kussen op en ze hielp haar met wassen en aankleden.

'Je zorgt zo goed voor die arme Babunia. Je bent een engel!' prees mijn vader haar na een paar dagen. Ook toen Babunia langer in het ziekenhuis moest blijven dan gepland, had hij moeite tijd te vinden om langs te gaan. De avond dat het hem lukte, verdween hij na zijn bezoek het dorp in en hij keerde pas vroeg in de morgen terug. Ik verwachtte dat mijn moeder hem zou aanvliegen, maar in plaats daarvan hielp ze hem naar de zolder, trok zijn kleren uit en legde hem in zijn bed.

Uiteindelijk kwam Babunia er bovenop, maar ze had een serieuze klap gehad. Niet langer verraste ze ons met gevuld konijn of pierogi. Tegenwoordig waren de maaltijden voorspelbaar, maar nog steeds heerlijk. Haar verse kervelsoep, met een toefje melk erdoor, behield gelukkig zijn magie.

14

Op een woensdagavond kwam mijn vader ruim een halfuur te laat thuis uit zijn werk. De tafel was gedekt, mijn moeder en ik zaten te wachten. Ze had vis gemaakt in de oven, een van zijn lievelingsgerechten. De laatste weken waren er weer rode vlekken op zijn wangen en voorhoofd verschenen. Volgens hemzelf omdat het op zijn werk niet zo lekker liep, er was een reorganisatie aan de gang.

Hij kwam binnen, kwakte zijn aktetas in de hoek en plofte op zijn stoel, aan het hoofd van de tafel. Doodongelukkig zag hij eruit, maar ik durfde hem niet goed in me op te nemen. De plekjes op zijn gezicht vond ik eng om te zien.

'Krijg ik geen kus?' vroeg mijn moeder. Hij keek haar even aan, schonk haar iets wat voor een glimlach door kon gaan, maar een echte glimlach was het niet. Hij rilde een beetje, was hij ziek?

'Zal ik dan maar opscheppen?' vroeg mijn moeder. 'Nu het nog warm is.'

We begonnen te eten, zwijgend. Totdat mijn vader zei: 'Ze hebben me mijn congressen afgepakt.' Zijn stem sloeg over. 'Te duur, die reizen. Dat zeggen ze.'

'Wat naar,' antwoordde mijn moeder.

Hij zweeg een poosje. 'Ik heb aangeboden zelf een deel te betalen,' vatte hij moed. 'Want er gaan geruchten dat er binnen een paar jaar een congres in Caïro is. Caïro, daar moet ik toch bij zijn?'

Mijn moeder zei niets.

'Zelf de vliegreis betalen bijvoorbeeld, dat lijkt me fair, maar nee, ook dat willen ze niet.' Hij stond op van tafel en begon door de kamer te ijsberen. Af en toe leek hij wat te gaan zeggen, maar dat deed hij steeds niet.

'Roman! Ga zitten,' zei mijn moeder. 'Wij proberen te eten. Er is vast wel een oplossing.'

Hij lachte wrang en zei: 'Oplossingen bestaan niet.' Daarna trok hij zijn overall aan en verdween voor de rest van de avond de tuin in.

'Waar gaan we heen?' vroeg ik een paar dagen later. Mijn vader zat achter het stuur, hield zijn blik strak op de weg gericht. 'Dat zie je zo wel,' antwoordde hij een beetje afwezig. 'Voel je je goed?' Zijn ogen stonden helder, het was heerlijk dan met hem op te trekken.

Steeds vaker had hij een ondoorgrondelijke blik, alsof hij dwars door me heen keek, dwars door iedereen en alles heen keek. Onder zijn ogen dreigden grauwe wallen als onweerswolken. Hij zette tijdens die buien belabberde koffie en bracht de meeste uren slapend op een oud bed door in de schuur. Tegenwoordig sliep hij liever daar dan op zijn zolderkamer.

Wanneer we tijdens dit soort buien van hem voetbalden, schoot hij alle ballen naast het doel.

In elk geval gingen we geen paddenstoelen plukken, het bos waar we dat deden lag de andere kant op. Of had mijn vader een groter bos gevonden? Hij speculeerde wel eens dat er binnen een overbrugbare afstand een bos moest liggen met grotere en bijzondere paddenstoelen, met een nog mooiere zonsopgang.

De laatste keer dat we samen op pad waren gegaan, was een halfjaar daarvoor, op een lenteavond. Ik was verliefd op een meisje van school en zij was ook verliefd op mij. Maar ze viel van de ene op de andere dag voor een vriend van me. 'Kom,' zei mijn vader toen. 'We gaan een eindje rijden.'

We reden naar Maastricht, naar de Maas en zaten op de oever in het gras. We keken hoe het water tekeerging. Mijn vader vertelde over de eerste keer dat hij liefdesverdriet had gehad. Hij vroeg me niet of ik wilde vertellen over mijn verdriet en dat was maar goed ook, want dat wilde ik niet. Toen hij uitgesproken was, bleven we nog een tijd zitten, daarna reden we terug naar huis. Mijn verdriet was nog even groot, maar het voelde niet meer zo zwaar. Dat mijn vader zo geduldig was met me, zo meelevend, maakte diepe indruk. Vooral omdat ik dacht dat hij teleurgesteld was in mij.

Ik had hem verteld dat ik ging stoppen met voetballen. Dat moest wel, want hij kwam met de aanhangwagen vol hout thuis, klaar om de nieuwe doelen te gaan timmeren.

'Help je me met tillen?' vroeg hij. Het hout had hij al over zijn schouder liggen.

'Ik moet je wat vertellen,' zei ik. 'Ik wil niet meer voetballen, niet meer elke week in ieder geval.'

Een kort moment antwoordde hij niet, toen zei hij: 'Daar hoef je toch geen sorry voor te zeggen.'

'Niet?'

'Natuurlijk niet! Eerlijk gezegd voelde ik het al aankomen.' Hij omhelsde me en vroeg: 'Dus ik hoef geen goal meer te bouwen?' Ik schudde mijn hoofd. 'Geen probleem,' zei hij. 'Dan plant ik er een walnotenboom en bij een van de oude doelpalen een kiwistruik, die kan als een klimop erlangs omhoogkruipen.'

Hij legde zijn hand op mijn schouder. 'Je trilt helemaal, maar het is niet erg. Je moet doen waar je gelukkig van wordt. Gelukkig worden is het enige wat je van me moet.'

Mijn vader reed ons naar het stadion van de plaatselijke, professionele voetbalvereniging, daar waar ik ooit zoek was geraakt. Op het trainingsveld trokken twintig jongens sprintjes. Ze droegen allemaal hetzelfde trainingspak. Een coach schreeuwde aanwijzingen die nauwkeurig en zonder aarzeling werden opgevolgd, met de gehoorzaamheid van een legereenheid.

'Ga maar zitten,' zei mijn vader toen we aan het veld stonden. 'Of blijf liever staan... Voel je je goed?'

'Ja, prima. Wat is er?'

'Niets,' zei hij. 'Ik moet zo even praten met iemand. Dan moet je hier wachten, oké?'

De jongens op het veld kopten de bal naar elkaar over, trokken nog meer sprintjes en schoten hard op doel, harder dan ik ooit dacht te kunnen. Onrustig stond mijn vader naast me. Het begon te regenen, maar er was nergens een overkapping. Hij trok de capuchon van zijn jas over zijn hoofd. Ik volgde zijn voorbeeld.

Na een poosje zei hij: 'Ik dacht dat de jongens van jouw leeftijd vandaag trainden.' Hij verdween even om het na te vragen, maar kwam al snel terug. Hij schraapte zijn keel alsof er iets in de weg zat. 'Prima,' zei hij. 'Inderdaad, deze jongens zijn wat ouder dan jij bent.'

Volgens mij waren ze even oud, alleen groter en sterker. Mijn vader bleef een poos stil, in een onaangename stilte. Dacht hij aan Dzia Dzio? Aan het stoppen van zijn congressen?

Er zaten druppels op mijn bril, ik zag niet zoveel. Ze begonnen aan een oefenpartij en mijn voeten kriebelden. 'Ik zou wel mee willen doen,' zei ik.

'Kan ik me voorstellen,' antwoordde mijn vader. 'Maar het regent hard, dus blijf lekker hier. We gaan ook zo weer.' Hij glimlachte naar me.

'Ik heb precies hetzelfde,' zei hij na een minuut van stilte. 'Die geur van modder, gemaaid gras. Heerlijk. Maar kom. Laten we naar huis gaan. We raken doorweekt. Thuis kook ik wat lekkers, wat warms.'

'Moest je niet met iemand praten?'

'Nee, dat hoeft niet,' zei hij. 'Dat hoeft niet meer.'

Later die avond werd er geklopt op mijn kamerdeur.

'We moeten praten,' zei mijn vader. Hij keek ernstig. De laatste keer dat hij zo had gekeken, was toen hij vertelde dat oma Mossel was overleden. Ik volgde hem de trap af, naar de keuken. Was hij toch boos dat ik met voetbal was gestopt?

'Ik heb je toch wel eens verteld dat ik vroeger een beetje krom liep,' zei hij. Ik knikte. 'Dat doe jij ook. Precies zoals ik. En daar is geen reden voor. We zijn niet bang voor de wereld. We mogen iedereen recht in de ogen aankijken.'

'Ja,' zei ik.

'Weet je hoe mijn vader dat probleem oploste?'

Hij pakte een bezem uit de kast, draaide de kop eraf en hield de stok in zijn handen. Hij hield hem vast als een biljartkeu, deed zijn armen achter zijn rug en stak de stok onder zijn oksels. 'Nu worden mijn schouders naar achter getrokken,' zei hij. Belachelijk, hij zag eruit als een vogelverschrikker. 'Wil je het proberen?' vroeg hij.

'Nee!'

'Als je met die stok nu elke avond twee uur tv kijkt de komende maanden, dan gaat het vast de goede kant op.'

'Mooi niet,' zei ik en ik snelde de trap op naar boven, naar mijn veilige kamer.

'Denk er toch maar over na!' riep hij. 'Het is goed voor je!'

15

De moeilijkheden op mijn vaders werk, het Poolse feest in onze schuur, mijn keuze om te stoppen met voetbal en Babunia's valpartij. Deze zaken lopen in mijn herinneringen door elkaar heen, de exacte chronologie is me ontschoten – de jaren van mijn puberteit, van mijn veertiende tot mijn zeventiende, zijn tot één periode samengeklonterd. Een periode waarin ik mijn vader voortdurend in de gaten dacht te moeten houden. Sommige weekendnachten verdween hij zonder iets te zeggen. Als mijn moeder terugkwam van haar werk vroeg ze niet eens meer of hij weg was geweest. Het slotstuk van mijn herinneringen aan deze troebele periode betrof een knallende ruzie tussen mijn ouders.

Op een avond kwam ik thuis en ik trof onze eettafel aan vol lege flessen: wodka, whisky, jenever. Mijn moeder kwam de keuken uit gestormd als een spin die haar web voelt trillen. Een moment zweeg ze, toen beet ze me toe: 'Hij had ze verstopt in de schuur.'

Mijn instinct was om de tafel schoon te vegen, om alle flessen kapot te laten vallen, zodat er geen bewijs meer zou zijn van mijn vaders onhandigheden. Ik bleef staan, ondernam niets.

Mijn moeder keek me lang aan, alsof ik hier op de een of andere manier schuld aan had. 'Nou?' vroeg ze. 'Zeg eens wat.'

Mijn vader was de hele week in Polen voor weer eens een begrafenis van een neef, van wie het me niet duidelijk was of het nu directe familie was of niet. We verwachtten hem ieder moment terug. Dit keer zag ik op tegen zijn thuiskomst. Hij was de dagen voorafgaand aan zijn vertrek onvoorspelbaarder dan ooit geweest. Soms keek hij rustig naar het nieuws, niets aan de hand, en ineens begon hij te vloeken. Om de honger in de Hoorn van Afrika, om een oorlog die ergens werd uitgevochten. De rest van de avond tierde hij op de wereld en als het hem uitkwam op ons. Of hij was juist zo aangeslagen door wat hij had gezien dat hij zwijgend op de bank voor zich uit zat te kijken terwijl de tv allang weer uitstond. Dat was eigenlijk nog erger, nog enger.

Hij sliep overdag veel, klemde twee kussens onder zijn arm en liep de oprit af, naar de schuur, waar de wind in de herfst en winter gierde tussen de balken in de nok.

'Ik ga je niet wakker maken!' riep mijn moeder wanneer hij onze oprit afliep. Tegen etenstijd deed ze dat altijd toch wel, maar met dezelfde vasthoudendheid kwam mijn vader dan niet het huis in. Ik klopte meestal nog twee of drie keer op een raam van de schuur, of ik ging naar binnen. Dat was niet fijn, omdat de geur van slaap mijn vader omringde, en veel vaker nog die andere geur, waarvan we doorgaans deden alsof we hem niet roken.

Op zijn donkerste dagen stiefelde mijn vader van tijd tot tijd de keuken in, zette een pan met soep op, ging zitten aan de eettafel en staarde naar buiten. Dan was het alsof hij ons niet zag en wachtte op het moment dat hij weer kon verdwijnen.

Ik zat buiten toen zijn Mercedes voor het huis stopte. Hij liep de tuin in en omhelsde me iets te lang. 'Wat ben ik blij je te zien,' zei hij. 'Ik heb je ontzettend gemist.'

Het was alweer de vierde neef in een jaar of tien die zichzelf van het leven had beroofd. Deze was eenenveertig jaar geworden. Hij was voor de sneltrein gesprongen die van Krakau naar Warschau reed.

'Hij heeft het hele land vertraagd met zijn dood,' zei mijn vader met iets van trots. 'Kun je je dat voorstellen?' Net als andere keren had hij met familieleden gewaakt bij het lichaam, voor zover er nog een lichaam over was. Elke begrafenis was een reünie, en hoewel er natuurlijk verdriet was, was er ook blijdschap, omdat iedereen elkaar weer eens zag. Ook deze keer had mijn vader me mee willen nemen, maar het was er niet van gekomen.

Ik waarschuwde mijn vader niet voor wat hem binnen wachtte en volgde hem het huis in.

In de deuropening bleef hij staan. Zonder wat te zeggen keek hij naar de uitgestalde flessen. Eindeloos duurde dit, voor mijn gevoel. Ik keek naar de flessen en registreerde heel precies welke soorten drank er zoal stonden. Mijn vader keek ook nog eens goed en riep uit: 'Je hebt ze leeggegoten!'

'Allemaal!' riep mijn moeder. 'Zuiplap, je had ze verstopt...'

Het was een zinderend moment, alles leek langzaam te gaan, maar tegelijkertijd ook snel. Nog steeds kon ik mijn blik niet losmaken van de etiketten van de lege flessen. Pas toen mijn vader de deur uit stormde, zonder ook maar iets te zeggen, keek ik naar hem. Eenmaal buiten loste hij op in het donker. Het hek klonk – open en weer dicht.

Mijn moeder riep hem na: 'Ga maar hulp zoeken, want je kan het niet alleen. En snel ook, of dit huwelijk is voorbij. Dan zoek je maar een ander huis.' Toen rende ze de trap op naar boven.

Ik stopte de lege flessen in een doos en liep ermee tot achter de schuur. Het regende niet meer. Eén voor één gooide ik de flessen tegen de muur kapot, elke knal echode door de tuin. Ik nam me voor zo snel mogelijk uit huis te gaan. Ik was zeventien en slim, dus de weg lag open om ver van Limburg te gaan studeren, weg van mijn ouders. Het stukgooien van de flessen bracht me weinig tot niets, zelfs geen gevoel van opluchting. Toen ze allemaal kapot waren, verzamelde ik de scherven en bracht ze naar de glasbak aan het einde van de straat. Een scherf prikte hierbij in mijn vinger, maar het bloedde niet.

Midden in de nacht schrok ik wakker van een ruzie tussen mijn ouders die de ruiten deed trillen. Rechtop zat ik in bed, een hartslag als een kookwekker. Een paar keer stond ik op het punt naar beneden te rennen en te proberen de ruzie te stoppen, maar ik deed het niet.

Toen het kabaal zich naar de gang verplaatste, sloop ik mijn bed uit, opende de deur en keek door het kiertje de trap af. Bij de voordeur stond mijn moeder met een koffer in haar hand. 'Ik ga weg!' schreeuwde ze. 'Genoeg geweest, ik slik dit al veel te lang.'

Mijn vader, die ik niet zag, riep van alles terug. Het meeste verstond ik niet, want hij kwam niet uit zijn woorden.

Toen mijn moeder de deur opende en een stap over de drempel zette, riep hij plots goed verstaanbaar: 'Niet doen, kom terug!' In zijn stem brak een zachtheid door die niet hoorde bij deze ruzie, en van die zachtheid leek mijn moeder, net als ik, onder de indruk. Ze sloot in ieder geval de deur weer.

'Waarom?' vroeg ze.

Met dezelfde zachtheid zei mijn vader: 'Je kunt toch niet in de nacht verdwijnen. Hoe erg het hier ook is, dat kan toch niet?'

'Nee,' zei mijn moeder, maar de koffer zette ze nog niet neer. 'Zo kan het niet langer, Roman.'

'Ik weet het, ik weet het.'

Ik hoorde een doffe dreun, die klonk alsof iemand een bal hard tegen de muur trapte.

'Roman!' riep mijn moeder en ze zette haar koffer neer.

Ik ging de trap af en daar lag mijn vader, op de grond in onze gang. Mijn moeder zat over hem heen gebogen.

'Wat is er met papa?'

'Hij is in slaap gevallen terwijl hij rechtop stond.'

Met geen mogelijkheid was hij wakker te krijgen. Hij snurkte hard, dus ik wist dat hij niet dood was. Mijn moeder voelde aan zijn achterhoofd en zei: 'Hij heeft een bult.' Met veel moeite wisten we hem naar de bank te slepen. Mijn moeder trok zijn schoenen uit en gebood mij een deken van boven te halen.

'Waarom ligt er een koffer in de gang?' vroeg ik.

Mijn moeder snoot haar neus. 'Ik ga bij je vader weg,' antwoordde ze. 'Op een dag vertrek ik.'

'Zal ik dan maar beginnen?' vroeg mijn vader de volgende avond. Hij zat naast me op de ene bank, mijn moeder zat op de andere. Hij zag er goed uit, zijn blik was fris. Af en toe wreef hij over zijn achterhoofd.

We waren die middag een stuk gaan rijden, heel de rit klopte mijn hart in de keel, want dit was het moment dat ik er wat van moest zeggen. 'Papa,' sprak ik aarzelend. Mijn blik was strak gericht op de weg. 'Zo kan het niet langer. Er moet wat gebeuren. Mama...'

'Je moeder zeurt,' zei hij kortaf.

'Nee, het kan niet langer zo,' antwoordde ik nadat ik opnieuw moed had verzameld. Iets in mijn stem maakte dat hij luisterde zonder me te onderbreken. Hij zette de wagen stil langs de kant van de weg en legde zijn hoofd op het stuur. Roerloos bleef hij zo een poosje zitten, onrustig ademhalend.

Later die avond in de woonkamer zat de onrust juist in mijn moeder. Natuurlijk was het gelijk aan haar kant. Maar wanneer ze zo deed, voelde het alsof dit gelijk zich langzaam van haar af begon te bewegen. Kalm voerde mijn vader het woord, en omdat hij zo rustig bleef, geloofde ik wat hij zei. Hij beloofde sessies te gaan volgen bij een psychiater. Zoals hij het aan ons verkocht, had het iets ruimhartigs, alsof hij ons nog één kans gaf.

'Je kan ook naar een kliniek gaan...' probeerde mijn moeder.

'Nooit!' zei mijn vader. 'Ik laat me nooit meer opsluiten!' Even later trok hij zijn trui op tot aan zijn kin en zei: 'Ik verdrink in alle verantwoordelijkheden.' Hij pakte zijn aktetas die al die tijd naast hem op de grond had gestaan, klapte hem open en haalde er enkele foldertjes uit. Reisbrochures over Argentinië. Over oneindige pampa's en de heldere hemel boven Buenos Aires. Hij legde ze uitgevouwen op de salontafel.

'Mijn vrijheid is weg,' zei hij. 'Ik ben een avonturier zonder avontuur, een schoenmaker in een stad zonder schoenen. Ik heb de drang de wereld te zien, maar dat kan nu niet.'

Mijn vader leefde niet naar wie hij was en wat hij kon, maar naar wie hij zou kunnen zijn en wat hij dacht te bereiken.

Hij trok zijn trui weer recht. 'De wereld is zo groot,' vervolgde hij. 'En we zien er zo weinig van!'

Elk jaar reisden we naar Frankrijk. Soms bezochten we een camping in Duitsland en dan plukten we blauwe bessen in het Zwarte Woud. Er was die ene reis geweest naar China, op mijn achtste, maar die had geen vervolg gekregen. En dan waren hem ook nog zijn congressen afgepakt.

Deze keer maakte mijn vader werk van zijn belofte. Hij ging diezelfde week in behandeling bij de psychiater, een zachtaardige man met wie hij af en toe lunchte in de kantine van het ziekenhuis. Mijn moeder en ik kenden hem ook, want hij was vroeger wel eens op mijn vaders verjaardag geweest, toen die nog gevierd werd.

Tijdens de maaltijden sprak mijn vader over de wijngaarden in Argentinië. Mijn moeder had ingestemd met zijn reis daarheen, maar ze ging zelf niet mee. 'Nu weten we het wel,' zei ze als hij te enthousiast werd.

Regelmatig trok hij zich terug op de zolder om te schrijven. Achter zijn bureau, het ene been altijd over het andere. Naarmate de tijd verstreek, leek de geestdrift waarmee hij aan zijn roman schreef echter te verdwijnen. Het verraste me niet toen hij op de dag van zijn vertrek naar Argentinië zei: 'Ik stop ermee. Ik kan het allemaal beter vertellen dan opschrijven.' En dat deed hij ook meteen, ondertussen steelse blikken werpend op de klok, want hij moest het vliegtuig halen.

16

Die middag vertelde hij het verhaal van mijn opa. Over de dappere, moeilijke strijd van Dzia Dzio tegen de teleurstellingen die volgden op het mislopen van zijn dromen. 'Weet je hoe lastig het is daarmee om te gaan?' vroeg mijn vader. 'Weet je waarover je dan moet beschikken?'

Dat wist ik, want hij had het vaker gezegd. Een mens moet over moed beschikken om door te gaan met leven nadat hij zijn dromen verloren heeft zien gaan. Doorgaan is ieder mens verplicht aan zichzelf en aan de mensen om hem heen. Zoals Dzia Dzio deed, door elke dag diep de donkere mijnen in te duiken, met gevaar voor eigen longen en leven.

'Dat is een van de grootste mogelijkheden van de mens, het accepteren van tegenslagen,' leerde mijn vader me. 'Je moet ze op dezelfde manier omarmen als voorspoed. Het vermogen je aan te passen aan tegenslagen maakt je tot een sterke mens die steeds minder tegenslagen te verwerken krijgt.'

Op een dag had Dzia Dzio mijn vader met een ernstige stem op zijn kamer geroepen. Daar sloeg hij zijn arm om hem heen. 'Hij rook naar eau de cologne, het enige chique wat hij zo ongeveer bezat,' vertelde mijn vader. 'Zijn kamer was rommelig. In een kast stonden wat boeken, zijn gereedschap uit de mijnen hing aan de muur en er stond een klein drankkabinet, vol flessen wijn en wodka die hij had gekregen.

Dzia Dzio zei rechtuit tegen me: "Jij bent veel slimmer dan ik, veel slimmer dan de meeste mensen. Wat wil je doen met je leven?"

"Studeren..." zei ik. In die tijd was dat niet vanzelfsprekend. Ik was zeventien. Op het gymnasium spraken we veel over de toekomst, waarin we hoopten naar Brussel, Gent of Leuven te gaan om samen te studeren en elke nacht te stappen. Dat leven stond zo ver af van het leven dat mijn ouders leefden, dat ik dacht dat Dzia Dzio het niet zou begrijpen.

"Studeren, ja natuurlijk. Dat mag je," antwoordde hij. "Maar wat wil je nog meer?"

"Hoe bedoelt u?"

"Wat wil je echt, wat is je diepste droom?" Zijn arm voelde warm aan op mijn schouders, bijna broeierig. Ik wilde me eraan ontworstelen, al begreep ik niet waarom. Ik wilde het kamertje verlaten en naar mijn vrienden vluchten.

Ik bleef. Hij nam twee glazen en schonk een bodempje whisky in. Dat had ik nog nooit gedronken. Wel andere sterkedrank, stiekem met vrienden achter het hek in onze tuin en natuurlijk in de vele cafeetjes. Babunia had me één keer sterkedrank zien drinken in mijn eentje, en toen was ze me met de deegroller achternagerend.

"Nou," vroeg hij me in zijn rokerige ruimte. "Wat wil je echt in je leven? Want dáár gaat het om. Je dromen waarmaken." Hij gaf me het glas en ik rook eraan. Mijn neus kneep zichzelf in een reflex dicht. "Pas op," zei hij. "Het is straf spul."

Ik voelde me zenuwachtig, onhandig, maar nam een flinke slok. Mijn gehemelte brandde, mijn keel gloeide en het was alsof een lampje afdaalde via mijn slokdarm mijn buik in, om nog enige tijd te branden in het donker van mijn maag. Ik vertelde hem dat ik het liefst overal heen wilde reizen, en ik vroeg me af of hij dit begreep – zelf reisde hij nooit.'

Op de mijnen verstreken de jaren voor Dzia Dzio alsof het dagen waren. Volgens mijn vader kwam dit doordat de regelmaat de tijd vermoordt. Jaren kunnen op deze manier verdwijnen. Voor sommige mensen is dat een handige manier om het leven door te komen, voor anderen is de regelmaat een aartsvijand waartegen ze het altijd zullen afleggen.

Af en toe gebeurde op de mijnen een klein ongeluk, één keer een ongeval van grotere omvang, maar mijn opa ontsprong steeds de dans. Ze boden hem rond zijn veertigste een baan aan boven de grond, om logistieke karweien te regelen waar verder niemand zin in had. Babunia stond erop dat hij de baan accepteerde, maar hij voelde zich na een maand al miserabel; hij miste het werken met de mannen van weleer, mannen die zijn vrienden waren geworden. Ondertussen had hij ze verteld wie hij vroeger was geweest. Niemand geloofde hem aanvankelijk, ze dachten dat hij een beetje gek was.

Mijn vader verklaarde dat als volgt: 'Het is lastig te geloven dat de man met wie je elke dag in mijngangen je leven waagt, een van de betere voetballers van Europa is geweest. Vaak herkennen we talenten niet wanneer ze dicht bij ons staan. De meeste mensen geloven dat het grote en het goede buiten hun eigen reikwijdte valt. Maar dat is niet zo, het kan onder onze ogen bestaan en het bestáát onder onze ogen.

Daarom ook begrijpen mensen in het dorp mij niet en noemen ze me een gekke Pool. En dan heb ik nog niet eens de grote talenten die jouw opa bezat. Maar ik denk groot, dat is voor sommigen al een brug te ver.'

Binnen een maand zei Dzia Dzio zijn nieuwe baan alweer op.

Met veel warmte vertelde mijn vader die middag voordat hij naar Argentinië zou vertrekken over het voetbaltoernooi dat werd georganiseerd door de mijnwerkers. Tijdens het vertellen liep hij de kamer rond en hij zette het verhaal kracht bij door sommige scènes na te spelen. 'Opa en ik speelden in één team,' vertelde hij. 'Elf tegen elf en ik stond in de spits, met vlak achter me, op nummer tien natuurlijk, Dzia Dzio. Victor, kun je je dat voorstellen? Samen in één team? Hij wilde niet voetballen, maar ik had net zolang gezeurd totdat hij meedeed. Later kwam ik erachter dat mijn verzoek niet de hoofdreden was. Hij had een weddenschap verloren en moest zichzelf van zijn collega's eindelijk eens bewijzen. Al jaren keken ze daar naar uit.

Hoelang had hij al niet gevoetbald? Hij sprak er in elk geval nooit over en hij interesseerde zich amper voor mijn voetbalwedstrijden. Alleen naar het WK keek hij nog, maar hij vond de meeste wedstrijden maar saai.

Ik voelde me opgelaten en Dzia Dzio was de hele dag al nukkig. Op weg naar het voetbalveld zei hij geen woord.

We speelden op hetzelfde veldje waar hij tijdens de oorlog, misschien tegen beter weten in, had geprobeerd zijn conditie op peil te houden, maar van de grauwige droefheid uit die tijd was geen sprake meer. Van ver hoorden we al muziek, en tussen de bomen en de lantaarnpalen waren vlaggetjes en kleurrijke linten gespannen.

Voor mijn gevoel hield iedereen de adem in tot het moment dat opa de bal voor het eerst zou beroeren. De eerste minuut had hij geen balcontact, maar toen speelde de verdediger op Dzia Dzio in. Die nam de bal ter hoogte van de middencirkel aan, draaide zo snel weg dat twee mannen al meteen op achterstand lagen, en toen zag ik iets wat ik nog nooit had gezien. In deze actie zocht hij mijn blik, hij richtte zijn hoofd echt op en overzag het hele veld, en voor mijn gevoel het hele leven. Elke beweging die zijn tegenstanders maakten of gingen maken, calculeerde hij in. Een paar mensen in het publiek applaudisseerden luid bij zijn eerste actie, en zelfs enkele spelers begonnen te juichen.

Bijna als vanzelf begon ik weg te lopen bij mijn verdediger, een goedmoedige collega van mijn vader die af en toe bij ons thuiskwam. Met opgeheven hoofd passeerde Dzia Dzio nog een man alsof hij er niet stond en vervolgens lepelde hij de bal over de verdediging heen, precies daar waar ik rende. Ik hoefde niets meer te doen. De keeper kwam naar voren gerend, maar de pass was zo perfect dat ik de bal kon laten doorlopen, langs de doelverdediger. Hij deed nog een poging, maar was kansloos. Ik tikte de bal in het lege doel, en trillend op mijn benen ging ik mijn vader bedanken voor de snijdende pass.

Hij was nagenoeg even groot als ik, maar leek zoveel groter nu. Hij gaf me een afgemeten hand, veegde zweet van zijn voorhoofd en liep terug naar onze eigen helft.

We vernietigden het andere team met 11-1. Die tegentreffer was een cadeautje van opa, die zeven doelpunten maakte, en dat zouden er meer zijn geweest als hij zichzelf niet uit ademgebrek een paar keer had laten wisselen. Ik scoorde drie keer, allemaal op aangeven van hem. Nooit voelde ik me meer zijn zoon dan toen hij vanaf het middenveld zijn vorstelijke blik over het veld liet gaan om mij te zoeken en daarna te bedienen met een prachtige pass.

Na de wedstrijd zat mijn hoofd vol uitbundigheid. Hij klopte me op mijn schouder en zei: "Je kan goed voetballen. Ik ben trots op je." Ik was oud genoeg om te dansen en dus mocht ik blijven. Ik danste op Elvis Presley en zoende met de dochter van de baas. Een prachtig, blond meisje van vijftien jaar in een wijde jurk. Ik nam haar mee naar een stil plekje en we vreeën totdat ze ergens in de verte haar naam begonnen te roepen.'

Mijn vader verhuisde uiteindelijk naar de grote stad om te studeren. De afstand tot zijn ouders was inmiddels groter dan de vijftig kilometer die hen sindsdien scheidde. Dzia Dzio en Babunia hadden allebei weinig scholing gehad. Babunia had leren lezen en schrijven op een vervallen schooltje in Oost-Polen, waar geen verwarming was, zodat ze grote delen van het jaar vrij kregen. Daarna was ze bij een oudere man thuis gaan schoonmaken voor een klein bedrag per maand, dat ze volledig afdroeg aan haar familie. Toen ze zeventien was, ontmoette ze mijn opa, en ze begonnen een verboden romance, zoals alle prille liefdes in die tijd verboden waren en daardoor waarschijnlijk veel aanlokkelijker dan wanneer ze wel waren toegestaan. Babunia bleef werken bij de oude man, en nam een tweede baantje als kinderjuffrouw bij een gezin. Zo voorzag ze in haar onderhoud. De universiteit was voor haar een gebouw, meer niet. Ze had geen idee wat daarbinnen gebeurde. Met elk boek dat mijn vader las en elk college dat hij bijwoonde, kwam hij verder van zijn moeder af te staan, en met Dzia Dzio was het niet veel anders. Die was in zijn kinderjaren ergens in Polen onderwezen, op een schooltje waar alle kinderen van het dorp tegelijk onderwijs kregen van een oude, strenge non die rondging met de liniaal en toesloeg wanneer je een antwoord niet wist. Opa was een slechte leerling omdat hij nu eenmaal alleen maar aan voetballen dacht. Dom was hij niet, evenmin als Babunia overigens.

Toen stopte mijn vader met vertellen. Nadrukkelijk keek hij naar de klok in onze woonkamer. 'Waar blijft je moeder toch?' vroeg hij. 'Waar is ze eigenlijk heen?'

Steeds vaker was ze weg. Een afspraak met een vriendin, een middagje ontspannen in de sauna. Mijn vader liep naar het raam, schoof het gordijn opzij en wierp een blik naar buiten.

'Vertel nou verder, pap.'

'Dit was het,' zei hij, nog steeds naar buiten turend.

'Echt niet,' zei ik.

'Jawel. Hierna worden ze oud en regeert de regelmaat, en op een dag sterft Dzia Dzio, maar dit is het belangrijkste hoor. De rest vind je toch niet spannend.'

'Maar...'

'Geen maar,' zei hij en hij trok zijn jas aan. 'Ik heb je jarenlang verhalen verteld voor je ging slapen. Ik weet waar je van houdt.' In zijn jas liep hij een rondje door de kamer en deed hem toen weer uit. Hij hing hem over de stoel. In de tussentijd mopperde hij op mijn moeder. Zo ging het een poosje door en uiteindelijk stond ze voor de deur. Mijn vader trok zijn jas opnieuw aan, maar vond de mouw niet. Ik hielp hem erin. Hij deed zijn grote rugzak om en drukte haastig een kus op mijn voorhoofd.

'Vertel je nog een keer verder?' vroeg ik.

'Ik blijf niet lang weg!' zei hij en hij was verdwenen. Dat was althans de bedoeling. Met zijn voet bleef hij achter de drempel haken, hij greep zich vast aan het deurportaal en slaagde er ternauwernood in op de been te blijven. Daarna vertrok hij echt.

De volgende dagen dacht ik veel aan zijn verhaal. In bijna al mijn gedachten dook het op. Steeds sterker werd mijn behoefte er met mijn vader over te praten, waarom wist ik niet precies. De enige keer dat hij belde vanuit Argentinië, slaagde ik er niet in hem te onderbreken.

'Victor?' begon hij, 'ben jij het? Ik hoor je slecht. Ik sta in een telefooncel, in hartje Buenos Aires. Hoor je de auto's razen achter me? Wacht...' Op de achtergrond klonk vaag gerommel, waarschijnlijk van de drukke weg door de hoofdstad. Dit duurde zo'n tien seconden. 'Hoor je?' vroeg hij toen. 'Het is zo mooi hier, zo hectisch. De stad leeft. En niet zomaar leven. Nee, hét leven. De huizen zijn roze, blauw, oranje en groen. En de lucht, ja, je snapt het wel... de lucht is helder en blauw. Weet je waar ik morgen naartoe reis? Ik heb een man ontmoet, een echte Argentijn. Juan. Kun je je voorstellen dat een man zo heet? Juan. Niet Ruud of Henk, zo heten ze hier niet. Pablo, Juan. Dat zijn de namen. En hij neemt me mee het binnenland in. Naar Mendoza, daar hebben ze wijn. Zo veel wijn. Kilometerslang wijngaarden, en overal lopen mannen met cowboyhoeden die de boel in de gaten houden. Ze hebben pistolen bij zich. Wacht... Victor?'

'Ja?'

'Ik heb geen geld meer. Het kan zijn da...' Toen werd de verbinding verbroken.

Het verhaal van Dzia Dzio bleef in mijn hoofd ronddwalen zoals mijn vader dat deed over de Argentijnse pampa's.

Hoe vaak had Babunia niet over Dzia Dzio geklaagd? Ik hoefde echt geen woord Pools te spreken om te begrijpen dat ze ongelukkige herinneringen aan hem had gehouden. Ook mijn moeder sprak met weinig warmte over hem. Door haar had ik het beeld gekregen dat hij een nukkige man was, die het goede humeur van mensen kon verpletteren met zijn ijzige stiltes, als een schoolmeester die kinderen laat beven door niets te zeggen. Het was alsof het verhaal van mijn vader over een andere persoon ging, een beter iemand.

Op een zondag keerde mijn vader terug uit Argentinië, dat was althans de bedoeling. Mijn moeder had op de markt verse mosselen gekocht. We deden niet zoveel die dag. Een paar keer dacht mijn moeder het hek te horen, maar wanneer ik dan ging kijken was er niemand. Zijn vlucht had geen vertraging, dat hadden we nagekeken.

Aan het einde van de middag rinkelde de telefoon. Mijn moeder nam op, ze vormde met haar lippen het woord 'papa'.

'Nee,' zei ze al snel. 'Dat kun je niet maken. We zitten...' Even keek ze mijn kant op, schudde haar hoofd. 'Vergeet het maar!' sprak ze. 'Je komt gewoon terug. Hoe moet dat met je werk?'

Weer stilte, een woeste blik in haar ogen.

'En met ons, wat dacht je daarvan? We zitten te wachten. Als je dit doet, hoef je helemaal niet meer thuis te komen.' Ze hield de hoorn even alleen bij de draad vast, hij bungelde in haar hand. Ik hoorde mijn vaders stem zacht, metaalachtig. Toen klonk een klik en werd de verbinding verbroken.

'Hij blijft een week langer,' zei mijn moeder, boos, maar ogenschijnlijk niet eens heel verbaasd. 'Hij zit in Peru.'

Ze keerde zich van me af en bleef een poosje zo staan. 'Dit doet hij zo vaak,' verzuchtte ze. 'Toen je geboren was, weet je waar hij toen heen ging, drie dagen achter elkaar?'

'Naar het café.'

'Naar de kroeg, ja. Ik lag hulpeloos in bed, een schreeuwend kind aan mijn borst. En hij ging vieren dat hij een zoon had. Drie dagen dronk hij zich een stuk in de kloten.

En nu... Zuid-Amerika is zo mooi dat hij er nog niet weg wil. Hij blijft nog vijf dagen.'

'En zijn werk?'

'Daar zal hij zich wel weer onderuit hebben geluld.'

Mijn moeder gooide de mosselen die ze op de markt had gekocht weg. Tijdens het eten die avond zei ze: 'Hij is eigenlijk precies zoals zijn vader.'

'Hoezo?'

'Laat maar. Dat had ik niet moeten zeggen.' Ze keek me aan alsof ze er uren over wilde praten, alsof ze me elk moment kon binnenleiden in een wereld waar alles nieuw voor me zou zijn en onbekend aan zou voelen.

'Vertel dan,' drong ik aan. Nu ik zo dicht bij die nieuwe wereld was, wilde ik hem ook betreden. Al was dat misschien niet goed voor me.

'Dzia Dzio was geen makkelijke.'

Ik vertelde haar het verhaal dat hij me had verteld over opa, hoe rooskleurig dat had geklonken.

'Echt?' vroeg ze. 'Zo fijn was het niet. Vraag dat maar aan je oma.'

'Daar kan ik niet echt mee praten.'

'Nee,' antwoordde ze. 'Ik ook niet.'

We lachten allebei een beetje beschaamd, toen zei ze: 'Ik vertel je nog wel eens het verhaal zoals ik het ken.'

17

Mijn vader nam het mooie weer mee uit Latijns-Amerika. Bijna elke dag barbecueden we die zomer in de tuin met vlees van de oude slager even buiten het dorp.

Op sommige dagen legden we in aluminium gewikkelde zalm en kabeljauw op het vuur. Daarbij roosterden we halve courgettes en repen paprika. In het weekend kochten we een verse ananas die ik samen met mijn vader in stukken hakte.

Voor onze schuur stond een grote kersenboom. Met een ladder haalden we de kersen eruit. Donkerpaars waren ze en ze hadden een heerlijke, volle smaak. Mijn moeder maakte er kersenijs van dat we aten met zelfgebakken wafels.

In de stam van de kersenboom zat een wespennest. Al jaren. De wespen vlogen uit over de hele tuin, vormden een constante plaag. Elke keer opnieuw sprong ik op wanneer er eentje rond mijn hoofd zoemde. Mijn vader bleef stoïcijns zitten. 'Ze doen niets,' zei hij. 'Helemaal niets. Ze horen bij de zomer, zoals de broeierige dagen dat doen.'

Overdag was het snikheet. Zo heet dat het gras van mijn

voormalige voetbalveld geel kleurde. De meeste dagen eindigden met een daverend onweer vlak voordat de duisternis inviel.

'Ik zou wel willen zwemmen,' verzuchtte mijn moeder op een middag.

'Zal ik een zwembad maken?' vroeg mijn vader. Hij tekende de ontwerpen voor mogelijke zwembaden op papier, woog af wat de beste optie was. Ook rekende hij uit wat het zou gaan kosten. 'Ik heb nog hout in de schuur,' zei hij. 'Voor de doelen die ik van Victor niet meer hoefde te maken. Daar bouw ik een zwembad van, met een goed, stevig zeil. Maar dat is dan wel pas voor volgend jaar. Dit jaar lukt me dat niet meer.'

Het idee om een zwembad te bouwen kwam niet uit de lucht vallen. Mijn vader sprak om de week met de psychiater. Die had hem aangeraden een project te starten dat hij daadwerkelijk af zou maken. Af en toe vertelde hij thuis over de gesprekken die hij voerde. Wanneer we naar een voetbalwedstrijd keken bijvoorbeeld. Dan merkte hij uit het niets op: 'Volgens Huub heb ik te weinig nagedacht over hoe ik me tot mijn vader verhoud, zo weet ik bijvoorbeeld niet of ik boos op hem ben of niet.' Of hij zei: 'Volgens Huub heb ik nooit echt vrijheid ervaren. Daarom streef ik die vrijheid nog steeds na, voor even ontslagen te worden van de verantwoordelijkheden.'

Toen hij dit vertelde, schudde mijn moeder haar hoofd, maar ze hield zich stil. 'Wat?' vroeg mijn vader. 'Zeg dan.'

'Niets,' zei ze. 'Laat maar.'

Tot een echt gesprek over zijn sessies liet hij zich niet verleiden, gelukkig maar. Dat was zo'n ingewikkeld onderwerp dat het makkelijker was het onbesproken te laten. Terwijl hij die zomer juist wel veel wilde praten. Meestal vroeg hij of ik mee ging wandelen. Ook fietsten we af en toe door het Limburgse land; heuvel op, heuvel af. Mijn vader daalde sneller dan ik, ik klom makkelijker.

'Je hebt een jong hart,' zei hij een keer. 'Dat kun je goed gebruiken tijdens je studententijd.' Hij glimlachte plagerig.

'Pap...'

'Studeren,' ging hij verder. 'Een nieuwe wereld. Je gaat van alles beleven. Je moest eens weten wat ik allemaal heb uitgevreten toen.' Liever niet, maar hij vertelde het toch, zeer gedetailleerd zoals gebruikelijk. Misschien was het voor hem een manier om dat soort tijden in zijn hoofd te doen herleven.

Voordat mijn eerste studiejaar zou beginnen, was er eerst nog het WK-voetbal in Frankrijk. Nederland had een goede lichting, een heel goede. Onze openingswedstrijd maakte van mijn vader en mij gezworen vijanden. In Parijs speelde Nederland tegen België. De spanning in huis was ondraaglijk. Al weken verkondigde mijn vader in ons dorp dat België zou gaan winnen.

Sommige voetbalwedstrijden keek ik op mijn eigen kamer, waar een oude televisie stond waarmee ik maar vijf kanalen kon ontvangen, precies de goede gelukkig. De meeste wedstrijden keken mijn vader en ik samen op de televisie in de woonkamer. We ruzieden of we het op de Nederlander of op de Belg zouden kijken. Stiekem hield ik meer van het Belgische commentaar, maar dat gaf ik niet toe. Wanneer Nederland op achterstand kwam, zei mijn vader goedig: 'Dat maken ze weer goed.' Zelfs als de achterstand heel groot was, zei hij dit.

De volksliederen voor de wedstrijd Nederland-België keken we samen, daarna rende ik de kamer uit, nam de trap met twee treden tegelijk, en nestelde me op mijn bed tussen de kussens, mijn angsten en oneindige verwachtingen.

Na een minuut kon Nederland al 1-0 maken en vol vertrouwen klopte ik op de vloer. Mijn vader begon pas terug te bonken toen de Belgen na een halfuur hun eerste corner kregen.

Het werd een teleurstellend gelijkspel, maar toen wist ik nog niet dat bijna elke openingspartij op een WK teleurstelt.

België werd in de poules uitgeschakeld, maar mijn vader zat daar niet mee. De voldoening die hij uit het gelijke spel tegen Nederland haalde, leek voor hem voldoende. Hij begon er geregeld over tegen dorpsgenoten. Waarschijnlijk had hij zelf ook wel door dat België in tegenstelling tot Nederland geen goede lichting had.

De dag na de Belgische eliminatie kwam Babunia bij ons langs, terwijl het niet eens een feestdag was. Ze had een tuttig parapluutje en een witte hoed tegen de zon. Het Pools danste op een zacht zomerbriesje door onze tuin. Van de bedompte sfeer die bij oma thuis hing, was geen sprake.

Op het oude veldje, waar inmiddels een walnotenboom groeide, voetbalde ik een tijdje met mijn vader. Mijn oma ging op haar steeds brozer wordende benen staan om het beter te zien. Ze klapte even hard voor een doelpunt van mij als van mijn vader. Misschien kwam het door het prachtige weer dat mijn vader en zij uiteindelijk eens géén ruzie kregen, terwijl ze nog geen week daarvoor lijnrecht tegenover elkaar hadden gestaan.

Babunia deed in haar eigen omgeving nog steeds alles op de fiets. Ze reed door haar wijk die nog even verpauperd was als in mijn vroege jeugd, en ze fietste naar de grote supermarkt in het centrum van het dorpje, waar de winkels lagen achter brede stoepen met lelijk grind. De dorpskern leek op een industrieterrein en de auto's reden er veel te hard. Daartussen manoeuvreerde Babunia, met tassen vol boodschappen aan het stuur. Ze beweerde bij hoog en laag dat fietsen haar jong van geest hield en weigerde ermee te stoppen.

Mijn vader kocht een helm voor haar. 'Op een dag val je,' verzuchtte hij. 'En dan breek je alles. Je moet op jezelf passen.'

'No no,' antwoordde ze. In de keuken schreeuwden ze die middag in het Pools tegen elkaar en mijn vader vertaalde het dit keer wel voor me. Babunia wilde de helm niet opzetten, omdat haar kapsel ervan in de war zou raken.

De spanning liep zo hoog op dat mijn vader haar geen kus gaf bij het afscheid. In de auto op weg naar huis, wilde hij eigenlijk omkeren. 'Straks sterft ze en dan is deze ruzie het laatste wat ze zich van me herinnert,' zei hij. Maar toch maakte hij geen rechtsomkeer.

Een paar dagen later ging hij alsnog bij haar langs. Hij nam een hometrainer voor haar mee en smeekte haar vanaf nu naar de winkels te lopen. Hij keek ernstig, zijn gezicht bood geen ruimte voor tegenspraak. Met veel Pools geklaag hees ze zich de eerste keer op het apparaat, een hypermoderne uitvoering. Ze trapte een paar keer, snoof minachtend en klom er weer vanaf.

Nederland overleefde met gemak de poulefase. In de achtste finale wachtte Joegoslavië, we wonnen met 2-1. Een paar dagen later speelden we tegen het machtige Argentinië. Voor die wedstrijd verstoorde mijn vader de harmonie binnen ons gezin door te zeggen: 'Ik ben toch ook een beetje voor de Argentijnen. Sinds mijn reis voel ik me ook een beetje Argentijn.'

Tijdens de wedstrijd vergaf ik hem deze belachelijke opmerking, omdat hij heel hard juichte voor Oranje. Toen we wonnen na het mooiste doelpunt ooit gemaakt, dansten we samen door de kamer.

'Misschien moeten we toch maar een groot feest geven voor onze vijfentwintigste trouwdag,' zei mijn vader tegen mijn moeder in zijn euforische bui. 'De buurt uitnodigen, mijn Poolse familie...'

'We zouden het toch klein houden?' vroeg ze. 'Alleen echte vrienden...'

'Prima, dan doen we het zo. Ook goed. Blits hoor.'

In de halve finale moest Oranje het opnemen tegen Brazilië. We leken te gaan winnen, maar verloren tijdens de strafschoppen. Ik gooide een glas tegen de muur kapot en mijn moeder was heel erg boos dat ik dat had gedaan.

Dagenlang was ik teleurgesteld. Barbecueën, zwemmen. Het leek allemaal zo zinloos. Het land was in rouw gedompeld, maar toen was het nog steeds pas begin juli, zowat de hele zomer lag voor ons, zoals het leven volgens mijn vader nog bijna helemaal voor me lag.

'Ik ben jaloers op je,' zei hij op een middag. 'Studeren, eropuit. Heerlijk.' We zaten in het gras. Mijn moeder lag verderop te zonnen. Mijn vader had een bezweet gezicht en een nat shirt. Hij zat onder de modder. Een paar uur had hij aan het zwembad gewerkt. Een zwembad van formaat moest het worden, iets om naar uit te kijken.

'Weet je,' zei mijn vader zacht. 'Nog even en ik ga weer op reis.'

'Bedoel je een congres?'

Mijn vader wierp een blik op mijn moeder die in slaap leek te zijn gevallen, toen schudde hij zijn hoofd. 'Nee, een vakantie. Ik ga naar Mongolië. In het najaar... maar zeg het maar niet tegen mama.'

18

Op de ochtend van het vijfentwintigjarige huwelijksfeest liet mijn moeder haar haren knippen, het viel een stuk korter uit dan de bedoeling was. 'Prachtig!' zei mijn vader toen ze thuiskwam. In de keuken drongen de etensgeuren om voorrang. Alle ramen stonden wijd open, net als de kastjes trouwens. Mijn vader droeg het nette overhemd dat hij de dag ervoor had gekocht. De mouwen opgerold.

'Heb je nu al je hemd aan?' vroeg mijn moeder, terwijl ze de kastjes één voor één dichtdeed. 'Straks zit het onder de vlekken.'

Hij begon de knoopjes los te maken.

'Niet midden in de kamer,' zei ze. 'Dat is toch niet netjes.' Mijn vader had zijn bovenlichaam al bijna ontkleed. Hij was bruiner dan ik, natuurlijk omdat hij hele dagen zonder shirt rondliep in de zon. Vaker viel me op hoe gespierd hij was, voor zo'n smalle man.

Na zich te hebben verkleed, kookte hij verder. Mijn moeder kwam om het kwartier de rommel die hij maakte opruimen. Hun samenwerking zag er harmonisch uit. De harmonie bleef zelfs intact toen de tijd begon te dringen, omdat binnen een uur de gasten op de stoep zouden staan.

Mijn moeder versierde de tuin met slingers in alle kleuren, ze spande ze tussen de bomen. Met zijn kookschort nog voorgebonden kwam mijn vader uit de tuin gelopen. In zijn handen hield hij verse peterselie en bieslook. Achter de schuur groeide ook nog tijm, oregano en basilicum. De basilicum rook je door de hele tuin. Mijn vader hield een bosje peterselie vlak onder mijn neus. 'Ruik eens hoe lekker,' zei hij.

'Weet je dat je moeder ook zulk kort haar had toen ik haar leerde kennen?' vroeg hij. 'Prachtig, al staat het wel een beetje eng.' En na een korte stilte: 'Wat lijkt ze toch eigenlijk ook op mijn moeder. Gek dat die twee het niet beter met elkaar kunnen vinden.'

Ik zei niets terug en hij haalde diep adem. 'Weet je dat ik vorig jaar voor Argentinië zakgeld heb meegekregen?'

'Net als ik,' zei ik monter.

'Net als jij,' herhaalde hij. 'Behalve dat ik het geld zelf verdien door elke dag, al twintig jaar, naar het ziekenhuis te gaan. Maar vandaag is het feest. Nog even en dan mag ik mijn blouse weer aantrekken.' Hij pakte mijn bovenarm vast, een beetje ruw. Hij leek iets te willen zeggen, maar deed het niet en liet me gaan.

Tegen het einde van deze zomer had mijn vader gegraven alsof hij een schat op het spoor was. Hij groef in het grasveld achter de schuur, onttrokken aan het zicht, met ontbloot bovenlijf en tot de blaren op zijn handen stonden. Elke ochtend en middag smeerde hij zich in met zonnebrandcrème. Meestal vroeg hij mijn moeder om zijn rug te doen. Ze deed het met plezier, stelde geen vragen. Ze ging niet één keer in de tuin kijken wat hij aan het doen was. Zolang hij geregeld naar binnen kwam voor een praatje, zolang hij niet al te sterk naar drank rook, vond zij het prima. Misschien zag ze de bloedende blaren op zijn handen niet eens. Ze merkte ook niet dat hij af en toe aarde in de kuil schepte in plaats van eruit. Ik betrapte hem hierop toen ik hem vanuit de schuur bespiedde. Ik liep weg, maar wat ik had gezien baarde me zorgen.

Een paar dagen voor het feest vroeg ik hem: 'Is die kuil niet veel te diep?'

'Het wordt een groot zwembad,' zei hij. Hij groef in de vorm van een rechthoek. Bij de punten had hij takjes verticaal in de grond gestoken, zodat hij wist tot waar hij moest graven.

Weer een andere dag vroeg ik: 'Wat is nu eigenlijk het plan, pap?'

'Het plan? Graven naar de andere kant van de wereld natuurlijk.' Meer nog dan ik al deed, hield ik hem de dagen hierna in de gaten.

De dag voor het feest had ik mijn vader weer grond terug in de kuil zien scheppen. Bij elke lading spiedde hij in het rond, op zijn hoede. Hij had de hele morgen al staan koken. Toen had hij erop gestaan nog even te kunnen graven en mijn moeder had het goed gevonden, ze had gelachen om zijn toewijding. Ik kon dat ook doen, voorwenden dat ik niets had gezien. De rode plekjes op zijn wangen negeren. Gewoon terug naar binnen lopen en het hier nooit meer over hebben. Zoals we ook niet spraken over de flessen die ik nog steeds af en toe in de schuur vond, en over zijn bril die op de oprit in een plasje bloed had gelegen terwijl van hemzelf geen spoor te bekennen was.

Hij zat die middag na het koken op de grond, zijn benen over de rand van de kuil die een meter of twee diep was. Tegen de wand stond een ladder. Mijn vader zag er onuitgeslapen uit. Ik liep naar hem toe.

'Victor,' zei hij geschrokken. 'Ik mag niet naar Mongolië

van je moeder, wist je dat al?' Zijn stem was als een vork krassend op een bord, schel en hoog. 'Maar dat maakt niet uit,' ging hij verder. 'Want morgen is het groot feest.'

Hij stond op en liep weg.

'Wat ga je doen?' vroeg ik.

'De schuur in, mag dat?'

'Pap...'

'Wat wil je nou?' vroeg hij en hij zakte op zijn knieën. 'Ik weet het niet meer,' zei hij. 'Wil je dat horen? Dat ik geen idee heb?'

Ik probeerde hem overeind te helpen.

'Laat me!' riep hij. 'Laat me!' Hij wees naar de schuur. 'Zie je die balken?' De balken waaraan tijdens het feest jaren geleden de Poolse vlag had gehangen. 'Misschien is het makkelijker daar gewoon een touw omheen te knopen, een keer...'

Ik hoorde het hem zeggen, maar hoorde nog veel luider de vogels fluiten, zag haarscherp de ballonnen, die mijn moeder eerder die dag in de kersenboom had gehangen, zachtjes dansen op de wind.

'Nee écht,' zei hij. 'Daar denk ik over na.'

Weglopen wilde ik, weg van hem.

Hij keek me indringend aan, keek niet door me heen zoals soms gebeurde.

'Sta alsjeblieft op,' zei ik en weer reikte ik hem de hand.

Hij ging languit op het gras liggen, zijn ogen gesloten. Het ideale moment om weg te lopen, maar ik ging naast hem zitten. Zorgen dat hij zichzelf niets aandeed. Zo eenvoudig was het. Als het meezat, kon ik hem misschien zelfs op de been helpen, zodat we door konden gaan met leven alsof er niets gebeurd was.

Ik zocht naar de juiste woorden en toen ik ze diep in mijn binnenste had gevonden, verzette ik me er even tegen. Zacht zei ik uiteindelijk: 'Als je weg wilt, als dat echt is wat je wilt. Dan moet je gaan.'

Nog een poos bleven we zo zitten.

's Avonds kookte mijn vader verder in de keuken. Mijn moeder kwam af en toe de woonkamer binnen om een outfit te showen voor de volgende dag, de dag van het feest. Ik had haar niet verteld over mijn vaders meltdown, zoals ik haar vroeger niet vertelde wanneer hij weer eens de hele avond weg was geweest. Mijn vader deed zich vrolijk voor, maar aan één blik had ik genoeg om te zien hoe slecht hij zich voelde. Dan zag ik zijn wanhoop en dacht ik aan wat hij had gezegd over de balken in onze schuur, hoorde ik zijn schreeuw in het bos buiten bij het spookhotel, jaren geleden alweer.

19

We ontvingen de vrienden en bekenden van mijn ouders in de tuin. Op een tafel stonden borrelglaasjes gevuld met *pisco*, sterke Peruviaanse likeur, die mijn vader tijdens zijn reis had ontdekt. De pisco werd geschonken met vers limoensap. Mijn moeder probeerde te verbergen dat ze het vies vond toen ze ervan dronk, maar dat lukte haar niet goed. Wanneer ze iets niet lekker vond, trok ze haar bovenlip een beetje op. Gelukkig kon mijn vader erom lachen.

Ik bracht een toast uit op mijn ouders, omdat ik vond dat ik daarvoor de aangewezen persoon was. In drie auto's reden we daarna naar het Belgische dorpje Maaseik, vlak over de grens. Mijn moeder had een wandeling door het dorpshart uitgestippeld. 'We kunnen die mensen toch geen drank geven en ze dan laten rijden,' protesteerde ze tijdens het plannen van het feest. Maar mijn vader had geantwoord dat dit geen probleem was: 'Het is zo weinig dat het helemaal niets uitmaakt.'

In de oudste apotheek van België bekeken we potjes met vergeten kruiden, en ons werd voorgedaan hoe vroeger met een onnauwkeurige weegschaal medicijnen werden gemengd. 'Vaak met de dood tot gevolg,' grapte mijn vader.

Hij maakte veel grapjes deze dag, en samen met mijn moeder mocht hij een pilletje samenstellen dat volgens de gids vroeger bekendstond als een liefdespil. Ze braken het pilletje in tweeën en namen allebei een helft, die ze met een flinke slok water innamen. Onder applaus van de vrienden zoenden ze elkaar. Ook ik klapte uitbundig.

Op het terras van een bakkerij bestelden we de plaatselijke lekkernij: knapkoek, een speculaasachtige koek met brokken kandij op de bovenkant. Alleen deze bakker bezat hiervan het geheime recept. Toen hij aan ons tafeltje zijn felicitaties kwam overbrengen aan mijn ouders, vroeg mijn vader: 'Wanneer ik u het geheim vertel van een lang, geslaagd huwelijk, vertelt u mij dan welke kruiden er in deze heerlijke koek zitten?'

In onze tuin stond het eten op een lange tafel uitgestald. Schalen gevuld met Poolse gerechten, maar ook Peruviaanse, Argentijnse en Chinese. Wanneer mijn vader op reis was, wierp hij als het even kon een blik in de restaurantkeukens. Zo leerde hij in elk land nieuwe recepten. Opgewonden liep hij tussen de gasten door om toe te lichten wat hij had gemaakt. Daarbij had hij steeds een biertje of een glas wijn vast. Mijn moeder trok hem één keer voorzichtig aan zijn arm, waarop hij haar schalks aankeek.

Voordat we aan tafel gingen, werden mijn ouders overstelpt met cadeaus. Een nieuwe broodrooster, een dvd-speler, een weekendje naar een Belgische stad naar keuze. Twee vrienden hadden een lied ingestudeerd en iemand las een gedicht voor.

Ondertussen was de zon bijna onder en zag de lucht rood en paars. Toen we allemaal zaten, bracht mijn vader een toast uit. Nog voor hij wat had gezegd, klotste er wijn over de rand van zijn glas, op zijn hemd.

'Roman!' riep mijn moeder.

'Wat maakt het uit?' reageerde hij. 'Het is feest, toch? Iedereen is er.' Hij stak zijn wijnglas nog net iets hoger in de lucht, het spande erom, maar nu liep er niets langs het glas omlaag.

'Iedereen, behalve mijn Poolse familie, maar daar zal ik niet kinderachtig over doen, want die zijn jaren geleden al eens op bezoek geweest...'

De gasten dronken, om niet te hoeven spreken. Mijn vader vroeg aan niemand in het bijzonder: 'Dat mag best worden gezegd, toch?'

Inderdaad waren er geen Poolse verwanten. Babunia zou komen, maar die had al een week lichte griep. We waren bij haar langs geweest en hadden thee gezet, met citroen en gember. Mijn vader had een fruitsalade gemaakt met mango, druif en perzik, en ook weer met gember, maar het hielp allemaal niets. Babunia bleef ziek.

'Straks krijgt ze nog een longontsteking,' sprak mijn vader op de terugweg bezorgd. 'Midden in de zomer en mijn moeder sterft als we niet opletten aan een longontsteking. Ze wordt oud, Victor. Ik kan het zien.'

Vlak voor het feest had mijn moeder over de Polen gezegd: 'Je kunt er niet een paar uitnodigen. Het is of allemaal of niemand.' Ze zei ook nog: 'We zouden het klein houden.'

We aten alsof er een kanon op ons was gericht. De beste vriend van mijn vader schonk de lege glazen op tafel bij en aarzelde bij dat van mijn vader, maar die gebaarde driftig dat ook dat vol moest.

'En jij, nieuwbakken student?' vroeg hij mij terwijl hij mijn glas tot de rand volschonk. 'Weet je zeker dat literatuurwetenschappen de juiste studie voor je is?'

Voor die studie had ik gekozen omdat ik hield van verhalen. Het leek me logisch iets met die voorliefde te gaan doen. Een poosje had ik geschiedenis overwogen, maar ik vreesde de jaartallen die ik daarvoor moest kennen, vreesde dat de feiten me te veel in de weg zouden zitten.

'Denk je niet,' vroeg de beste vriend van mijn vader, 'dat de kans op een baan veel te klein is voor een literatuurwetenschapper? Mooie studie, zeker. Maar wat levert het later op?'

'Later?' vroeg ik een beetje onzeker.

'Ja, wat voor baan krijg je ermee?'

'Wacht eens even,' zei mijn vader en hij schraapte zijn keel. Hij had nog bijna niets gezegd deze avond. 'Een baan is niet het belangrijkste. Het gaat erom dingen te doen die je gelukkig maken.'

'Natuurlijk,' zei zijn vriend. 'Maar met een goede baan ligt het geluk voor het grijpen.'

Mijn vader nam een grote slok wijn. Ik voelde dat het mijn beurt was om wat te zeggen. 'Ik kan bij de universiteit gaan werken, of bij een uitgeverij, of als journalist...'

Mijn moeder wipte op en neer op haar stoel. Ongeduldig. Vlak voor de vriend van mijn vader me wilde antwoorden, kuchte ze nadrukkelijk. Alle aandacht richtte zich op haar. Ik wist wat er ging komen.

'Sorry,' zei ze. 'Maar zullen we eerst even de afwas doen, voordat we gaan discussiëren over van alles en nog wat?'

Met veel moeite wist ik te voorkomen dat ik moest lachen, terwijl sommigen van onze gasten haar verbaasd aanstaarden.

Mijn vader stond met veel lawaai op. Zijn stoel tuimelde op de grond. 'Hou toch op!' riep hij. 'Hoe haal je het in je hoofd? Je bent vreselijk! Een gevangenis maak je van ons huis.' Zijn stem bulderde door de tuin, kaatste tegen de muren van de schuur, zodat de hardheid van zijn woorden me nog een keer raakte. 'Toen die arme oma Mossel doodging, trok je je er al niets van aan... Zo kil, zo ongelofelijk kil. Je wilde niet eens mee kransen uitzoeken.'

Mijn moeder antwoordde niet.

'Roman, je drinkt te veel,' foeterde mijn vader. 'Al die reizen, Roman, blijf toch eens hier. En zuip niet zoveel. Je bent altijd bezopen.'

Iedereen staarde naar mijn vader en dan naar mijn moeder, zoals bij een tenniswedstrijd. Zij bleef zwijgen.

De vriend van mijn vader stond op en legde zijn hand op diens schouder. 'Kom, Roman...' zei hij.

Mijn vader ontweek de arm, waarbij zijn bril van zijn neus gleed, op tafel. 'Ik ben het zo zat!' riep hij. En hij spuwde op de grond, probeerde zijn bril op te rapen van tafel, maar greep mis.

'Papa!' ontviel me. 'Ophouden!' Ik was me bewust tegen wie ik sprak. Tegen mijn vader, maar het moest gebeuren. 'Ga zitten,' riep ik.

Met één blik legde hij me het zwijgen op. 'Altijd pas ik me aan,' riep hij. 'Alles heb ik gelaten voor je. Alles. En wat krijg ik ervoor terug? Vind je het gek dat ik dan soms een andere vrouw wil?'

Mijn moeder zweeg, de hele tijd. Ik begreep er niets van. Waarom antwoordde ze hem niet, waarom beet ze niet van zich af? Tranen stonden in haar ogen, maar ze zag er niet uit alsof ze elk moment kon breken.

'Zeg dan wat,' riep mijn vader. 'Scheld me dan uit. Zeg dan dat ik niets voorstel.'

Ze bleef zwijgen.

De goede vriend van mijn vader nam hem stevig beet en trok hem mee naar binnen. Met moeite, want hij beet van zich af. Hij deed een greep naar de tafel om zijn bril te pakken en wonderwel lukte het hem dit keer. Hij schreeuwde terwijl hij werd afgevoerd.

Aan tafel zweeg iedereen, totdat mijn moeder de stilte doorbrak. 'Hij is overspannen. Gedoe op zijn werk.'

'Ziekenhuizen vergen veel van een mens,' merkte iemand op.

Voor ons huis sloeg de motor van mijn vaders Mercedes aan. In paniek schoot mijn moeder overeind. Ze rende naar de straat en ik volgde haar. In de verte scheurde zijn auto de bocht om.

2

1

'*As-salam aleikum!*'

Mijn vader draagt een felrode tulband. Zijn gezicht is gebruind door de zon en smaller dan de laatste keer dat ik hem zag. Veel aan hem is net even anders dan toen, zoals zijn baardje dat een beetje grijs is gekleurd. Zijn ogen zijn onveranderd – het houvast waaraan ik hem onder elke omstandigheid kan herkennen. Onder zijn ogen drijven wallen, maar niet zo donker als de maanden voor zijn vertrek.

Door de ramen van het vliegveld van Caïro zie ik hem staan. In een zee van mensen, zijn blik schiet alle kanten op. Na een korte aarzeling waag ik me in het inferno. Ik kijk naar mijn voeten, om er zeker van te zijn dat ik niemand ondersteboven loop. De zon is niet te zien door een wolkendek, maar hij hangt laag, bijna alsof hij ons wil verpletteren. Ik voel hem door de wolken heen branden. Ik ruik gesmolten asfalt, benzine en nog iets anders, iets zurigs.

Mijn vader merkt me meteen op en we omhelzen elkaar. Stevig klemt hij me tegen zich aan.

Hoewel het avond is, is het nog steeds broeierig warm.

'*Our driver is over there...*' zegt hij en hij wijst in de verte, waar ik vooral nog meer mensen zie. Mijn vader waadt zich er een weg doorheen, ik volg. Zijn pas is licht, mijn benen voelen zwaar. Hij wimpelt een paar lui die ons aanklampen af. Het gaat me te vlug, ik begrijp niet wat ze willen. Ik volg mijn vader dwars door de chaos waarin ik zonder hem ongetwijfeld zou verdwalen. Hij groet hier en daar mensen, alsof hij een zoon is, teruggekeerd naar het dorp van zijn ouders.

'*I'm so happy to see you*,' zegt hij, omkijkend. Waarom spreekt hij Engels?

De taxi ronkt uitdagend, uitlaatgassen klimmen de lucht in, waar geen spoor blauw te zien is. Mijn vader gebaart dat ik voorin moet plaatsnemen. De taxichauffeur stelt zich voor als Hassan. Hij trekt aan zijn stuur alsof hij een vliegtuig dat op een berg afkoerst van richting moet laten veranderen. Ik voel me opgewonden, gespannen. Ondertussen praat de chauffeur in het Arabisch tegen mijn vader, die in het Arabisch antwoordt, steeds met één of twee woorden. De taxichauffeur lijkt er weinig van te begrijpen, maar hij knikt vriendelijk. Wanneer zijn telefoon rinkelt en hij hem opneemt, trekt mijn vader het toestel met een ruk uit zijn handen.

'*Drive!*' zegt hij. '*Drive!*' Gepikeerd jaagt Hassan zijn taxi door de drukke straten. Uit steegjes duiken wagens op, voetgangers lopen midden over de weg, zonder angst. Terwijl ik doodsbenauwd ben dat we iemand zullen raken, of dat we zelf worden geramd.

Mijn vader legt zijn hand op mijn schouder. '*Do you finally understand?*' vraagt hij. '*Do you?*'

2

'Het lijkt hier Buenos Aires wel!' roept hij vier weken na zijn definitieve vertrek uit Nederland door de telefoon. De lijn ruist, kraakt en hapert. Mijn vader klinkt ver weg, alsof hij me vanaf de andere kant van het voetbalveld iets toeroept. 'Een taxi kost hier nada. Denk je dat ik nog rondloop? Ik laat me rijden en dan betaal ik het dubbele. Je moet die gasten zien kijken wanneer ik dat doe. Ze noemen me *mzungu*. Overal waar ik kom: mzungu, mzungu, mzungu. Prettig zoemend klinkt het, maar ik heb geen idee wat het betekent. Ze zeggen het met zo veel liefde en altijd glimlachen ze erbij. Het zijn zulke aardige mensen. En de vrouwen, Victor, de vrouwen... wacht...'

De verbinding heeft geen geduld. Een poosje wacht ik naast mijn telefoon totdat die weer zal rinkelen, maar dat gebeurt niet. Terugbellen kan ik niet, want ik heb geen idee wat zijn telefoonnummer is, laat staan waar hij woont.

Hij belt ongeveer eens per twee weken naar mijn studentenhuis. De telefoon staat in de gang naast mijn kamer, zodat ik er vaak als eerste bij ben. Al onze gesprekken verlopen hetzelfde. Meestal wordt hij na een tijdje sentimenteel, zoals vroeger aan het einde van elk feest. 'Let op die arme, prachtige Babunia,' drukt hij me op het hart. 'Zweer je me dat je op haar let?'

De laatste keer dat hij Babunia zag, omhelsde ze hem bij binnenkomst wel een minuut lang, zo innig had ik ze nog nooit gezien. Ze kookte die dag niet voor ons – ze zat op de bank en mompelde wat, meer tegen zichzelf. Mijn vader verfde de gang en herstelde een traptree die loszat. In de tuin trok hij onkruid uit de grond, terwijl Babunia vanonder een parasol aanwijzingen gaf. In de toekomst zou een Syriër van een paar huizen verderop haar helpen, een ex-worstelaar, die al zolang ik me kon heugen het oude ijzer in de wijk ophaalde. Wat de buurtgenoten ook buiten zetten, hij tilde het in zijn eentje in zijn aanhangwagen. Tegenwoordig had hij een prachtige, grijze snor. Nog steeds tilde hij de rommel in zijn kar, maar dat gebeurde wat langzamer dan vroeger. Toen ze nog kinderen waren, voetbalde mijn vader samen met de Syriër op straat. Hun vriendschap had iets magisch voor me, omdat die er ineens was en even plotseling weer kon oplossen. Ze kwamen niet op elkaars verjaardagen, zagen elkaar soms maanden niet. Maar als het zover was, leken het de beste vrienden, en dan dronken ze een Syrisch biertje terwijl ze in de zon zaten te bakken in hun blote barsten. De buren zetten de ramen open om mee te kunnen luisteren naar hun vrolijkheid.

De voorlopig laatste keer dat mijn vader bij Babunia langsging, was de Syriër er ook. Minder indrukwekkend en sterk dan vroeger, maar hij bleef een imposante verschijning. Ze dronken weer een biertje in de tuin en bulderden van het lachen. Hoofdschuddend keek Babunia naar ze vanuit de keuken, en met een vinnig gebaar stopte ze me geld toe, veel geld. '*Pour toi*,' fluisterde ze. '*Pour ton cham-*

bre à l'Amsterdam...' Ze drukte een zoen op mijn wang, als wijnglazen klonken onze brillen tegen elkaar aan.

Bij het afscheid ging ze in het Pools tegen mijn vader tekeer, vele malen heftiger dan ik haar ooit had gehoord. Tussendoor nam ze plaats op de trap om uit te rusten.

'Mama toch,' smeekte mijn vader. 'Rustig, denk aan je hart.' Voor zover ik wist was er met haar hart niets mis. Ze stond op en begon weer te foeteren. Ze sloeg hem met vlakke hand in zijn gezicht. Mijn vader drukte haar tegen zich aan. Een poosje stonden ze zo in de deuropening van het oude huisje. In zacht, melodieus Pools sprak hij tegen haar, het klonk als een gebed. Daarna vertrokken we. Oma keek ons na, staande op de stoep, een zakdoek tegen haar mond gedrukt.

De maanden tussen zijn vertrek bij mijn moeder en zijn verhuizing naar Afrika woonde mijn vader in een klein appartement in het dorp, ingeklemd tussen de kerk en het enige café. In zijn woonkamer was de fruitschaal altijd gevuld en er stonden verse bloemen op tafel. Op zijn balkon groeiden in aardewerken potten koriander, basilicum, bieslook en tijm, allemaal uit onze tuin. In het holst van de nacht was hij die plantjes een keer komen uitgraven, zonder medeweten van mijn moeder.

Zijn appartement was ingericht met nieuwe meubels. Aan de muur hing een schilderij dat hem naar eigen zeggen duizenden euro's had gekost. Chinese kunst, deels vervaardigd van eierschalen. Ook de plank uit China had hij opgehangen. Vlak voor zijn definitieve vertrek stonden we in zijn keuken. Het huis was inmiddels alweer leeg, op een fiets na die nog in de gang stond. Zelfs zijn Mercedes was per schip al op weg naar Afrika. Voor het dure schilderij deels vervaardigd uit eierschalen was vermoedelijk geen ruimte op dat schip, want hij schonk het mij.

'Ik moet gaan,' sprak hij die middag in zijn keuken bezwaard. 'Dat snap je toch? In mijn hoofd ben ik jaren geleden al vertrokken. Maar die arme Babunia houdt niemand over. Eerst Dzia Dzio weg, nu ik...' Ik had geen antwoord. 'We moeten samen drinken,' concludeerde hij en hij pakte twee glazen uit de kast. 'Want morgen verhuis jij naar Amsterdam en ga ik naar Afrika. We moeten samen drinken, echt waar...'

Hij opende het kastje onder de gootsteen, keek erin en schudde zijn hoofd. Nog een paar kastjes ging hij af, tot hij zich iets leek te herinneren. Vanachter de schoonmaakmiddelen toverde hij een fles whisky tevoorschijn.

'Dat is wel heel sterk,' zei ik.

'We stammen ook van een sterk geslacht af.' Hij schonk de glazen halfvol, tikte mijn glas aan en nam een grote slok. Hij liet de drank door zijn mond golven en slikte toen door. Nu was ik aan de beurt. Ik rook aan de whisky, de geur van schoonmaakmiddel. Ik nam een slok, slikte hem vlug door. Mijn neus begon te tintelen, mijn mond te branden.

'En?' vroeg mijn vader. 'Lekker?' Nog een poosje bleef het spoor dat de whisky had afgelegd nadrukkelijk aanwezig in mijn lichaam, een landingsbaan in het donker die met lampen is verlicht.

'Je weet dat ik niet gelukkig ben in Nederland,' zei mijn vader. 'Helemaal niet zelfs.' Ik was ook niet gelukkig; ik wist waar dit gesprek op zou uitdraaien en ik wilde het niet horen. 'Toen je moeder zwanger werd, was ik dat wel hoor, gelukkig. En trots natuurlijk. Mijn zoon, mijn eigen zoon. Ik nam me voor zo goed mogelijk voor je te zorgen. En die belofte heb ik gehouden, al wilde ik weg, de wereld zien. Soms ging ik er bijna aan onderdoor, maar ik bleef vechten. Opgeven deed Dzia Dzio ook niet. Daarvoor zijn we te moedig. Ik maakte een afspraak met mezelf, namelijk dat ik voor je zou zorgen totdat je op eigen benen kon staan. Totdat je een volwassen, slimme jongen was. Ik wilde je niet beschadigen door van je moeder te scheiden, ik heb in het ziekenhuis kinderen gezien die door een scheiding helemaal in de war zijn geraakt, dat wilde ik niet. Maar ik moest weg, altijd al, en nu kan het. Snap je dat?'

Dzia Dzio's medaille staat prominent op mijn boekenplank in Amsterdam. Al jaren is het ding niet opgepoetst, maar voor mij blinkt hij nog steeds. Wanneer ik naar de medaille kijk, herinner ik me vaak alledaagse zaken: laarzen vol modder, een bakje paprikachips op het aanrecht, een gebakken eitje. Details waarvan ik destijds nooit kon vermoeden dat ze voor meer zouden komen te staan dan hun eigen eenvoudige betekenis.

Vlak voor zijn vertrek naar Afrika was mijn vader hevig geëmotioneerd en zei: 'Ik ga je de medaille geven.'

'Waarom?' vroeg ik. Maar hij haalde hem al uit zijn zak. 'Hij hoort niet in Afrika. Hij hoort hier. Bij jou.' Hij bracht de medaille naar zijn mond en beet erop, zoals op die lang vervlogen zomerdag. 'Pas op,' zei ik.

'Hij is stevig,' antwoordde hij. 'Hij zal ons allemaal overleven.'

Tot de dood van mijn opa had de medaille in het huis van mijn oma gestaan. Prominent op het dressoir, behalve de laatste jaren. Toen belandde hij in de la en zette mijn oma twee kristallen eenden met rode kralen als ogen op de leeggekomen plek. Na de begrafenis van Dzia Dzio wist Babunia niet hoe vlug ze van het ding af moest komen. Ze gaf hem aan mijn vader, die verguld was met het onverwachte geschenk.

Hij hing hem ingelijst boven de bank in onze woonkamer, maar daar verloor de medaille zijn glans. Mijn vader sloopte de lijst er weer af en hij haalde het niet in zijn hoofd het kleinood van nieuwe opsmuk te voorzien. Enige tijd stond hij in de kast, schuin tegen de boeken. Daarna lag hij jaren in een eikenhouten doosje. Daar haalde mijn moeder hem uit toen mijn vader zijn appartement bij de kerk had betrokken en ze gaf hem aan mij mee toen ik op een avond voetbal bij hem ging kijken. Ik controleerde op weg naar zijn nieuwe huis voortdurend of ik hem nog in mijn zak had. Waar mijn vader hem hierna heeft bewaard, weet ik niet.

Het is een van de vele vragen die ik hem wil stellen. Door weg te gaan heeft hij een onbekende van zichzelf gemaakt; ik begrijp de wereld waarin hij leeft niet, laat staan dat ik de wereld in zijn hoofd kan begrijpen. Als hij belt, vertelt hij over zijn nieuwste avonturen ter plaatse. Opgewonden spreekt hij over het nauwe straatje in Kampala waar hij woont, een straatje dat overdag vol frisse was hangt en waar 's avonds de meest louche dealtjes worden gesloten. Hij vertelt over het verse fruit dat op de markt uitgestald ligt. In allerlei kleuren, met gladde schil, of juist met donshaartjes, of vlijmscherpe stekels. Hij vertelt me hoe hij high fives uitdeelt met de marktkoopmannen en zo voor een habbekrats rijpe, sappige mango's en babybananen op de kop tikt.

Het allerliefste vertelt hij over de vrouwen. 'Ze zijn hier geweldig!' roept hij vlak voor de verbinding het weer eens begeeft. 'Niets mooier dan dat zwart tussen de witte lakens... Botergeil zijn ze.'

'Pa-hap!'

'Wacht, het is zeven uur. Ze gaan de stroom eraf halen en dan kan niemand meer bellen. Kun je je dat voorstellen? De wijk ligt plat, hele dorpen zijn onbereikbaar. Wat zeg ik? Hele provincies. Geen contact mogelijk. Bel morgen maar terug. Niemand hier heeft haast, Victor. Weet je nog bij ons in Nederland. Haast, haast, haast...'

'Is het daar allemaal zoveel beter?' vraag ik, maar hij antwoordt niet meer. Ik stel me voor dat hij in de middencirkel van een groot voetbalstadion staat; één voor één doven de monsterlampen die het veld verlichten. Met doffe dreunen. Bam, bam, bam, bam.

3

Onze hotelkamer in Caïro is eenvoudig. Een tweepersoonsbed, een kast, een douche en een toilet. De kamer voelt benauwd aan, alsof de smog van buiten door de kieren bij het raam naar binnen glipt. Het licht springt kapot wanneer ik de lamp voor het eerst aanklik, maar dat geeft niet. De komende dagen zullen we hier alleen slapen. Al zal ook daar volgens mijn vader weinig van komen. 'Op dit continent slaap je niet,' vertrouwt hij me toe in de taxi naar het hotel. 'Hier leven ze dag en nacht.'

In de hotelkamer zegt hij: 'Ongelofelijk dat je er bent. Mijn zoon en ik samen in een wereldstad.' Hij slaat zijn arm om me heen, trekt me tegen zich aan. Zo zitten we even, buiten tiert en raast de stad alsof er op elke straathoek ruzie is.

Mijn vader plast met de toiletdeur open en kijkt naar mij. Plagerig. 'Wat een prachtige kerel ben je geworden, een echte vent,' zegt hij. 'Hoe gaat het met de vrouwen in Amsterdam?' Ik loop naar de deur van het toilet, met mijn voet duw ik hem dicht. Hij lacht en roept: 'Maak je klaar, we gaan de stad in.'

In het vliegtuig heb ik nagedacht over hem. Ik was bang dat hij een andere man zou zijn geworden in het halve jaar dat hij weg was. Een andere man en een andere vader. Loze angst, want hij is precies dezelfde.

Terwijl ik me omkleed, pakt hij zijn fototoestel en zegt: 'Splinternieuw!' Meteen daarop laat hij volgen: 'Kijk jou nu toch. Je bent een man geworden, even knap als ik. Even mager ook.' Voor ik het doorheb, neemt hij een foto van me. 'Zo, nu heb ik je voor altijd bij me,' zegt hij monter.

Daarna vertrekken we. De deur van onze hotelkamer kan niet op slot. 'Moet hij niet dicht?' vraag ik. Mijn vader haalt zijn schouders op. 'Komt wel goed.'

We wagen ons de stad in. De hitte zit klem tussen de huizen, kan niet weg naar boven, want daar wacht een ondoordringbare smoglaag. Mijn haar plakt tegen mijn voorhoofd, roet zit op mijn handen, op mijn gezicht. De stad stinkt naar zweet, en door die lucht banen we ons een weg naar de lokale bijzonderheden.

Na een uur of twee roept mijn vader uit: 'Heerlijk! Ruik jij het ook?' Uit een steegje drijft ons een zoete geur tegemoet. 'Volg je neus!' roept hij, terwijl hij het steegje in schiet, zich een weg banend tussen de mensen door. Ik doe mijn best hem niet uit het oog te verliezen. We buigen de hoek om en daar staat een toren van aardbeien, zo hoog als een volwassen man. Het is een wonder dat de vruchten niet beginnen te rollen. Ik hou mijn adem in terwijl ik erlangs loop. Op een krukje zit een oud, goedlachs omaatje zonder tanden. Mijn vader buigt diep voor haar en koopt een zak vol aardbeien.

Even verder gaan we op de stoep zitten om de zak leeg te eten. Prachtige vrouwen lopen langs, gesluierd en met verende pas, hun figuren lichten op in de door de smog gesmoorde zonnestralen. Mijn vader fluit tussen zijn tanden. 'Heerlijk...' mompelt hij met zijn mond vol.

Sappiger aardbeien heb ik inderdaad nog nooit gegeten. Hij zegt: 'Ik wil niet langer in Kampala wonen, had ik dat al verteld? Ik wil naar het zuiden.'

Al een halfjaar woont hij in Kampala, op twee uur rijden van het beroemde Victoriameer. Over dat meer vertelt hij vaak aan de telefoon, dat hij er gaat kijken naar de zon die erin wegzakt. De laatste keer had hij huilend aan de oever gezeten, omdat hij aan mij had moeten denken. 'Vlak voor zonsondergang,' zei mijn vader een keer, 'gaat het plotseling heel snel. Als je een ogenblik niet oplet, is de zon weg, verdwenen. Zo is het met het hele leven.'

Op het moment dat hij dit toevertrouwde, stond ik voor de spiegel in mijn badkamer een stropdas te strikken. Die avond zou ik met enkele vrienden naar het casino gaan, om ons eerste, geslaagde jaar aan de universiteit te vieren. Van een huisgenoot had ik een pak geleend, met stropdas, die ik maar niet goed omgeknoopt kreeg. Ik had even geen tijd voor zijn sentimentele bui.

Mijn vader zei: 'Ik mis je, kom toch naar hier.'

'Naar Oeganda?'

'Niet Oeganda...' Hij verslikte zich even in het lachen. 'Mijn huis is nog niet toonbaar, er moeten nog veel dingen worden geregeld. Nee, niet hier, maar wat dacht je van Egypte?' Het klonk als het halsoverkop de dorpspolitiek in willen, het presenteren van het buurtnieuws van de lokale omroep. Project Victor overvliegen naar Egypte.

'Niet zo aarzelen,' drong mijn vader aan. 'Ik meen het. Ik ben daar nog nooit geweest en jij ook niet toch? Het is halverwege. Dan zien we elkaar weer eens.'

'Wanneer wil je gaan?'

'Volgende week!'

'Volgende week?' Het kon, het was zomervakantie. Geen college. Ik had geen reis gepland. 'Maar het geld,' zei ik. 'Hoe moet dat?'

'Ik heb geld!' zei hij. 'Maak je daarover geen zorgen.' Hij had een deel van zijn erfenis losgeweekt bij Babunia, daarom had zij me waarschijnlijk nog wat geld toegestopt. Omdat ze bang was dat er niets over zou blijven. Dat begreep ik achteraf. Bij het ziekenhuis hadden ze hem ook nog wat meegegeven. Een ontslagpremie. Het fijne wist ik daar niet van. Zelf kreeg ik trouwens nog geld van hem, gemaakte studiekosten. Afgesproken was dat mijn moeder de helft zou betalen en mijn vader de andere helft. Tot nu toe was hij daar nog niet over begonnen.

'Maar je kunt toch ook sparen?' vroeg ik hem aan de telefoon. 'Dat je geld hebt, betekent niet dat je het meteen uit moet geven?'

'Geld is geen issue, zal ik gewoon boeken?' Ik aarzelde, mijn stem blokkeerde. 'Je hebt de leeftijd om de wereld te zien, Victor. En ik wil je verdomme gewoon zien.'

'Oké, oké,' zei ik.

In het casino verspeelde ik die avond mijn hele inleg, honderd euro. Het was een kansloze avond geweest, waarin het geld me binnen een uur uit mijn zak was geklopt. Vooraf had ik de magie van het casino overschat, mede door een verhaal dat mijn vader me eens had verteld. Op de boot waarop hij een congres had gehad, was ook een casino geweest. Hij had daar tot diep in de nacht blackjack gespeeld; kapitalen had hij gewonnen, maar uiteindelijk had hij alles verloren. Maar het had makkelijk anders kunnen aflopen, bijna had hij duizenden euro's mee naar huis kunnen nemen. Trots sprak hij erover op een avond dat mijn moeder werken was. 'Vertel het je moeder maar niet,' zei hij toen ik ging slapen. Ik vertelde het haar de volgende morgen inderdaad niet.

'Het zuiden van Oeganda is prachtig,' zegt mijn vader, het sap van een aardbei kleeft aan zijn baard. 'Veel beter daar wonen dan in de stad. Er zijn veel minder muggen dan in bijvoorbeeld het noorden, veel minder kans op malaria dus.'

'Maar nog steeds een kans...' probeer ik. 'Slik je pillen?'

'Niet nodig, niet nodig.' Hij lacht. 'Maak je om mij maar geen zorgen. Ik leef voor het eerst in tijden. Ik volg mijn neus, zoals wij net hebben gedaan, en kijk waar we uit zijn gekomen: bij de heerlijkste aardbeien van de hele wereld!' Hij laat zijn blik dwalen over de drukke bazaar en denkt even na. 'Eigenlijk woon ik af en toe al in het zuiden, ik heb daar een vrouw. Ik ben er gaan logeren, een weekje, geweldig is het! Heel vredig, maar het leeft, bruist.

Weet je nog dat ik vroeger al gelukkig werd als ik een egel of een kikker in de tuin zag? In het huisje van die vrouw scharrelen grote spinnen en hagedissen rond. Die beesten hebben hoorns. Wist je dat? Pythons glippen er soms ook naar binnen. 's Nachts flitsen de vleermuizen door de lucht en dansen de dorpsgeesten in de tuin.' Peilend kijkt hij me aan, dan begint hij te lachen. 'Echt!' zegt hij. 'Ik zweer het!'

De grijns verdwijnt de hele nacht niet van zijn gezicht. Ik moet moeite doen hem te blijven beantwoorden. De drukte van deze stad schudt me door elkaar, maakt me in de war, omdat er meer van me wordt gevraagd dan ik bereid ben te geven. Steeds moet ik alert zijn, inschatten of de mensen die me aanspreken geld van me willen of gewoon aardig zijn.

Mijn vader steekt even achteloos de drukke wegen over als de Egyptenaren dat doen, met een sussend gebaar naar de wagens die aan komen rijden en keer op keer voor hem stoppen. Wanneer ik hetzelfde probeer, word ik bijna aangereden. Mijn vader lacht daar daverend om. Daarna worden zijn ogen vochtig.

Halverwege de nacht schiet hij een steegje in dat lijkt op

alle voorgaande steegjes. Hij telt de deuren hardop en stapt bij de zesde naar binnen. '*As-salam aleikum*,' roept hij.

Een gordijn van rook. Wanneer mijn ogen hieraan gewend zijn, zie ik dat iedereen op de grond aan lage tafeltjes zit. Elk tafeltje heeft een waterpijp. Een brede Egyptenaar komt op ons afgelopen, hij omhelst mijn vader en schudt mij de hand. Hij heeft vriendelijke ogen en een vierkante kaak.

'Dit is Mohammed,' zegt mijn vader. Ik bestel Egyptische koffie, mijn vader bier. 'Mohammed is een prachtvent,' vertelt hij. 'Ik heb hem mijn eerste avond hier ontmoet in een café. De belangrijkste voetbalwedstrijd van het jaar was op tv. Voor het Egyptisch kampioenschap. Zijn team heeft verloren, hij is er ziek van. Let maar eens op.' Door het koffiehuis roept hij: '*Mohammed, great game, no?*' De Egyptenaar schudt zijn hoofd en kijkt nadrukkelijk de andere kant op.

In mijn kopje stolt een dikke, kruidige drab met grote kardemompeulen erin.

'Mohammed heeft aangeboden ons morgen de stad te laten zien,' vervolgt mijn vader. 'De stad zoals bijna niemand hem te zien krijgt. Hoe is je koffie?' Hij buigt voorover en neemt een nipje uit het kopje.

'Vies,' zeg ik. 'Stroperig.'

'Je bent zo eerlijk,' antwoordt hij. 'Ik mis die eerlijkheid. Misschien nog wel meer dan ik mijn Poolse familie mis. Ik zag ze misschien niet vaak, maar ze waren er altijd. Nu heb ik het idee dat ze verder weg zijn dan ooit... Heimwee is geen sinecure, knoop dat maar in je oren.'

'Waarom kom je dan niet terug?' vraag ik.

'Terug?' Hij kijkt me met open mond aan. 'Mijn leven is hier,' zegt hij. 'In Afrika. Ik bemoeilijk het contact met mijn Poolse familie misschien, maar ik heb er een nieuwe familie voor teruggekregen, dat moet je niet vergeten. Volgende keer kom je naar Oeganda. Alle inwoners van het land voelen als familieleden, ze houden van me. Kun je je dat voorstellen? Zulke mooie, lieve mensen. Ze zeggen dat ik onderdeel uitmaak van de gemeenschap. Ze noemen me mzungu, dat had ik al eens gezegd toch? Ik weet nu wat het betekent: de witte met het zwarte hart.'

Mohammed houdt woord, toont ons zijn stad, stelt ons voor aan zijn ouders die bij hem inwonen. Het huisje ligt in een steeg die zo smal is dat een dikke man moeite zal hebben zich erdoorheen te wurmen. Mohammeds ouders zijn verweerde arbeiders, vroeg oud geworden van het harde werken. Ze zetten ons dadels en vijgen voor, en rijst in wijnbladen met kleine zure abrikozen erbij. Ze spreken een Arabisch dialect. Mijn vader, die er prat op gaat een woordje Arabisch te spreken, verstaat er net als ik niets van.

'Maar de grote thema's van het leven,' zegt hij tegen me, 'spelen voor alle mensen, daar kun je met iedereen over spreken, ook al begrijp je elkaars taal niet.' Hij knipoogt: 'Dit zijn ouders, net als ik ben, daarom begrijp ik ze. Jij zult later ook een ouder zijn en dan begrijp jij mij weer beter.'

Na dit bezoek laat Mohammed ons de piramides van Gizeh zien, waar we stil van worden. Mijn vader vraagt Mohammed een foto van ons tweeën te maken. Hij slaat zijn arm om me heen en dat doe ik ook bij hem. Hij trekt gekke gezichten en stopt me dan de camera in mijn handen. 'Loop eens een heel stuk bij me weg,' zegt hij. 'En kijk dan door de lens. Je ziet me haarfijn, al sta je op honderd meter. Je ziet me prima.'

'Moet dat?' Ik loop een stuk de andere kant op en draai me om. Mijn vader staat voor de grootste van drie piramides, maar hij kijkt niet naar het monument, en ook niet naar mij. Hij is in gesprek met een groepje mensen, toeristen zo te zien. Hij voert geanimeerd het woord, druk gebarend met zijn handen. Dit alles zie ik door de lens die inderdaad een scherp beeld geeft. Moet ik vanaf hier een foto van hem maken, heeft dat zin? Ik probeer zijn aandacht te trekken, maar dat lukt niet. Nog even blijf ik staan. We zijn pas aan het begin van de reis, maar ik voel me afgepeigerd, moe. Moe van het enthousiasme waarmee mijn vader vertelt, alsof hij bang is dat er een moment komt waarop hij de woorden niet meer kan vinden. Hij vertelt zonder dat hij luistert, dat is het recept geweest van onze relatie het afgelopen jaar. Soms denk ik erover gewoon zelf te beginnen met vertellen, te eisen dat hij naar me luistert, maar ik weet dat dit niets oplevert. Ik kijk nog een keer door de lens en mijn vader praat nog steeds tegen het groepje toeristen. Ik loop pas terug wanneer een man op een dromedaris op me afkomt die ongetwijfeld iets van me wil.

'Gaan we door?' vraag ik wanneer ik me bij mijn vader heb gevoegd.

'Nog even,' zegt hij. 'Dit is een speciale plek. Midden in de stad liggen de piramides, en de mensen zien toch nog hoe bijzonder het is. Dat is erg knap. Vaak zien we het bijzondere niet wanneer het dicht bij ons staat.'

Op een begraafplaats, later die middag, is het nog drukker dan bij de piramides. Stoffiger en benauwder bovendien, maar de begraafplaats bruist vreemd genoeg van leven; kinderen janken op de arm van hun moeder, geiten en honden snuffelen tussen de graven. Mannen groeten ons vriendelijk. '*Are all these people visitors?*' vraag ik.

'*They are not visitors*,' zegt Mohammed. '*They live here. In the graves of their parents and grandparents.*'

'Prachtig, prachtig,' zegt mijn vader. 'Kun je je voorstellen dat je later op mijn graf woont?'

Van plezier klopt hij me op mijn schouder. 'Of dat we allemaal op het graf van Dzia Dzio hadden gewoond? Ik zie je moeder al voor me...'

Al die mensen, maar vooral al die graven. Ik word er stil en nederig van. Net als mijn vader. Zwijgend lopen we naast elkaar, totdat hij zijn woorden hervindt: 'Dit is leven, Victor, reizen. Indrukken opdoen, jezelf herontdekken. Snap je het nu? Hoe kun je zonder dit leven? Dan heb je niet geleefd.'

Vaker dan ik wil denk ik aan thuis. Aan mijn studentenkamer in Amsterdam, aan het huis van mijn moeder. Ik betrap mezelf erop dat ik de dagen aftel tot het moment dat ik weer naar huis mag. Ben ik het ritme van reizen gewoon nog niet gewend, stopt het aftellen vanzelf? Ik wil het hem vragen, maar ik weet niet hoe.

Hij verzucht: 'Wat worden we oud. Kijk eens naar jou, een man ben je. En Babunia...' Omdat hij hierna voor het eerst sinds we samen in Egypte zijn echt stilvalt, zeg ik: 'Amsterdam is geweldig. Nog leuker dan ik had verwacht.' Hij knikt, een beetje afwezig.

'Met mijn studie gaat het goed. Ik haal hoge punten en ik lees mooie boeken.'

Hij luistert naar me, doet zijn best mijn woorden bij te houden, maar zijn ogen dwalen af, zoeken iets nieuws om zich op te richten, om zich aan vast te haken. Hij luistert naar me zoals hij destijds aan de rand van het veld fungeerde als grensrechter. Met goede wil, maar meer ook niet. Het is niet anders, ik weet eigenlijk al niet meer beter.

'*Shall we go?*' vraag ik Mohammed die verderop tegen zijn auto leunt. '*Show us some great spots?*'

Zoals vaker antwoordt hij: '*Inshallah!*'

'Inshallah, inshallah,' herhaalt mijn vader. 'Wat een mensen, heerlijk!'

Later die avond zitten we opnieuw in het koffiehuis van Mohammed. Mijn vader staat erop dat we samen dronken worden. Hij bestelt sterkedrank die officieel niet eens geschonken mag worden in het koffiehuis. Mijn vader heeft het op een akkoordje gegooid met Mohammed. Zoals vaker wanneer hij de regels overtreedt, kan hij niet nalaten erover te vertellen. In zijn ogen begint het plezier dan te dansen. Het zou de blik kunnen zijn waar meisjes vroeger op vielen, waar ze nog steeds op vallen, als ik zijn verhalen moet geloven. Ook in Egypte begint hij regelmatig over vrouwen, over seks in Afrika. Hij zegt halverwege de avond, als mijn hoofd me hopelijk al bedriegt door de drank: 'Nooit met condoom neuken, dan voel je er niets van.'

Ik drink alles wat hij me voorzet, tollend zit ik naast hem. In mijn hoofd daalt een klare rust neer. Mijn vader is inmiddels ook serieus beschonken. Ik versta hem al bijna niet meer. Maar we lachen veel, we bescheuren ons om alles. Na een poosje staat hij erop een wandeling te maken door de wijk. 'Een luchtje scheppen,' zegt hij, maar hij klinkt iets te schalks, alsof hij ook nu een regel gaat overtreden.

De nachten in de stad zijn prachtig. De hemel is heel licht, met een zachte paarse gloed. Het rumoer op straat is misschien nog wel luider dan overdag, drommen auto's en mensen blijven zich ook zo laat nog door de smalle straten en over de drukke stoepen persen.

Bedwelmd door de drank lijkt de wereld me nog mooier, en bovendien is er rust in mijn hoofd, rust vermengd met een aangenaam soort roekeloosheid.

Resoluut slaat mijn vader een steegje in, waar het op een paar lantaarns aan de muren na donker is. We gaan een koffiehuis binnen, het lijkt tenminste op een koffiehuis. Mijn vader voorop. Binnen zijn vrouwen, prachtige vrouwen, zo mooi als de vrouwen naar wie ik samen met mijn vader zat te kijken tijdens het eten van de aardbeien, een paar dagen geleden. Ze lonken naar mijn vader en ze lonken naar mij.

'Inshallah!' zegt mijn vader. 'Ik trakteer.'

Na Caïro reizen we langs enkele andere steden. We slapen een nacht in een bedoeïenkamp in de woestijn, onder een deken van kamelenhaar en wel duizend sterren die veel dichterbij staan dan in Nederland. En toch denk ik aan thuis, aan mijn studentenkamer. Terwijl ik het best zou willen, mezelf losmaken van de wereld die ik heb achtergelaten, zoals hij dat doet. Het lukt me niet.

'Als ik wil kan ik die sterren pakken,' pocht mijn vader. 'Eén voor één.' Hij steekt zijn hand uit, reikt naar de sterren en omvat er een; een heel mooie ster. Ik zweer het, hij grijpt hem en houdt hem even gevangen in zijn hand.

Diezelfde nacht vertelt hij hoe gelukkig hij zich voelde als ik een mooi doelpunt maakte, en hij begint over het ziekenhuis waar ik hem als driejarige zo veel verdriet heb gedaan door hem te negeren. 'Dat was het moeilijkste wat ik ooit heb meegemaakt. Je was drie jaar. Je ogen opgezwollen van de ontstekingen en je zat onder de pijnstillers, maar je weigerde me aan te kijken. Ik zag hoe je je kleine rug naar me toedraaide toen ik binnenkwam. Ik heb gejankt daarna, dat wil je niet weten. Gejankt!'

'Maar je had beloofd er te zijn,' verdedig ik mijn kinderlijke harteloosheid.

'Ik was er!' roept mijn vader uit. 'Ik had me gehaast naar de OK, maar ze waren tien minuten vroeger begonnen omdat er een gaatje was gevallen in de planning. Ik kwam binnen toen je net onder narcose was en toen wist ik al dat je teleurgesteld zou zijn. Och, wat nam je het me kwalijk, terecht hoor. Maar weet je hoeveel ik van je hou?'

Ik weet het, want hij vertelt het vaker. Hij vertelt het in de kroeg, in de supermarkt, thuis. Tegen vreemden, vrienden, mijn moeder en tegen mij. 'Ik hou zoveel van je dat ik na je geboorte drie dagen aan één stuk heb gezopen in de kroeg. Uit pure blijdschap.'

Over dat te laat komen in de operatiekamer zegt hij die nacht in de woestijn ook nog: 'Sommige mensen hebben het vermogen bij zoiets op tijd te zijn. Ze halen net hun trein, ze verschijnen net op tijd op een begrafenis en ze zijn er wanneer ze dat aan hun zoon beloven. Zo iemand ben ik ook, iemand die op tijd komt wanneer het ertoe doet. Behalve toen, toen was ik een fractie te laat. Je hebt mensen die altijd net te laat zijn, dat zijn mensen die weinig geluk hebben. Het geluk in de wereld is oneerlijk verdeeld, Victor. We mogen niet klagen. Jij hebt het, ik en Babunia hebben het ook. Vooral vroeger had zij veel geluk. Zoals je je wel kunt voorstellen was Dzia Dzio een felbegeerde vrijgezel.'

Terwijl hij dit vertelt, neemt hij een slok uit het flesje dat hij al de hele reis bij zich draagt, als een talisman. Er zit een sterk lokaal drankje in. In de hotels zet hij het flesje op het nachtkastje omdat hij geen geheimen meer zegt te willen hebben, maar als ik terugkom van het douchen zit er meer drank in dan daarvoor. Waarschijnlijk zitten er diep onder in zijn rugzak nog een paar andere flesjes verstopt. Vervelend vind ik het dat hij tegen me liegt over kleine dingen. Ik kan me niet herinneren dat hij dat vroeger ook deed.

Terug in Caïro brengen we onze laatste avond samen door aan het Hof van Nadia, een achter duizend steegjes verborgen pleintje vol terrasjes waar alleen Egyptenaren zitten. We roken waterpijp met perziksmaak en appel. Hier ontmoeten we een man genaamd Habil, de eigenaar van een kleine souvenirwinkel op de hoek die nog open is, ook al is het ver na middernacht. Zelfs de kappers ontvangen nog mensen, kinderen rennen vrolijk rond.

Habil, de handelaar, heeft de tronie van een sjacheraar. De hoeken van zijn brede mond krullen onnatuurlijk ver omhoog, zijn kleine varkensogen sperren zich wijd open. Toch loopt mijn vader achter hem aan en ik volg hem, natuurlijk. In Habils winkel ruikt het naar wierook. Ik moet oppassen waar ik loop, overal staan gouden en zilveren miniatuurpiramides, en in het midden glimt een afgietsel van het dodenmasker van Toetanchamon. Achter een donkerrood gordijn dalen we een trap af. Een vrouw met een hoofddoek zit met een kind op haar schoot aan de tafel in de kamer waar we uitkomen. Heel even laat ze haar ogen op ons rusten. Ogen als drijfzand.

'Wat een prachtig land,' fluistert mijn vader. 'Zie je haar ogen?' We dalen nog een trap af, de treden kraken. 'Waar gaan we in hemelsnaam naartoe?' vraag ik.

Mijn vader draait zich om. 'Geniet gewoon,' zegt hij. 'Maak je niet zo druk.' We lopen verder en stappen door een deur. In de ruimte is het donker. Het ruikt naar aarde en stof.

Habil rommelt even, knipt dan een lampje aan, en de hele kamer blijkt vol te staan met beeldjes. Een tijdje zoekt hij in een la en dan haalt hij er een in plastic gewikkeld voorwerp uit en geeft het aan mijn vader. Zijn gezicht straalt van goedheid: 'Toetanchamon.'

Voorzichtig wikkelt mijn vader het plastic van het beeld af, met de behoedzame maar doortastende hulp van Habil die dit beeldje ongetwijfeld al op dezelfde manier aan tientallen anderen heeft getoond.

'Wat prachtig,' brengt mijn vader uit. '*Wonderful, great.*' In zijn hand ligt het miniatuurhoofd van een farao, vervaardigd uit natuursteen. De neus is afgebrokkeld.

'*It is real,*' zegt Habil. '*Two thousand years.*'

'*Really?*' vraagt mijn vader.

'Dat ding is nep,' zeg ik. Vriendelijk knik ik naar Habil

die nog vriendelijker teruglacht.

'Nee,' antwoordt mijn vader en hij denkt even na. 'Mijn gevoel zegt van niet. *How much*?'

Habil noemt een belachelijk hoog bedrag.

'Kom.' Ik trek mijn vader voorzichtig mee aan zijn arm.

'Maar Victor toch, tweeduizend jaar oud, wat wil je nog meer? Die man vindt ons aardig en wil dat met ons delen.'

'Kom nou.'

Wonder boven wonder schudt mijn vader de afzetter de hand en volgt me terug naar het hotel, waar we tot de ontdekking komen dat zijn fototoestel is gestolen.

Voor het vliegveld is het even druk als twee weken eerder. Middag, het heetste moment van de dag. Mijn T-shirt is doorweekt, mijn rugzak leunt zwaar op mijn schouders. Van de veertien dagen ben ik er vier ziek geweest, in de woestijn beving de hitte me een keer zo erg dat ik moest overgeven.

'Je vond het heerlijk, nietwaar?' vraagt mijn vader mij gretig. 'Ik zie het aan je gezicht. Je kijkt blij.' Zelf blijft hij nog twee dagen in Egypte en vliegt dan terug naar Oeganda. Hij knuffelt me en we praten de tijd vol tot mijn vliegtuig vertrekt. Onderwerpen zijn er voldoende, zoveel dat we niet over de toekomst hoeven te praten. Mijn vader gunt me geen blik in zijn komende jaren. We beloven elkaar niets en dat voelt goed zo, voor nu.

Als ik twee dagen thuis ben, belt hij op. 'Wat een reis, vond je niet? Ik sta nu achter in het koffiehuisje van Mohammed, je weet wel, die goede kerel. Ik vlieg niet terug naar Oeganda. Ik heb een beter plan. Ik neem de boot omlaag, langs Abu Simbel, over de Nijl. Helemaal naar waar ik woon, of ongeveer. We zien wel...'

'Klinkt als een mooie reis. Gaat alles verder goed?'

'Ik heb een nieuwe Canon gekocht,' zegt hij. 'Een betere, een mooiere en…' Hij stopt even met praten, ik voel een aarzeling.

'En wat?'

'Nee, laat maar.'

'Je bent toch niet alsnog dat beeldje gaan kopen?'

'Jawel!' roept hij enigszins opgelucht. 'Tweeduizend jaar oud, Victor. Het is toch geen geld wat Habil ervoor vroeg?'

'Heb je niet eens afgedongen?'

'We hebben uren met elkaar gepraat op dat pleintje onder een koel avondbriesje. Hij vertelde dat zijn opa het ding ooit heeft gekocht van een ver familielid, die het dan weer gestolen zou hebben uit een of ander oud paleis tijdens een machtsovername. Een tijdje heeft het toebehoord aan een dame die zo mooi was dat heel Caïro verliefd op haar was. Meerdere mannen pleegden zelfmoord omdat ze onbereikbaar was. Prachtig verhaal. In ieder geval zakt dat beeldje, goed verborgen in mijn koffer, met me mee de Nijl af en ik geef het een prachtige plek in mijn huis, daar kun je op rekenen. Uit de schatkamer van Toetanchamon, wat een verhaal. Ik bewaar hem voor jou, dan krijg jij hem uiteindelijk. Net zoals de medaille.'

Terwijl ik wat hij heeft gezegd nog even op me in laat werken, vraagt hij: 'Kom je snel naar Oeganda? Ik heb bijna alles op orde, net een hotel is het hier. Kom maar vlug.'

Ik hoor het muntje vallen aan zijn kant van de lijn, zijn laatste muntje; einde van het gesprek. Maanden hoor ik niets van hem.

4

Mijn moeder zit in haar auto als een piloot die een noodlanding gaat maken. Haar handen te strak rond het stuur, de armen gestrekt. Ze knippert nauwelijks met haar ogen. 'Waar moeten we in?' vraagt ze. 'Waar is die weg dan?'

Ik staar naar de papieren op mijn schoot. Routes die ik heb geprint. Een kaart van Amsterdam waar scheuren in zijn gekomen omdat ik hem steeds verkeerd opvouw. De routebeschrijving klopt van geen kant. We zijn op pad om een bed op te halen voor mij, een tweepersoonsbed. Mijn moeder heeft aangeboden me te helpen. Dit aanbod deed ze terwijl we samen koffie dronken in mijn ouderlijk huis, een nieuw gebruik. Soms eten we daar vlaai of cake bij. De tv gaat niet aan, de krant blijft dichtgevouwen. Mijn moeder en ik praten. Dat hebben we nooit echt gedaan, misschien omdat ik altijd met mijn vader in gesprek ben geweest. Nu hij is vertrokken, is er ruimte over. Die ruimte had ik voorheen zelf moeten maken, maar als kind weet je dat soort dingen niet.

Mijn moeder vertelt over haar werk in het bejaardentehuis, niet de verhalen over verstrooide ouderen die honing in hun vlassige haar smeren, maar over hoe lastig het toch elke keer weer is wanneer een inwoner van het tehuis komt te overlijden.

Op haar beurt luistert ze naar mijn Amsterdamse verhalen, ze verbaast zich over mijn leven daar. Ze heeft zelf niet gestudeerd, en hoewel ze niet alles uit die wereld begrijpt, hoort ze me er graag over vertellen.

We hebben het ook veel over mijn vader. Ze heeft geen contact meer met hem, op één telefoontje na waarin hij haar om geld vroeg. Ze weigerde hem iets te geven en hij verbrak de verbinding. Hij heeft van kennissen, vrienden en dorpsgenoten geld geleend, maar nog niemand terugbetaald.

Wanneer ik vertel dat ik een bed heb overgenomen van een vriend, biedt mijn moeder met enige aarzeling aan het samen op te halen, terwijl we allebei heel goed weten dat ze het bij uitstek iets vindt wat mijn vader zou moeten doen.

De auto slaat af voor het stoplicht. Links en rechts worden we ingehaald door toeterende auto's, een man steekt zijn middelvinger op en mijn moeder heft haar armen ten hemel. Een tram dendert vlak voor ons langs.

'Je had dit beter moeten uitzoeken!' bijt ze me toe. 'Waarom heb je de route niet opgezocht vooraf? Nu zijn we verdwaald. Herken je het hier?' Ze wijst naar een moskee.

'Ik rij nooit met een auto door Amsterdam, mama. Dus nee sorry...'

De auto slaat weer aan en mijn moeder trekt met piepende banden op. Ze ademt zwaar. 'Waar moeten we heen?' Ik haal mijn schouders op. 'Nou?' vraagt ze.

'Ik weet het ook niet.'

'Dan draaien we om, het is mooi geweest.' Ze kijkt in haar achteruitkijkspiegel alsof we worden gevolgd.

'En mijn bed dan?'

'Dat haal je maar een andere keer.' Ze rijdt een grote parkeerplaats op en zegt een tijdje niets. Het schiet door mijn hoofd dat ik ergens een bakfiets kan huren, misschien past het bed daarop.

Dan zegt ze: 'Niks ervan. We halen dat ding gewoon.'

Een maand of drie later staat mijn moeder voor het station te wachten. In het looppad van de drommen mensen die de stad overspoelen. Links en rechts schieten ze langs haar heen. 'Wat een stad, Victor,' zegt ze opgewekt, wanneer ze me aan ziet komen. Ze haakt haar arm in de mijne.

De tram naar mijn huis is op dit vroege uur altijd druk; opa's en oma's die met hun kleinkinderen naar Artis gaan, ergens verderop is een lapjesmarkt die veel mensen trekt. Mijn moeder en ik persen onszelf het tramstel in. Ze kijkt nieuwsgierig maar ook een beetje benauwd.

Wanneer bij een nieuwe halte mensen instappen, blaft de chauffeur: 'Loop nou es door naar achteren, mensen.' Mijn moeder grijpt vlak naast de chauffeur een stang vast, drukt zich ertegenaan. Moeizaam passeren de mensen haar, terwijl ik naar achteren schuif met de stroom passagiers mee. 'Ik word misselijk achterin,' verontschuldigt mijn moeder zich als een meisje zich met moeite langs haar weet te wurmen. Een jongen biedt zijn plek aan, maar mijn moeder schudt haar hoofd.

Ik steek mijn hand op. Vijf. Vijf haltes nog. Ze knikt.

Er zijn nogal wat omleidingen en afzettingen, dus de tram sleept zich langzaam door de stad, maakt hoekige bochten die mijn moeder de stang nog strakker doen omklemmen. Als we abrupt remmen roept ze met onmiskenbaar Limburgse tongval door de tram: 'Fijn niet, Victor? De grote stad.' Ze lacht terwijl ze het zegt.

De ongewassen vaat in de keuken van mijn studentenhuis laat ze dit keer staan, ook poetst ze niet zoals de vorige keer het fornuis. Wel gaat ze met een stofdoek de planken van mijn boekenkast langs. Mij heeft ze opdracht gegeven te stofzuigen. Ze laat haar blik rusten op de medaille, zucht eens diep en pakt het ding vast. Ze verdwijnt de keuken in en komt terug met een schuursponsje en een chemisch goedje waarvan ik geen idee heb in welk kastje ze het heeft gevonden. Ze gaat op het bed zitten dat we samen hebben opgehaald en begint de medaille te poetsen. Ondertussen vertelt ze over vroeger, een langgerekte monoloog.

'Je opa heeft Babunia het leven zuur gemaakt, reken daar maar op. Zo zuur dat ze er nu nog steeds over kan klagen, terwijl de man al vijftien jaar dood is. Hoe al te bont moet je het dan hebben gemaakt? Vooral de laatste jaren vertelt ze er vaak over. Het begon allemaal zo mooi. Toen ze jong was, ontmoette ze Dzia Dzio, en dat was toen volgens je vader al een heel goede voetballer. De parel van zijn familie, de enige die niet dronk. De anderen zopen zich ziek, gek of allebei. Al die zelfmoorden in de familie, denk je dat dit toeval is? Ze drinken zichzelf kapot, aan de wodka van wujek Antek. Die heeft zichzelf ook doodgezopen. Ik heb hem een paar keer ontmoet. Een reus van een vent, met een rossige baard, gekleed als een boer. Volgens mij woonde hij op het platteland in Polen, dicht bij het bos. Zijn wodka stonk naar wasbenzine. Ik heb me vaak afgevraagd of hij wel tot de familie behoorde. Alle andere mannen waren slank, hadden donker haar en een opvallende neus. Zoals jij en je vader hebben. Die kleine lichamen kunnen niet tegen veel drank. Maar die Antek was een reus.

We zijn twee keer naar Polen gereden, lang geleden. Toen was jij een maand of zes. Warme mensen, heel gelovig ook. Ik vond het gezellig, maar binnen een halfuur werd die verrekte fles op tafel gezet en toen was het gedaan met de vrolijkheid. Zoet gebak, heerlijke koude en warme schotels en dan ineens die eeuwige wodka.

Dzia Dzio dronk toen hij jong was geen druppel. Hij wilde voetballer worden en daar had hij veel voor over. Hoe dat met het voetbal is gegaan heb je vast in geuren en kleuren van je vader gehoord, alsof hij zelf vooraan op de tribune stond.

Toen Dzia Dzio na de oorlog doorhad dat hij geen voetballer meer kon zijn, begon hij te drinken. Midden op de dag nam hij borrels in zijn kleine kamertje op zolder, zijn werkkamer, al heb ik geen idee waaraan hij daar werkte. Enkele malen kwam hij stomdronken thuis en kreeg hij de sleutel niet eens meer in de deur. Babunia ontving hem dan precies zoals ik in het begin met je vader deed. Met veel geduld, want je hoopt toch dat het een incident of in het ergste geval een fase is. Door de week werkte Dzia Dzio goed, stond vroeg op, en soms dronk hij te veel maar nooit zoveel dat hij de volgende dag te laat op zijn werk verscheen. In de weekenden dronk hij zich steeds vaker helemaal lam, net zoals je vader.

Voor Babunia waren de eerste jaren in België dus ongelukkig, zeker omdat ze de taal niet sprak, maar je weet hoe taai ze is. Ze zette zich schrap, ook al zag ze haar man afglijden. Ze moet hem soms hebben gehaat, dat kan niet anders. Toch was niet alles slecht, want ze raakte in verwachting van je vader en dit deed haar tijdelijk al haar verdriet vergeten. Een kind opent voor een vrouw een nieuwe wereld, en dat was precies wat Babunia nodig had. Ze stortte zich op de opvoeding terwijl de oorlog naar zijn einde liep.

Dzia Dzio zat vaak uren met je vader op schoot in een zetel in de woonkamer en vertelde dan verhalen in het Pools. Dan was Babunia gelukkig, en hield ze van hem.

Die liefde verdween wanneer hij 's nachts door drie mannen thuis werd afgeleverd en op de stoep voor het huis in slaap viel. Babunia liet hem soms gewoon niet binnen. Dan deed ze het nachtslot op de deur. Een enkele keer protesteerde Dzia Dzio door hard te roepen in de nacht, maar meestal was hij daar veel te dronken voor en viel hij ter plekke in slaap, of hij had nog de beleefdheid achterom te lopen en in zijn eigen tuin te gaan liggen.

Je vader bracht veel hoop in het leven van Babunia. Hij was een slimme jongen en leerde vlug. Je kunt nu nog zien hoe ontzettend veel ze van hem houdt. Ze maken maar over één onderwerp ruzie: Dzia Dzio. Al het gevit van Babunia gaat over hem. Ze voelt zich bekocht, omdat hij haar toen ze elkaar leerden kennen een heel ander leven heeft voorgespiegeld dan ze uiteindelijk heeft gekregen. Papa daarentegen verdedigt hem, die wil geen slecht woord over die man horen, terwijl hij heus niet alleen goede dingen heeft meegemaakt met hem. Je vader heeft ook de donkere kanten van Dzia Dzio ontmoet, al moet ik zeggen dat Dzia Dzio, voor zover ik weet, nooit schold op hem, en hem ook nooit sloeg. Streng was hij, maar vooral met woorden, of juist door te zwijgen. Uren kon die man nukkig zwijgen. Hij zadelde je vader ook eens een paar maanden op met een stok onder zijn oksels om hem meer rechtop te laten lopen.

Dzia Dzio zei tegen je vader dat hij precies moest doen wat de mensen hem vroegen. Hij was een Pool in een vreemd land en hij moest gehoorzamen, geen opschudding veroorzaken. Zich klein houden en zeker geen grote mond hebben...

Rond zijn veertigste, dus een jaar of tien na de oorlog, werd Dzia Dzio een baan aangeboden op een kantoor van de mijnen. Hij wilde de baan niet, maar Babunia verplichtte hem het aanbod aan te nemen. Hij ging dus kantoorwerk doen, maar hij voelde zich daar om een of andere reden zo ongelukkig onder dat hij nog meer ging drinken, ook door de week. Terwijl Babunia had gehoopt dat hij juist zou minderen. Hoe dan ook ging het snel bergafwaarts met hem en daarom stemde Babunia ermee in dat hij zijn oude baan weer oppakte, in de hoop dat hij zich dan in elk geval op weekdagen zou gedragen. Dzia Dzio was de enige broodwinner. Wanneer hij zou worden ontslagen, zou dat een ramp betekenen voor het gezin.

Ooit heeft hij de loterij gewonnen, veel geld, maar hij weigerde het op te halen. Hij hoefde alleen maar met dat lot, dat hij nog had, naar de sigarenzaak en het geld zou hem worden uitgekeerd, maar hij vertikte het. Dat was toen je vader al een tijd in Leuven studeerde... ik heb hem een keer gevraagd waarom Dzia Dzio dat geld niet ging ophalen. Hij had er ook geen verklaring voor. Volgens mij deed hij mee aan de loterij om te verliezen, zeker niet om te winnen. Wel meer aan Dzia Dzio snapte je vader niet, maar hij gaf dat liever niet toe.

Voor zover ik van Babunia begreep, verliep het leven jarenlang precies hetzelfde, in de eentonige routine die de jaren kan wegpoetsen alsof ze niet hebben bestaan. Ze werden ouder en ouder, en je vader vertrok uit huis. Dzia Dzio gedroeg zich door de week zoals dat hoorde en in het weekend ging hij zich te buiten aan de zelfgestookte wodka van de Italiaan Alfredo, een oude baas die aan het einde van de straat zijn zaakje had. We zijn er Dzia Dzio een keer gaan ophalen. Hij hing over een kruk heen, meer dood dan levend. In dat café vond Dzia Dzio grote periodes van het jaar troost, of kameraadschap, of wat hij dan ook zocht. Langzaam ging hij er naar de kloten. Babunia regelde dat hij het plaatselijke jeugdvoetbalteam training mocht geven, maar toen ze dit aan hem vertelde werd hij alleen maar heel boos op haar. Toen was hij al echt een oude man. Ik ken hem alleen maar oud.

Af en toe bloeide tussen hem en Babunia de liefde op, en dan vonden ze elkaar een periode lief, zwoer Dzia Dzio de drank af en was het leven voor Babunia fijn, precies zoals papa mij soms ervan kon overtuigen dat alles weer goed was. Maar het duurde niet lang of ze begonnen weer te drinken. Die mannen kunnen niet zonder de drank. De enige vaste lichtpunten waarnaar Babunia kon uitkijken waren de feestdagen, wanneer de hele Poolse familie overkwam en er dagenlang met hartstocht werd gefeest en gegeten. Zo gleden de jaren voorbij, jaren waarop Babunia terugkijkt alsof ze van haar gestolen zijn.

En toen sloten de mijnen en zat Dzia Dzio van de ene op de andere dag thuis, waar hij Babunia voortdurend tegenkwam. Hij was kortademig en hartgrondig versleten. Knallende ruzies volgden, waarna Dzia Dzio zich terugtrok op zijn zolderkamertje om sigaren te roken en te zuipen, ik kan het niets anders noemen. Vaak vluchtte hij hele dagen het huis uit, naar het café van Alfredo, want verder bracht het versleten lijf hem niet meer. Daar bleef hij zonder te eten tot diep in de nacht drinken, waarna ze hem thuis moesten brengen en Babunia weigerde de deur open te doen.

Het ging van kwaad tot erger. Het begon met namen die hij vergat. Mij noemde hij eens de hele dag Manuela, de naam van de vrouw van cafébaas Alfredo. En jou noemde hij de hele tijd Roman. Je vader zei dat het versprekingen waren, of grapjes, maar iedereen kon zien dat er meer aan de hand was.

Als we op bezoek waren, zat hij soms een uur voor zich uit te kijken in zijn stoel, slurpte hij van de soep die hij meestal wel at. Hij vertelde weinig en luisterde ook nauwelijks. Andere keren was hij er niet eens, en dan hoefde Babunia echt niet te zeggen waar hij uithing. Dan keek ze me alleen maar aan met die droeve ogen van haar, een vreselijke blik. Ik zie hem nog steeds wanneer ik tegenwoordig naar haar kijk. Ik vraag me wel eens af of ik zelf ook zo uit mijn ogen heb gekeken...

Dzia Dzio was afwezig tijdens gesprekken, alsof in zijn hoofd een wereld bestond die al zijn aandacht opeiste, een andere wereld dan die waarin hij leefde. Ondertussen bleef hij doordrinken, geen kruid was er tegen zijn drankzucht gewassen. Wanneer je hem zag, was er drank in de buurt.

Toen jij net geboren was, wilde ik je niet in de armen van je opa leggen. Je vader dwong me echt je af te staan, ik weet nog dat ik me heel naar voelde toen hij je vasthield.

Op een dag belde Babunia in grote paniek op. Je vader ging er meteen heen vanaf zijn werk. Heel verdrietig kwam hij thuis, waar hij een tijdje niet kon vertellen wat er was gebeurd. Dzia Dzio had zichzelf toegetakeld met een oude beker die hij in de kelder had gevonden. Hij had ermee op zijn hoofd geslagen, totdat hij een flinke hoofdwond had waar het bloed uit stroomde. Dertien hechtingen gingen erin. "Nog nooit heb ik Dzia Dzio zo gezien," zei je vader. "Hij leek niet te weten wat hij deed."

De volgende dag was zo mogelijk nog erger. Met ons drieën zochten we hem thuis op, ik droeg jou op mijn arm. Ik heb je de hele middag niet losgelaten. Toen we binnenkwamen, vroeg hij: "Waarom heb ik verband om mijn hoofd? Je moeder wil het me niet zeggen."

Of dit vreemde gedrag aan de wodka van de Italiaan heeft gelegen, weet ik niet, maar geholpen heeft het goedje je opa zeker niet. Ondanks zijn vreselijke verwarring en soms opvlammende boosheid, bleef hij zichzelf dagelijks naar het café van Alfredo slepen. Zo ging het nog een jaar, de buien van opa werden van kwaad tot erger. Babunia hield zich al die tijd sterk, zo sterk als ze is. Totdat Dzia

Dzio op een dag omviel. Je vader snelde naar het ziekenhuis in Genk, waar je opa met een hersenbloeding was opgenomen. Babunia zat aan het bed van haar man met een toewijding die ik nooit heb begrepen. Ze haatte hem vaker dan ze hem liefhad, dat vertelde ze me toen ook af en toe al in dat brabbel-Nederlands van haar, maar toch zat ze aan zijn zijde.

Je vader regelde dat Dzia Dzio in het ziekenhuis in Heerlen werd opgenomen en een paar chirurgen, met wie je vader vaker lunchte, zich over zijn situatie bogen. Ze hebben van alles geprobeerd om hem op te lappen, en uiteindelijk mocht Dzia Dzio het ziekenhuis uit, maar praten kon hij niet meer, zijn linkerkant was verlamd.

Vanaf toen zat Dzia Dzio in een leunstoel voor het raam, te wachten op de dood. En die kwam toen jij een jaar of drie was. Babunia verzorgde hem inmiddels alsof hij een kind was, en niet langer haar man. Dat zei ze ook de hele tijd tegen hem. Op een neerbuigende toon. "Je bent net een klein kind." Ze was zo moe van alles, zo vreselijk moe. Ze wilde scheiden.

Ze sliepen in eigen bedden op verschillende kamers en later stond zijn bed zelfs in de woonkamer waar het daarna nooit meer echt fris rook. Op een morgen ontdekte Babunia dat hij niet meer ademde. Een tweede hersenbloeding. Ik herinner me van de begrafenis dat er veel mensen waren, ook weer allemaal Polen, en natuurlijk de zuiplappen uit het café. Babunia weigerde ze de hand te schudden. Alfredo was afwezig, maar hij liet wel bloemen sturen. Babunia gooide ze meteen weg.

Je vader sprak op de begrafenis mooie woorden over het voetbaltalent van je opa. Ik was trots op hem omdat hij zo mooi vertelde. Wujek Lech las een verhaal voor in het Pools, en er werd op het orgel gespeeld. Na afloop was er een koffietafel bij Babunia thuis. Bijna iedereen lengde zijn koffie aan met alcohol. Net was iemand aan drank overleden of de mensen begonnen te zuipen. Dus ik eiste dat we weggingen, wat nog een flinke ruzie opleverde tussen je vader en mij.

Van Babunia herinner ik me dat ze er heel mooi uitzag. In een zwarte jurk met een zwarte hoed op. Ze was zo waardig als een koningin. Ze droeg haar rinkelende armbanden niet. De hele dag heb ik geen traan op haar gezicht gezien.'

De eerste keren dat mijn moeder langskomt in Amsterdam, print ze nog de vertrektijden van de trein en ga ik op de terugweg mee naar het station om haar op het goede perron te zetten. Zodra ze wat meer gewend is aan de reis naar Amsterdam, neemt ze zelf de tram. Ze bezoekt me ongeveer om de maand. We gaan soms naar een museum en een keer varen we op een zomerse dag in een bootje door de grachten.

'Wist je dat ik de moestuin nieuw leven in heb geblazen?' vraagt mijn moeder. 'Ik heb van alles geplant en volg er een cursus over.' Ze schrijft zich ook in voor een cursus stijldansen en wanneer ik een keertje thuis achter de laptop zit, ontdek ik dat ze op datingsites zit. Tijdens de koffie later die middag vraag ik er voorzichtig naar. Ze moet lachen. 'Onzin,' zegt ze. 'Maar wel leuk. Pas sprak ik hier op de markt met een man af. Met een roos in zijn handen stond hij te wachten op me. Hij leek helemaal niet op de foto en stotterde een beetje.'

'Dus geen goede date?'

'Nee! Ik wist niet hoe snel ik moest maken dat ik wegkwam! Ik kom die man nog steeds af en toe in de supermarkt tegen, dan weet ik niet waar ik moet kijken.'

'Dus nu ben je gestopt?'

'Nee, ik ga toch zeker niet alleen oud worden?'

5

Door mijn brievenbus steekt een grote envelop. Het handschrift waarin mijn adres is geschreven herken ik onmiddellijk, want het is hetzelfde handschrift waarmee mijn rapporten vroeger werden ondertekend.

In de envelop zit een map met een doorzichtige voorkant waarop in dikgedrukte letters staat:

GENERAL HEALTHPLAN UGANDA

Veel heb ik mijn vader het laatste halfjaar niet gesproken. Van wat hij uitspookt heb ik geen weet, zoals hij niet van mijn leven op de hoogte is. Wel heeft hij nog verteld dat hij na de gewelddadig verlopen verkiezingen niet meer in Kampala komt, alleen als het echt niet anders kan. Op een van de drukste plekken van de stad is een oppositieleider vermoord en de moordenaars zijn er in een jeep vandoor gegaan, zwaaiend met hun geweren. Volgens mijn vader is dit westerse beeldvorming en is de waarheid zoals bijna altijd weerbarstiger. Toch heeft hij inmiddels in het zuiden een stuk grond gekocht, dicht bij het oerwoud waar in het wild gorilla's leven en waar de wegen grote delen van het jaar onder water staan. Het zou daar veiliger zijn dan in de hoofdstad, maar in die regio worden mensen gelyncht en af en toe worden er volgens oud gebruik albino's vermoord. Volgens mijn vader is ook dat westerse beeldvorming, volgens hem loopt het allemaal zo'n vaart niet. 'Wie goed doet, goed ontmoet,' waarmee volgens hem de kous af is.

Nieuwsgierig, maar vooral angstig sla ik het *General Healthplan Uganda* open. Dik is het rapport niet, het beslaat ongeveer acht pagina's.

Het begint met een kort voorwoord, opgesteld in keurig Engels. Ik hoor de stem van mijn vader terwijl ik lees. Hij spreekt over de vele zieken en onnodige doden, en hij presenteert zijn plan als dé oplossing: een nationale gezondheidszorg.

Onder het voorwoord staat de naam van mijn vader, met daarachter in cursieve letters *president*. Onder zijn naam staat een vrouwennaam waarvan ik nog nooit heb gehoord. Maureen Graham. *Vicepresident*. Onwillekeurig moet ik lachen. Mijn vader de president.

In het eerste hoofdstuk wordt uitgelegd hoe iedere inwoner van Oeganda per maand een kleine premie inlegt. Van de som van dat bedrag worden de zieken behandeld. Het getal van het aantal zieken ontbreekt. Ik blader het rapport twee keer door maar kom het niet tegen. Wel is er een berekening gemaakt van 24 miljoen inwoners die per maand 5000 Oegandese shilling in zouden kunnen leggen. In totaal levert dat 1,2 miljard Oegandese shilling op voor het Healthplan per maand. Een getal dat voor mij bijna te groot is om te bevatten. Ik probeer het niet eens en leg het rapport op tafel. Ik kijk naar de glimmende voorkant met de sierlijke letters, de ijzeren ringetjes waarmee alles samen wordt gehouden. Na een tijdje krijgen die ringetjes iets krampachtigs. De zoveelste poging van mijn vader om houvast te krijgen op het leven.

Als de volgende morgen een lang nummer verschijnt op mijn telefoon, zoek ik voor ik opneem al naar de juiste woorden. Nog voordat ik iets heb gezegd, begint hij zich te verdedigen. 'Je hebt geen idee hoeveel zieke mensen hier zijn,' verkondigt hij. 'Honderdduizend kinderen per jaar sterven aan malaria, wat een vreselijke ziekteverwekker is dat. Ik ben niets waard als ik daar niet wat aan zou proberen te doen. De mensen liggen hier op straat, in portieken, doodziek en niemand bekommert zich om hen. Ik heb gisteren een man met een longembolie meegenomen naar het ziekenhuis. Die stond midden op de straat naar lucht te happen. Meteen onder een scan gelegd, meteen geopereerd. Stel je voor, die man was dood geweest wanneer ik hem niet had geholpen.'

'En wie betaalt dat dan?' waag ik. Hij klinkt goed. Ik mag best wat tegengas bieden nu, misschien heeft het zin.

'Dat is het probleem! Dat is het probleem! Niemand betaalt dat. Ja, ik nu natuurlijk. Daarom willen Maureen en ik...'

'Wie is Maureen?'

'De mooiste vrouw van Afrika.'

'Oké.'

'Ik maak geen grappen. Ze is prachtig. Als ik met haar een kindje maak, krijgt die een lichtbruine kleur. Weet je hoe ze dat hier noemen? Cappuccinokindjes; de parels van Afrika; succes gegarandeerd.'

'Woont zij in dat huisje in het zuiden, met die dorpsgeesten in de tuin?'

'Nee, dat is een ander,' antwoordt hij een beetje grimmig.

Even blijf ik stil, hij zwijgt ook. Dan zegt hij: 'Ik heb

voor een habbekrats een klein huis van steen gebouwd, met eigen gebakken brikken uit het dorpje hier. Ongeveer het enige huis met echte dakpannen, de rest van de huizen heeft daken van papyrus of gras. Omwonenden hebben me helpen bouwen. Ik versta ze niet, maar lief dat ze zijn, en wijs, écht familie. Ze vinden me geweldig, de blanke die in de rimboe komt wonen. De vrouwen koken elke avond een maaltje, een berg eten waar je maag van omdraait, veel smaak zit er trouwens niet aan, niks geen peper gebruiken ze. En de mannen helpen me met stenen sjouwen, kozijnen timmeren et cetera, geweldig is het geworden. Ik hou drie geiten en een varken in de tuin achter. Die lopen door elkaar en soms vechten ze, maar dan haal ik ze uit elkaar. Water haal ik bij een put, zoals alle mensen in het dorp. Wanneer ik dat op de grond gooi, rolt het varken tien minuten naar hartenlust in de modder en daarna is de grond weer kurkdroog.'

'Heb je daar stroom?' vraag ik.

'Nog niet, nog niet. Ik moet een grote generator kopen voor de elektra. En ik wil een 20.000-litertank laten coaten en inmetselen op het dak, om het regenwater op te vangen, zodat ik het hele jaar water heb uit het heuvelachtige, goudgroene gebied waardoor we hier worden omringd. Honderd procent zuiver drinkwater!'

In mijn gedachten zit hij op een houten stoeltje in zijn tuin, onder zijn mangoboom, het ene been over het andere geslagen. Als een prins, een Oegandese prins. Met hetzelfde air van wereldburger dat hem omringde toen hij in Caïro de weg overstak. Zijn rapport, het krampachtige ervan, vergeet ik op slag.

'Weet je dat ik de Egyptische schat ook in mijn huis heb staan?' wisselt hij van onderwerp.

'Ik heb een plank horizontaal tussen twee muren gehangen en daar staat hij op. De boeven hier moesten eens weten. Er staat ook een foto van jou.' Hij is even stil, dan klinkt een zucht. 'Heimwee is soms manifest. Ik mis je ontzettend. Ik vraag me wel eens af waarom ik uitgerekend hierheen heb gemoeten. Waarom het niet in Nederland of België kon. Ik wil zien welke meisjes je versiert, bij je diploma-uitreiking zijn. Ik wil het allemaal meemaken. Denk niet dat ik dat niet wil, dat ik ervoor op de vlucht ben geslagen. Het kon niet anders, dat is nu eenmaal zo. Dat moet je begrijpen.' Ik hoor hem slikken en slik zelf ook. Ik zeg niets, wacht af.

'Weet je welke foto ik van je heb?' vraagt hij. 'Die ik in Egypte van je nam. In dat hotel. Weet je nog? Je had geen shirt aan. De prachtigste donkere meisjes lopen mijn huis binnen, in van die strakke jurkjes waar ik praktisch doorheen kan kijken. Ze zien je foto en vragen: "Wat een knapperd, wanneer komt die ons eens bezoeken?"'

Is het toestel waarmee hij die foto had geschoten niet gejat uit ons hotel?

'Waarom kom je niet eens een paar weken naar Nederland?' vraag ik.

'Nederland? Nooit meer! Kom maar naar mij. Hier is het veel mooier. En ik trakteer. Zolang je van Maureen afblijft. Die is van mij. De rest mag je hebben. Je kan meedenken over het Healthplan als je komt, lijkt je dat wat? Komt je naam ook op de voorkant, misschien halen we de kranten wel. Vader en zoon, zij aan zij strijdend voor de gezondheid van de Oegandezen. Maar eerst even bellen, deze maand kan ik bijvoorbeeld niet, want...' Hier stopt hij even, het is dat oude trucje van hem om hetgeen wat volgt nog groter en belangrijker te maken. In het café kondigde hij vroeger zo zijn congressen aan. Ik vervloek hem dat hij deze techniek nu ook bij mij toepast. 'Want misschien ga ik naar Mongolië,' onthult hij. 'De binnenlanden schijnen geweldig te zijn, met machtige toendra's vol kamelen, schapen, geiten en wilde paarden. Voor een zacht prijsje kan iemand dat tripje voor me regelen.'

'Zo zo.'

'Ja, alles zit even mee. Het Healthplan loopt op rolletjes en dan zo'n droomreis naar Mongolië...' Hoewel we door bossen, gebergten en zeeën zijn gescheiden, hoor ik zijn aarzeling. 'Pas op die arme Babunia,' zegt hij snel en hij hangt op.

Wanneer ik mijn vader niet spreek of zie, is het leven eenvoudiger. In Amsterdam heb ik alles op orde. Ik heb zelfs een meisje ontmoet, een heel slim meisje, met donkerblauwe ogen, bruin haar en prachtige sleutelbeenderen. Ze heeft veel rust in zich, vergeet regelmatig de tijd. Dan zit ze uren op mijn bed een boek te lezen of te tekenen. Haar naam is Heleen en ze studeert psychologie. Ze begrijpt mensen heel goed, dat is aantrekkelijk aan haar. Ze is tien centimeter langer dan ik, dat zal mijn vader bevallen. Als we vroeger een grote vrouw op straat zagen lopen, floot hij tussen zijn tanden. Misschien kan ik ooit met Heleen naar Oost-Afrika reizen om haar aan hem voor te stellen. Ik heb een keer bijna de hoorn aan haar gegeven zodat ze kennis konden maken, maar toen rende Heleen de kamer uit. 'Zo mag onze eerste kennismaking niet zijn,' zei ze vastberaden.

Op een andere avond vraagt ze: 'Hoe komt het eigenlijk dat je niet boos bent op je vader?'

'Ik ben wel boos,' antwoord ik. 'Boos dat hij is weggegaan.' Die avond en nacht houd ik vol dat ik kwaad op hem ben, maar wanneer ik de volgende morgen alles overdenk, moet ik haar gelijk geven: de fijne herinneringen aan mijn vader winnen het ruimschoots van de negatieve. Hij bouwde een voetbalveld waarop ik jarenlang met mijn vriendjes speelde. Hij nam me mee op paddenstoelenjacht.

Toen ik liefdesverdriet had, stond hij erop dat we daarover zouden praten. Een slechte vader was hij zeker niet, wel een afwezige. Veel te vaak liet hij me vroeger alleen. Dat was destijds heel normaal voor mij, ik wist niet beter, maar met terugwerkende kracht zie ik in dat het helemaal niet normaal was. De lichtheid waarmee hij toen leefde, is sindsdien alleen nog maar lichter geworden, misschien zelfs bijna gewichtloos. Het is een lichtheid die niet vol te houden is, want het leven is niet licht, en als ik dat al weet als jong persoon, waarom weet hij het dan niet? En toch, ondanks alles wat ik zo storend aan hem vind, ben ik niet boos op hem.

Af en toe vraagt hij wanneer ik hem kom opzoeken. Eerlijk gezegd heb ik daar geen zin in. Ik voel dat er een dag komt waarop ik hem de waarheid zal moeten zeggen, een dag waarop ik hem vertel dat de lichtheid waarmee hij leeft hem in de problemen zal brengen. Wanneer ik hem dit vertel, zit ik liever niet nog twee weken met hem vast in de rimboe. Los daarvan kijk ik er niet naar uit om met hem door het broeierige Kampala te struinen, waar het zeker net als in Caïro naar zweet en asfalt stinkt, en waar de taxichauffeurs me proberen af te zetten. Of erger nog: te moeten verblijven in een of andere provinciestad waar het licht om de haverklap uitvalt. Of om in een jeep over hobbelige wegen te rijden en in een tropische storm klem te zitten op een modderige, ondergelopen weg. Of om bedelende apen met hondsdolheid langs de kant van het pad te moeten afschudden, bij voorkeur voordat ze de kans hebben hun rotte tandjes in mijn arm te planten. Ik heb geen zin alle vrienden te ontmoeten die mijn vader heeft gemaakt, de vrienden voor één dag en de vrienden voor het leven. En om daarna zijn nieuwe familie aan het hart te drukken alsof ze ook maar iets voor me betekenen, om met z'n allen dagtripjes te ondernemen naar onherbergzame dorpen, waar ebola kan uitbreken, of waar de woede zich tegen iemand keert omdat hij homoseksueel is, of weet ik veel wat. Afrika trekt me gewoon niet. Ik heb er niets te zoeken. Ik ben niet zoals hij is.

6

Babunia is oud geworden, echt oud. Haar hoofdhuid schijnt door haar witte haren heen. Ze steunt op haar wandelstok en kreunt wanneer ze een paar meter moet lopen, maar ze fietst desondanks nog elke dag op de hometrainer; de teller staat op iets meer dan 900 kilometer.

Verrassen doet het me niet wanneer ik het bericht krijg dat ze van de trap is gevallen. Ze ligt in een kleine kamer in het ziekenhuis, met in het bed naast haar steeds een andere oude dame of heer die de volgende avond tijdens het bezoekuur weer blijkt te zijn verdwenen. Ze ziet er vreselijk uit – haar gezicht is geel, er loopt een draadje uit haar neus. Haar heup is zwaar gekneusd. De Syriër heeft haar gevonden, bewusteloos. Hij heeft haar opgetild en naar de dokter gedragen, een paar wijken verderop. Vanaf daar is ze met een ambulance naar het ziekenhuis vervoerd.

Mijn moeder en ik zitten aan haar bed terwijl ze slaapt. Als ze wakker wordt, lacht ze flauwtjes naar me. Ze herinnert zich niets van de valpartij. Ze heeft pijn, soms ontsnapt haar een kreun. 'Waar is Roman?' vraagt ze.

'In Afrika,' antwoordt mijn moeder. Wanneer ze dit zegt,

dringt de volle omvang van zijn afwezigheid tot me door. Wij staan aan het bed van Babunia, terwijl hij in Afrika zit.

Als we weer thuis zijn belt mijn moeder met onze Poolse familie en met enkele bejaardentehuizen, ze is ziedend en verdrietig tegelijk. 'Waarom ben ik dit allemaal aan het regelen? Waar hangt je vader uit?' Ik heb geen zin in die vragen, geen zin in deze discussie. Ik moet het huis uit, even weg van alles. Ik wandel door het park en overweeg de eerste trein naar Amsterdam te pakken. Maar ik loop terug en ga bij mijn moeder in de woonkamer zitten.

Ze ziet er moe uit. 'Waar zou hij zijn?' mompelt ze.

Ik haal mijn schouders op. Op een Mongoolse toendra op een paard? In Oeganda in zijn hut? Een ander land waar de zon schijnt? In ieder geval is hij niet waar hij moet zijn, weer niet.

Twee weken nadat Babunia is gevallen, verschijnt in alle vroegte een lang nummer op het display van mijn telefoon; Afrika. Mijn vader weet nog niet van de valpartij en ook weet hij niet dat ze in een bejaardentehuis is geplaatst.

Voor het eerst laat ik de telefoon bewust overgaan zonder op te nemen. Maar na een paar minuten gaat hij weer af. Ik zie mijn vader voor me in een telefooncel ergens in een stoffig dorp, zijn laatste munten in de telefoon werpend. Met zijn vuist slaat hij op het apparaat omdat hij denkt dat de telefoon hem tegenwerkt.

'Dag pap!' zeg ik.

'Goedendag... u spreekt met Antonie Van Cauteren, medewerker van de Belgische ambassade in Kampala. Misschien kunt u beter even gaan zitten.' De stem doet me denken aan de Belgische commentator tijdens de vele voetbalwedstrijden die ik vroeger samen met mijn vader heb gekeken.

Dit is het telefoontje dat een keer moest komen, en nu is het er.

'Het spijt me,' zegt de man van de ambassade. 'Het spijt me zeer, maar uw vader ligt in het ziekenhuis en zal vanavond komen te overlijden en anders hooguit morgenvroeg. Het spijt me zeer.'

Ik bel mijn moeder en beloof zo snel mogelijk naar haar toe te komen. Heleen staat erop met me mee te gaan.

De tafel in onze woonkamer staat vol borrelhapjes; olijven, feta, pistachenootjes. Er is rode en witte wijn, Pools bier. Mijn moeder schenkt de wijn in grote glazen. Op de tafel branden kaarsjes en in vazen door het hele huis staan verse bloemen. Eerder vandaag heb ik ze met mijn moeder in onze tuin en in de tuinen van de buren geplukt, met toestemming natuurlijk.

De beste vriend van mijn vader steekt zijn gevulde glas in de lucht en zegt: 'Op Roman!'

'Roman,' mompelt Babunia die met jus d'orange proost. Ze is een uur binnen en heeft vooral gehuild, een zakdoek tegen haar ogen drukkend. Af en toe heeft ze in het Pools gevloekt, zo klonk het althans. Wanneer iemand haar probeert te omhelzen, worstelt ze zich los, zodat niemand het na een tijdje nog probeert en haar eenzaam laat wenen. Ze heeft blauwe plekken in haar gezicht overgehouden aan haar valpartij en loopt nog moeilijk.

Ik heb Saint Germain opgezet, muziek die mijn vader graag draait. Het is de eerste keer dat Heleen en mijn moeder elkaar ontmoeten. Liever had ik hen onder betere omstandigheden aan elkaar voorgesteld, maar het is niet anders. Raar is het om haar hier aan tafel te zien zitten, dezelfde tafel van waarachter mijn vader vroeger het lokale nieuws presenteerde. Haar aanwezigheid in mijn ouderlijk huis maakt dat er twee werelden samenkomen, en ik ben bang dat er iets mis zal gaan, dat ze het niet zal begrijpen.

‘Nu ligt hij daar helemaal alleen,’ zegt mijn moeder. ‘Niemand aan zijn bed...’ Dat beeld verscheurt me, die eenzaamheid. Dat we nauwelijks iets weten is vreselijk. De ambassade is al gesloten, en met het ziekenhuis waar mijn vader ligt, krijgen we geen verbinding. Na tientallen keren proberen zegt de beste vriend van mijn vader: ‘Hier moeten we mee stoppen, dit maakt ons alleen nog maar verdrietiger.’ De overtuiging waarmee de medewerker van de ambassade vanochtend zei dat mijn vader de nacht niet zou overleven, maakt elke hoop dwaas.

De tijd loopt bij ons weg. Babunia blijft de hele avond aan tafel zitten. Haar ogen zijn veel gesloten, eerst uit verdriet daarna door de slaap. Wanneer ze zover naar een kant helt dat ze bijna uit haar stoel glijdt, maakt mijn moeder haar wakker en brengt haar naar de logeerkamer.

We drinken nog meer op mijn vader. Het helpt het verdriet te dragen. Ik kijk naar het bakje olijven. Groene olijven en stukjes knoflook drijven rond in de olie. Een paar keer prikt iemand er een vrucht uit, maar er blijven er genoeg over om naar te staren. Ik kan er mijn blik bijna niet van losmaken.

Tegen het nachtelijk uur wordt op het raam gebonsd. Het is de Poolse oom die in Nederland woont, de man die heeft geholpen de schuur te bouwen. Hij heeft wodka bij zich, en Poolse worst, natuurlijk Poolse worst. ‘Ik kom om te waken,’ zegt hij.

Hoewel het lichaam van mijn vader er niet is en we niet eens zeker weten dat hij is overleden, is dat wat we hier doen. We houden een wake. We zitten rond de tafel zoals ik me voorstel dat mijn vader in Polen vaker om een doodskist heen heeft gezeten, samen met talloze ooms en tantes, neven en nichten.

Mijn moeder vertelt over zijn ruzie met de zonen van mevrouw Mossel, over de auto die hij voor zijn Mercedes had gehad, die hij aan mensen van het kamp heeft verkocht terwijl de versnellingsbak een beetje kapot was. Ze vertelt dat de woedende kampers binnen een uur met honkbalknuppels op de stoep stonden. 'En dan was ik heel boos op hem, maar het was ook zijn charme. Hoe kreeg hij dat soort dingen voor elkaar? Altijd gebeurde er wel wat met hem.'

'Wat een bijzondere man,' zegt Heleen.

'Heel bijzonder,' antwoordt mijn moeder op een toon die me niet helemaal aanstaat. Er valt een stilte, maar al snel vullen de verhalen over mijn vader weer de woonkamer. Ik luister, kijk naar het olijvenbakje dat inmiddels leeg is, op de drijvende knoflook na. De Poolse oom steekt een sigaret op, voor één keer mag dat binnen. De vriend van mijn vader schenkt de laatste fles wijn leeg. We lachen over de reis naar China, de grote plank vastgebonden aan de keukenkastjes in het vliegtuig, en over zijn rol als grensrechter bij een wedstrijd van mijn voetbalteam. Zijn beste vriend vertelt dat mijn vader serieuze plannen heeft gehad om een mobiele donutkraam te beginnen en daarmee door het land te rijden. Hij schijnt zelfs een kijkje te hebben genomen bij een specialist om na te gaan hoeveel hem dit zou gaan kosten.

'Hij wilde zijn baan opzeggen hiervoor,' hikt mijn vaders vriend van het lachen.

Terughoudend zijn we over zijn avonturen in Afrika, omdat we daar niet zoveel van weten. Of omdat die schimmiger zijn dan de avonturen in de veilige omgeving van ons gezin, toen wij in de buurt waren om op hem te passen.

Natuurlijk hebben we het ook over zijn uitstapje naar Peru. 'Toen dacht ik: nu moet ik van hem af,' bekent mijn moeder. 'Hij dacht alleen maar aan zichzelf.'

Ze vertelt over zijn tijd in de kliniek in het bos. 'Hij wond daar iedereen om zijn vinger. Met de psychologen keek hij de fotoboeken van zijn vakanties door. Ze hadden daar een dichtedeurenbeleid, maar naar het schijnt is je vader af en toe toch erin geslaagd naar buiten te gaan. Hij is zelfs een keer biertjes gaan drinken op een terrasje. Toen ze daar achter kwamen, hebben ze hem weggestuurd.'

Ze richt zich tot mij. 'Weet je nog hoe het daar was?' Het bos met eenden die niet gevoerd mochten worden, het grote huis met het hek ervoor. De ruzie tussen mijn ouders. De schreeuw van mijn vader. Ik weet alles nog.

'Is er niet meer drank?' vraagt de Poolse oom.

Mijn moeder zucht eens diep. 'Ik zucht altijd automatisch als het over drank gaat, hè,' constateert ze geschrokken.

'Wacht maar,' zeg ik en ik verdwijn naar de schuur. Tijdens de wandeling onze oprit af tril ik van verdriet. Het donker haakt zich aan me vast, probeert me omver te trekken. Ik denk aan mijn vader en aan alles wat hij voor me heeft betekend. Ik denk aan zijn eenzaamheid nu. De eenzaamheid waarin hij zal sterven of al gestorven is. Het is alsof ik hem kan zien liggen, alsof ik getuige ben van zijn doodsstrijd, zoals ik al die jaren getuige ben geweest van zijn strijd om te leven. Met moeite bereik ik de schuur, waar ik omhoogkijk naar de nok. In het donker ga ik op zoek. De zoektocht is prettig, leidt mijn gedachten af. Dan verschijnt in de deuropening een man. Ik zie zijn silhouet, de markante neus die ikzelf ook heb. Mijn hart raakt bevangen van blijdschap maar ook angst. Ik zie hem niet goed maar weet dat het mijn vader is. Ik weet het gewoon. Hij is niet dood, hij is hier.

Ik stommel naar hem toe, naar mijn vader. Met een zucht zegt hij: 'Met hoeveel plezier we hier aan hebben gewerkt, wát een prachtige schuur...' Ik weet niets uit te brengen. Hij knikt en gaat terug naar binnen. Ik vervolg mijn zoektocht op de tast. Dronken en trots keer ik terug in de woonkamer en ik zet met een klap een fles wodka op tafel. Door de klap breekt de onderkant van de fles. De wodka stroomt over de tafel heen, drupt op de grond.

'Niet op de vloer!' roept mijn moeder uit, dan begint ze te lachen. En dat lachen gaat geleidelijk over in een sereen snikken waaraan ik geen weerstand kan bieden.

7

Twee dagen na deze nacht rinkelt mijn telefoon. Over het lot van mijn vader weet ik dan nog niets. Angstig neem ik op.

'Victor?' klinkt het. '*Where were you? You were lost.*'

'Pap...'

'*Good to talk to you.*'

'We zijn gebeld dat je dood was,' zeg ik plompverloren.

'*I know.*'

Het ergert me dat hij Engels praat maar ik zeg er niets van, nu niet. 'Wat is er gebeurd dan?'

'*You know how people are. They make things...* meer erg dan het is.'

'Lig je nog in het ziekenhuis?'

'Nee, gister hebben ze me daar weggestuurd. *Yesterday. I'm cured.* Kwestie van te weinig vocht in mijn lichaam. Ik drink te weinig. Kun je je dat voorstellen? Je moeder moest dat eens horen: ik drink te weinig.'

'Dus alles is in orde?'

'Alles in orde, helemaal blits.'

Ik wil kwaad zijn, maar ben vooral opgelucht. Dan realiseer ik me dat hij nog helemaal niet weet dat Babunia is gevallen. Voordat ik kan besluiten of dit het moment is hem hierover te vertellen, roept hij uit: 'Het geld is op! Tot snel, alles goed hier. Alles blits!'

Een maand na de wake ter ere van mijn vader, is het bij mijn moeder thuis feest zoals het nog nooit feest is geweest. Behalve die keer met alle Polen, maar toen hing het zwaard van onze onrustige familiegeschiedenis ons allen boven het hoofd. Ik heb mijn moeder moeten beloven dat we vandaag niet over mijn vader zullen praten, want ze is nog steeds woedend op hem dat hij ons zo heeft laten schrikken die ene nacht.

Ons hek met ballonnen in de kleuren van de regenboog staat wijd open. De gevel van het huis is versierd met slingers en vaantjes, net zoals de bomen in de tuin. Op een tafel staan een paar schalen met kleine hapjes en er is een tap in de hoek van de tuin, zo opgesteld dat de schaduw erop valt.

Mijn moeder heeft veel mensen uitgenodigd, ook mensen uit de buurt die ze niet goed kent. De afgelopen maanden is het huis verbouwd en heeft ze de tuin onder handen genomen. De meeste bomen zijn met wortel en al uit de grond getrokken, daarna is de hele tuin met een bulldozer gelijkgemaakt. De kuil die mijn vader heeft gegraven is dichtgegooid, het grasveld waar ik vroeger voetbalde is opnieuw ingezaaid. De tuin was ooit een gebied met veel diversiteit: met stukken fris gras, bomen vol fruit, maar ook verdorde verlaten uithoeken. Nu is het een uitgestrekt stuk grond, overzichtelijk.

'We hebben overwogen de schuur af te breken,' zegt mijn moeder. 'We' zijn mijn moeder en Sjef. Ze kennen elkaar al een poos en het is serieus. Hij is geboren in een dorp vlak bij mijn ouderlijk huis. Ze zijn aan elkaar voorgesteld door een collega van mijn moeder. Sjef woont bij zijn oude moeder in huis en zorgt voor haar. Hij doet iets bij een bouwbedrijf. Hij heeft een snor en speelt tuba bij de fanfare. Mijn moeder is verliefd op hem. Sjef maakt haar vrolijk en onder die vrolijkheid gaat geluk schuil, waar er vroeger vooral boosheid onder verborgen zat.

Hun relatie kent geen diepe dalen. Stiekem denk ik dat dit feest wordt gehouden omdat mijn moeder zo blij met hem is. Op de uitnodiging staat dat ze de verbouwing van het huis wil vieren, de nieuwe tuin wil inwijden.

Sjef heeft geholpen bij de verbouwing. Elk weekend stond hij te klussen in de badkamer, in de keuken. De tuin werd door enkele mannen uit het dorp aangepakt, op onmogelijke tijdstippen. Sjef gaf aanwijzingen.

Het is een rustig, aangenaam feest. De afwezigheid van dreiging is bijzonder. Mijn moeder wijkt de hele avond niet van de zijde van Sjef. Ze haakt haar arm in de zijne en zo schrijden ze door de tuin. Ze heeft krullen vandaag en draagt een zomerse jurk. Ze drinkt meer rosé dan ik haar ooit heb zien drinken.

Op een gegeven moment neemt ze me even apart. Ze praat iets sneller dan normaal, komt het door de rosé, of is ze gewoon zenuwachtig? 'Ik moet je iets vragen,' zegt ze. Onwillekeurig bevangt de angst me; gaat dit over mijn vader?

'Sjef en ik zijn heel gelukkig samen, dat weet je toch?' vraagt ze.

'Zeker,' antwoord ik. 'Dat is goed te zien.'

'Sjef woont nu nog bij zijn moeder. Maar zij gaat naar een bejaardentehuis en dan...'

'Wil je dat hij hier komt wonen?'

Ze knikt.

'Dat lijkt me heel fijn voor je.'

Ze straalt, wat straalt ze! Wanneer je ouder bent, is er meer tijd om te verliezen.

Ze vertellen het goede nieuws aan alle mensen en er klinkt een groot applaus.

De volgende morgen in de keuken staat mijn moeder voor me. Met kleine ogen, het haar door de war. 'Aarggg,' doet ze en ze grijpt naar haar hoofd. 'Heb ik mezelf nog belachelijk gemaakt gisternacht?'

'Weet je dat niet meer?'

Ze schudt haar hoofd, schaamtevol. 'Barstende koppijn,' zegt ze. 'Alles draait.' Ik maak thee voor haar en we gaan even op de bank zitten. Zij vertelt over het feest, ik vertel over het feest.

'Ik moet opruimen,' zegt ze dan, maar ze blijft zitten. Buiten is het een enorme rommel.

'Weet je wat ik helemaal ben vergeten?' vraagt ze. 'Stom van me.' In mijn broekzak trilt op dat moment mijn telefoon. Ik laat hem overgaan zonder te kijken. Mijn moeder heeft het niet door en zegt: 'We gaan naar Nieuw-Zeeland.'

'Nieuw-Zeeland? Niet waar.'

Ze glimt van trots. 'Ik heb daar altijd al een keer heen gewild en Sjef wil best mee.' Mijn moeder die China een vreselijk land vond, die het verschrikkelijk vond zo lang van huis te zijn, gaat op eigen initiatief naar Nieuw-Zeeland.

'Alles is dan geregeld,' legt ze uit. 'Dat vind ik prettig. Dan wil ik best de wereld zien. Op mijn manier. In een goede bus, in een trein die gewoon rijdt en niet een dag te laat vertrekt. In China was alles zo onvoorspelbaar.'

Terwijl mijn moeder alsnog naar buiten gaat om de rommel op te ruimen, kijk ik op mijn telefoon. Ik ben zojuist gebeld door iemand met een lang nummer, Afrika. Ik besluit terug te bellen. Dat heeft nog niet één keer gewerkt omdat er dan meestal een onbekende man opneemt die onduidelijk Engels spreekt, maar toch doe ik het. De drang om te weten hoe het met mijn vader gaat is uiteindelijk altijd groter dan het betrekkelijke gemak dat ik kan ervaren door te doen alsof hij niet langer bestaat.

'*Allo, this is the police station of Mbarara.*' Een donkere, volle stem met een aangename toon. Ik heb geen idee wat ik moet zeggen, ik stamel mijn naam, iets over mijn vader. Door mijn hoofd schiet de vraag of ik het goed heb verstaan. *Police station*?

'*Your father, yes*,' zegt de man. Hij schijnt op de hoogte te zijn. Op de achtergrond klinken mannenstemmen. Hoor ik gelach?

'Victor? Maak je geen zorgen.' De vertrouwde stem van mijn vader, dichtbij. 'Wacht, de commandant komt binnen. Dát is een kerel. Zwart als de nacht, sterk. Die moet je spreken.'

'Nee, ik wil...'

'*Allo? This is the chief of the police station.*' Ik spreek met de commandant, een minuut of twee. Weer heb ik geen idee wat ik allemaal zeg.

'En?' vraagt mijn vader.

'Hij is inderdaad aardig, ja,' begin ik. 'Maar wat is er aan de hand?'

'Niet boos worden,' bromt hij, het midden houdend tussen scherts en ernst. 'Ze zeggen dat ik iets met drugs heb uitgespookt.'

'Drugs?'

'Alsof dat ook maar één seconde in me opkomt. Wat denken ze wel niet.' Op de achtergrond hoor ik nog steeds geroezemoes, en nu zie ik hem met een sigaar in de mond aan een tafel zitten te pokeren met mannen in politie-uniform. Midden op tafel staat een fles wodka.

'Ze willen geld zien,' zegt hij. 'Er zijn hier net als daar ook slechte mensen, Victor. *Bastards*. Ze denken: een blanke heeft geld, dus proberen ze me af te zetten. *Blackmail*. Dat kan ik niet toestaan, dat zou jij ook niet doen toch?'

'Maar wat is er allemaal aan de hand dan?'

'Vanmorgen zijn ze me komen arresteren, maar binnen een halfuur had ik ze al duidelijk gemaakt dat ik van niets wist. Drugs is vieze rommel, daar moet je van afblijven.' Hij schraapt zijn keel en zegt: 'Het komt allemaal goed, alles komt altijd goed. Ik heb ze verteld over het Uganda Healthplan, ze vinden het een fantastisch idee. Blits, toch? Ze geloven erin. Ze snappen er niets van dat een buitenlander zich hun problemen zo aantrekt...'

Ik zwijg, want ik ken zijn bui. Hij staat boven op een berg die uitkijkt over de wereld. Moet ik hem van zijn berg verjagen?

Mijn vader zegt bijna fluisterend. 'Ik ben erg ziek geweest, Victor. Malaria. De tweede keer al sinds ik hier ben. Wat een ziekte. Doodop ben je dan, je ziet van alles wat er niet is. Ik wist zeker dat ze me kwamen vermoorden, honderden negers. Dat ze voor de deuren van het ziekenhuis stonden te dringen om naar binnen te mogen en me met hun machetes de ledematen af te slaan. Victor, je hebt geen idee hoe erg malaria is. Zweten, zwéten tot je uit je kamer kunt zwemmen, je hele lichaam klam, en ijlen, ijlen. Ze dachten dat de mzungu gek was geworden, maar ik ben sterk. Wij zijn sterk. Ach, weet je nog in Egypte wat voor mooi team we waren? Wij en natuurlijk die prachtige Mohammed, wat een kerel.'

Hij verslikt zich in het lachen en zegt, half serieus: 'Weet je wat het ergste is van dit alles? Ze hebben mijn Mercedes gestolen, er een overval mee gepleegd en toen besprenkeld met benzine en in de fik gestoken. Mijn mooie Mercedes. Afgebrand. Ik heb er een foto van gekregen van die jongens hier, want ze hebben hem een paar steden verder langs de kant van de weg gevonden. Helemaal uitgebrand.

Ze vonden het jammer van zo'n mooie oude wagen. Maar ik bel je morgen. Oké? Ik heb een goede hand. Tot dan. Alles komt goed, altijd.'

Het verbaast me niet dat ik de volgende dag geen bericht van hem krijg. Wat me verbaast is dat ik er rustig onder blijf. Pas na drie dagen belt hij op, in een bui van grote euforie. Zijn woorden tuimelen over elkaar heen. De samenvatting: hij heeft de plaatselijke politie van zijn onschuld weten te overtuigen. Hij is met een microfoontje onder zijn overhemd achter in een wagen gestapt die de oplichters voor lieten rijden. Dreigend spraken ze tegen hem. Grote negers waren het. Eentje had een bobbel laten zien onder zijn hemd en zei dat mijn vader mee moest werken.

'En toen begon ik,' zegt mijn vader enthousiast. 'Ik speelde het spel geweldig, James Bond-style. Ik zei: "*You know I'm not guilty*." En die gasten lachen, lachen! Natuurlijk wisten ze dat. Ze gaven het ruiterlijk toe en ik zat daar maar met die microfoon. Geen krimp gaf ik, Victor, geen krimp. Daarna heeft de politie de wagen klemgereden. Je had het moeten zien, gevaarlijk! Ik heb mezelf nog nooit zo *alive* gevoeld. Het was prachtig. Prachtig, echt James Bond.'

'Papa, het klinkt allemaal heel ernstig en gevaarlijk.'

'Ach nee, zo gaat dat hier.'

'Prima, dan niet,' antwoord ik. 'Weet je trouwens dat Babunia de hele tijd naar je vraagt? Ze snapt er niets van dat je weg bent.'

'Arme Babunia, vertel je haar dan dat ik naar Afrika moest? Dat het niet anders kon? Dat moet je haar vertellen, Victor.'

'Nee, dat vertel ik haar niet. Ze heeft het niet makkelijk, papa.' Dan besluit ik hem van zijn berg te verjagen, want een goede zoon neemt zijn vader serieus, zelfs wanneer die vader zich zo gedraagt als de mijne doet. Ik vertel hem eindelijk over Babunia. De valpartij, het bejaardentehuis.

Doodstil blijft het aan de andere kant.

'Ze heeft je nodig,' zeg ik.

'Ik zou meteen komen! Maar het geld is op.'

'Op. Alles? Echt waar?'

'Ik heb het geïnvesteerd, bijna alles wat ik bezat. In het Healthplan, in mijn grond en in mijn prachtige huis. En in die trip naar Mongolië, die ik al had geboekt maar die niet door kon gaan. Door dat akkefietje met de politie. Dat heeft me ook geld gekost, dat met die politie. Zo gaat dat hier. Die jongens betaal je voor hun diensten.'

'Hoeveel heb je ze betaald voor hun diensten?'

'Vijfduizend dollar.'

'Pff!'

'Victor, jij zit daar, je voelt de polsslag van Afrika niet. In Egypte ging het toch ook allemaal onderhands? Soms zit het mee, soms tegen. Die oude kunstschat die ik voor een prikkie kon kopen was een enorme meevaller en dit valt dan even tegen. Zo gaat het in deze landen.'

'Je hebt zo veel geld gehad!' roep ik. 'Zo veel geld. En het is allemaal op?'

'Heb ik het weer gedaan?' antwoordt hij fel. 'Wie denk je wel niet dat je bent? Jij kan niet eens voor mijn moeder zorgen.' Nog voordat hij is uitgesproken gooi ik mijn telefoon tegen de muur. De batterij springt eruit. In plaats van de muur raakt mijn telefoon het eierschalenschilderij, ik gooi er een scheur in.

8

Mijn moeder bezoekt Babunia nog regelmatig, steeds op zondag. Dat is het ritme waaraan ze gewend is, dus waarom zouden we dat nu nog veranderen? Omdat ik in het weekend vaker in Amsterdam blijf, kan ik niet altijd mee. Sjef neemt mijn plaats meestal in. Mijn oma blijkt dat niet erg te vinden. De eerste keer had ze tranen in haar ogen gekregen. 'Ze gunt het me,' zegt mijn moeder.

Het bejaardentehuis ligt tegen de grens met België aan. Een modern wit gebouw dat doet denken aan een omgevallen zandloper. Een rij populieren omringt de tuin waarin fruitbomen, bloemen en groentes groeien. Vanaf dag één weigert Babunia erin te werken, terwijl die tuin er speciaal voor de bewoners is. 'Maar je houdt toch zo van bloemen, van een moestuin?' vraagt mijn moeder. Als antwoord snuift Babunia verontwaardigd, daarna plooit haar gezicht in een strenge grimas, de grimas die ze me vroeger toewierp wanneer ik per ongeluk tegen een beeldje in haar woonkamer stootte.

Babunia is altijd moe wanneer we er zijn, en hoewel ze niet wil klagen, kan ze zich toch vaak niet inhouden. In haar ogen ligt een uitdrukking die ik niet eerder bij haar zag, maar die ik wel herken: zo keek mevrouw Mossel toen ik haar de eerste keer ontmoette, toen ik voor het eerst de dood in de mens kon zien.

Al het goud dat aan mijn oma heeft gehangen is verdwenen. De rinkelende armbanden, de oorbellen en zelfs de broche op haar blouse. Wanneer we haar bezoeken is ze de eerste tien minuten opgewekt en babbelt ze veel, zonder zich af te vragen of we haar verstaan. Ze zet koekjes op tafel en maakt oploskoffie voor ons, want een normaal koffiezetapparaat heeft ze niet meer. Ik zit er meestal een beetje bij, terwijl mijn moeder met Babunia spreekt; het lijkt alsof ze elkaar steeds beter beginnen te begrijpen.

Wanneer haar blijheid over onze aanwezigheid is bedaard, begint ze te mopperen. Zonder brieven op tafel te leggen, want zo veel belangrijke boodschappen ontvangt ze tegenwoordig niet meer. Ze klaagt over het voedsel dat ze te eten krijgt en over de andere bewoners. Er verblijven veel dementen op haar afdeling. Ze vertelt over de man die elke morgen opnieuw vergeet een broek aan te trekken. Babunia maakt daar grapjes over, maar haar grapjes bevatten een droevige bitterheid die mij heel verdrietig maakt, want dit is haar leven zoals het is. Dit is haar eindpunt.

Soms wordt ze boos en dan roept ze dat mijn vader precies zo is als Dzia Dzio, maar even later vraagt ze of hij ook langs zal komen, alsof ze vergeten is hoe lang je vanuit Afrika moet vliegen.

Sinds haar val is ze slecht ter been. Ze kreunt bij elke stap die ze zet, zucht diep elke keer wanneer ze moet opstaan om iets te pakken. Wat eerst een straf leek, een kleine kamer, is inmiddels in sommige opzichten een zege; Babunia hoeft nog maar nauwelijks te lopen.

Op woensdagen wordt in het tehuis spaghetti gegeten, en alle andere dagen van de week staan de maaltijden ook vast. Met een afkeurend gezicht sneert Babunia wanneer we een keer langs het restaurantje lopen: 'Ik ga daar niet eten. Beuh. *Dégoûtant.*' En inderdaad eet ze er die avond niet, maar de volgende morgen staat het hoofd van de afdeling in haar kamer, een potige brunette met een grote moedervlek op haar wang. Zij geeft mijn oma een standje alsof ze een ongehoorzaam klein kind is. De helft van dat standje begrijpt ze niet, want niemand spreekt hier meer dan een handvol woorden Frans. Niemand behalve een Congolees aan het einde van de gang, die zo dement is dat hij de hele tijd de verkeerde kamers binnen loopt. Babunia slaat hem er steeds uit met haar wandelstok. Ik vraag me wel eens af wat er zou gebeuren wanneer mijn vader zich ermee bemoeide. Zou hij haar laten overplaatsen naar een ander tehuis en zou hij de kok uitdagen met wat meer smaak te koken?

Het blijft gissen, want mijn vader is er niet. Daarom eet Babunia elke woensdagavond spaghetti en op vrijdag chili con carne.

Sinds ze in het bejaardentehuis woont, heeft mijn vader haar twee keer gebeld via de afdelingstelefoon. Een zware, grijze telefoon met een draaischijf in plaats van toetsen.

Met die onverwachte telefoontjes zijn ze in het bejaardentehuis niet ingenomen. 'Als iedereen hierheen belt,' zegt het afdelingshoofd, 'dan zijn we geen bejaardentehuis meer maar een telefooncentrale.' En zo is het.

Uit Babunia's verhalen maak ik op dat hij haar bijna alleen maar leugens op de mouw speldt, maar ze gelooft alles wat hij zegt, en dat neem ik haar niet kwalijk. Hij is haar zoon en een moeder wil geloven in haar zoon, in de woorden die hij spreekt. Een zoon wil ook geloven in de woorden die zijn vader spreekt, maar in mijn geval zijn die woorden al te vaak onwaar gebleken, zodat ik zelfs met goede wil en de nodige moed niet meer blind kan vertrouwen op wat hij me vertelt. Steeds vaker vraag ik me af of mijn opa inderdaad zo'n ongelofelijk goede voetballer is geweest. Zo veel andere verhalen zijn niet waar, dus waarom dit verhaal wel? Ik heb overwogen in de archieven te duiken van de Franse bekerfinale. De opstellingen en doelpuntenmakers te bekijken, zo kan ik erachter komen of zijn verhalen op waarheid gebaseerd zijn. Zoals zijn prachtige vertellingen over Dzia Dzio's finale, en zijn verhalen over de scouts die voor mij langs de kant hadden gestaan wanneer ik voetbalde. En natuurlijk over zijn recente James Bond-undercoveractie. Maar wat maakt het eigenlijk uit of mijn opa die medaille heeft verdiend, of op een verloren zaterdag op een marktje ergens in het Vlaamse land heeft gekocht?

9

Babunia is dood. Mijn moeder belt me om het slechte nieuws te vertellen. Als ik het hoor, denk ik meteen aan mijn vader.

Vanuit Polen regelt de familie de begrafenis, hier en daar geholpen door mijn moeder. Een middag lang spelen ze met het idee het lichaam naar Oost-Polen te laten vervoeren en haar daar te begraven, een wens die Babunia de laatste jaren van haar leven gekoesterd heeft. Maar dan kan ze niet naast Dzia Dzio rusten en de Poolse familie is het erover eens dat dit voor de zielenrust van beiden het beste is.

De uitvaartdienst vindt plaats in haar dorp, in een kleine kerk die vergeten lijkt te zijn door de buurt; er groeit onkruid op de buitenmuren en het gras rondom is te lang. De pastoor heeft mijn eigen vader vroeger gedoopt – toen was het een jongeman, nu is het een oude heer. Hij ontvangt iedereen met een ferme handdruk. Flink wat buurtgenoten zijn gekomen, onder wie de Syriër. Het is koud buiten, kou die in mijn hoofd trekt, en misschien komt het daardoor dat alles een beetje aan me voorbij lijkt te gaan, alsof ik er met mijn gedachten niet helemaal bij ben. Een poos kijk ik naar de wagens die de parkeerplaats op rijden. Zoals de drie auto's met Poolse kentekens. Uit elke auto stappen meer mensen dan ik verwacht.

Van de maffiamannen is het haar wit. Ze gaan gekleed in hetzelfde soort chique pak waarin ze jaren geleden bij het feest op onze stoep verschenen. Met drie zijn ze, minder dan destijds. Ze drukken te vochtige zoenen op mijn wangen. Achter hen volgen mijn Poolse tantes, gekleed in ingetogen, zwarte jurken waarvan de onderkant frivool fladdert.

De oudste tante is bijna blind. De anderen houden haar hand vast en sturen haar de goede kant op. Dit moet ciocia Tosia zijn. Haar gezichtsuitdrukking is ernstig, haar charisma massief. Wanneer ze voor me staat, pakt ze mijn gezicht tussen haar mollige handen. Haar ringen drukken in mijn wang, haar lippen trillen en haar armbanden rinkelen. Ik voel me warm, een beetje dromerig. De geur die haar omringt doet me in de verte denken aan de slaapkamer van Babunia.

Ik ben al even in de kerk gaan kijken. Mijn oma ligt opgebaard in een donkerblauwe jurk, vredig ziet ze eruit. Iets aan haar klopt niet. Ze draagt glinsterende oorbellen en gouden armbanden als in haar beste jaren. Het haar zit net zo stijf als het kapsel van de vroegere koningin, en haar wangen gloeien van de rouge. Dan zie ik het: de bril met gouden randen staat scheef op haar neus. Ik kijk om me heen, de kerk is leeg. In de deuropening wacht de pastoor de mensen op. Voorzichtig buig ik voorover en ik zet de bril recht.

Daarna ga ik naar buiten en spreek ik even met Sjef. Hij is hier om mijn moeder te steunen. Heleen zit in het buitenland. Ik heb zojuist even met haar gebeld. Ze vindt het vervelend dat ze er niet bij kan zijn, maar overvliegen speciaal voor de begrafenis ging ons wat te ver.

Ik praat ook met enkele Polen; de gesprekken verlopen opvallend gemakkelijk. We denken en voelen vandaag allemaal hetzelfde.

Wanneer iedereen al binnen is, sta ik nog buiten. De handen diep in mijn jaszakken. Ik kijk uit over de parkeerplaats. Mijn moeder komt me halen en zegt: 'Ik vraag het niet nog een keer. Kom nu naar binnen…'

Ik vertik het, blijf buiten wachten; desnoods tot het kerkorgel klinkt. Wacht ik omdat ik erin geloof dat hij komt, of omdat ik vind dat ik moet blijven wachten? Ik ben er nog niet uit als een taxi voor komt gereden.

Het portier gaat tergend langzaam open. Hoe lang heb ik mijn vader al niet gezien? Zeker een jaar. Voor het laatst op het vliegveld in Caïro.

Een grote donkere man met dreadlocks stapt achterin uit. Hij schudt zijn haar recht, daarna helpt hij nog iemand uit te stappen. Een jonge donkere vrouw. Ze draagt een kort, zwart jurkje dat nauw sluit rond haar lichaam. Ze heeft geen jas aan. IJskoud moet ze het hebben. Mijn vader staat plotseling naast haar, kennelijk is hij aan de andere kant uitgestapt. Zijn ogen zijn gericht op het meisje. Ze is een stukje langer dan hij. Ik wuif naar hem, maar hij ziet me niet. Hij betaalt de chauffeur, en legt zijn arm om het middel van het meisje. Speels trekt hij haar dichter tegen zich aan.

Samen met de man met de dreadlocks komen ze mijn richting op gelopen. Nog steeds ben ik er niet in geslaagd mijn vaders blik te vangen. Pas wanneer hij voor me staat, kijkt hij me aan. Zijn gezicht is bruin zoals het in Egypte was, en ongeschoren. Op zijn wangen een rode blos, waarschijnlijk van de kou. Hij draagt een grijs pak dat hem een maat te groot is.

'Ahh!' zegt hij. '*Maestro*.' Hij drukt me tegen zich aan. Ik aarzel heel even maar omhels hem dan krachtig. 'Ze gaan bijna beginnen,' zeg ik.

'Ik kom helemaal uit Afrika. Ze kunnen wel even wachten.' Hij wendt zich tot het meisje dat niet ouder kan zijn dan vijfentwintig. '*I told him they will wait for us.*' Hij lacht, ze lachen alle drie.

'Victor,' zegt mijn vader en zijn stem lijkt een beetje te breken. Het ergert me. '*This pretty girl... her name is Maureen.*' Ze heeft het onzekere lachje van een meisje. Maar haar blik is warm, aangenaam. Ze is heel mooi. '*And this is Marcus.*' Wat me aan hem opvalt: zijn grote handen.

Een zucht van opwinding golft door de kerk als ik aan de zijde van mijn vader binnenkom. Opwinding zoals voetballers ten deel valt wanneer ze het veld opkomen vanuit de catacombe. Enkele Polen grijpen mijn vader en omhelzen hem. Voor de oude Poolse tantes buigt hij door zijn knieën zodat ze niet op hoeven te staan. Hij kust hun handen. Opgewonden gepraat vult de ruimte.

'Ciocia Tosia,' zegt mijn vader bij de oudste van het stel. Bij leven lijkt mijn oude tante op mijn opgebaarde oma. Met haar handen tast ze mijn vaders gezicht af, daarna drukt ze hem aan haar boezem en begint te huilen. Hij huilt ook en dan zet het orgel in.

Aan mijn linkerzijde zit mijn moeder en ik hoor haar slikken. Mijn vader neemt rechts van me plaats, met daarnaast Maureen. Marcus heeft achter in de zaal een vrije plek gevonden. Hij zit zowat naast Sjef, die daar een beetje om moet grinniken, maar hij beseft vlug genoeg dat het geen dag is voor een glimlach, zelfs niet voor een kleine.

'Dag madam,' fluistert mijn vader terwijl hij mijn moeder een zoen op haar wang drukt. 'Gecondoleerd, Roman,' antwoordt ze. Hij knikt ernstig en sluit zijn ogen.

Tijdens de mis word ik onverwacht naar voren gevraagd om een kaars van het altaar naar de kist te verplaatsen. Zodra ik beweeg, sputtert de vlam. Ik hou mijn hand ervoor, zoals je een sigaret in de wind aansteekt, maar het helpt niets. De vlam dreigt te doven, totdat hij opflikkert en ik hem op de kist kan zetten. Opgelucht ga ik zitten. Mijn vader houdt gedurende de hele dienst de hand van Maureen vast en mijn moeder kijkt nadrukkelijk de andere kant op.

De pastoor leest hele hoofdstukken voor uit de Bijbel. Hij laat lange stiltes vallen tussen zijn zinnen, zodat de inhoud van zijn verhaal goed binnenkomt. Als hij eindelijk klaar is, roept hij mijn vader naar voren. Geschrokken kijkt mijn moeder me aan en precies zo kijk ik naar haar.

Mijn vader vouwt zijn handen rond het katheder, alsof hij steun zoekt. Hij blikt kort de zaal in en zegt terwijl er wat geschuifel klinkt: 'Vandaag begraven we mijn lieve moeder en ik ben er zenuwachtig van dat ik alleen in deze speech de kans heb om recht te doen aan haar grote persoonlijkheid.' Hij stopt even, pakt een zakdoek uit zijn broekzak en dept zijn voorhoofd. Dan vervolgt hij: '*Moi drodzy, dziś żegnamy moją ukochaną matkę. Jestem trochę zdenerwowany, bo pozostała mi tylko ta chwila, aby podziękować jej za to, jaka była wspaniała. Rzecz niemożliwa.*' Hij neemt geen pauze: '*Aujourd'hui, c'est le jour que nous enterrerons ma chère mère. Cela me rend nerveux d'avoir seulement ce jour-ci pour tenir compte de sa forte personnalité. C'est une mission irréalisable.*' Frans. Een paar mensen lachen, maar hij is nog niet klaar. '*Dear people,*' gaat hij verder. '*Today we will burry my lovely mother and I'm nervous knowing that only today I have a chance to say a proper goodbye to her.*'

Vier talen. Ik voel angst, twijfel of ik op moet staan om in te grijpen.

'Babunia heeft geen gemakkelijk leven gehad,' gaat hij in het Nederlands verder. 'Als vrouw van een grote voetballer, vrouw van een mijnwerker en als vrouw van een individualist. Maar ze klaagde nooit en was sterk, zo sterk.'

Na een diepe teug adem te hebben gehaald, vertaalt hij de zin naar het Pools, Frans en ten slotte het Engels. De stemming is moeilijk te peilen, maar ik besluit te blijven zitten. Omdat ik geen scène wil trappen, omdat ik mijn vader de kans wil geven afscheid te nemen van zijn moeder.

Hij is een halfuur aan het woord en vertelt een prachtig verhaal, vier keer een prachtig verhaal. In sommige verhalen is hij twaalf en bij andere anekdotes een baby. Hij vertelt verhalen die ik al eens hoorde, maar ook nieuwe. Zijn stem hapert wanneer hij vertelt dat hij zijn moeder in de steek heeft gelaten door naar Afrika te vertrekken. 'Ik moest weg,' zegt hij. 'Dat begrijp je toch wel, Babunia?' Ook die zin vertaalt hij in het Pools, Frans én Engels. Mijn moeder zucht diep.

'*What did you think?*' is het eerste wat hij vraagt wanneer hij van het podium af komt.

Maureen glimlacht. '*Beautiful!*' Hij buigt naar voren voor een kus en die krijgt hij.

'En jij?' vraagt hij mij. Hij ziet er moe uit, zijn handen trillen een beetje. Hij verbergt ze achter zijn rug, maar juist daardoor merk ik op dat hij trilt.

'Mooi,' zeg ik bedrukt. Hij knikt tevreden.

Trieste orgelmuziek speelt, een koor zingt. Naast me snikt mijn moeder. Mijn vader geeft me zijn zakdoek. 'Voor haar,' zegt hij. Ze dept haar ogen ermee.

In een stoet lopen we achter de kist aan naar de begraafplaats. Sjef sluit de rij. Hij heeft mijn vader niet de hand gedrukt; mijn vader weet niet eens dat mijn moeder een nieuw iemand heeft gevonden. Het grind op het pad kraakt. Achter de bomen die om de begraafplaats heen staan, doemt het voetbalstadion op. De capaciteit is uitgebouwd, maar het stadion schijnt nooit vol te zitten.

Mijn vader loopt vlak achter me. 'Kijk,' zegt hij. Automatisch draai ik me om. Hij wijst naar het stadion en merkt niet eens op dat ik naar hem kijk. '*I'm talking Dutch to you again*,' zegt hij. '*But look, Marcus. This is the stadion of a famous club here in Belgium. When I was a kid, I played for them a few times.*'

'*Nice*,' antwoordt Marcus. '*Amazing, Roman.*'

Hand in hand loopt mijn vader met Maureen, de vicepresidente van het General Healthplan Uganda.

Nadat de kist in het graf is gezakt, staat er een koffietafel klaar in een bedompte ruimte waar lange gordijnen voor de ramen hangen en rouwboeketten met witte linten op de tafels liggen. Slappe koffie dampt in kannen, en ook de thee is slap. Er is cake als een spons, volgezogen met vet. De Polen gaan aan een tafel zitten en staan alleen nog op om koffie bij te schenken. Mijn moeder maakt met veel mensen een praatje. Sjef probeert niet al te opvallend aan haar zijde te blijven.

'Waarom staan er geen schalen met eten op de tafels?' vraag ik mijn moeder wanneer we even alleen zijn. 'Vraag het aan je vader,' antwoordt ze. Maar die is veel te druk. Hij loopt tussen de mensen heen en weer, maar hij komt niet naar mij toe. Met een schuin oog houd ik hem in de gaten. Na een tijdje voegt hij zich bij de Polen en dan trekken ze alsnog een fles wodka open.

'Kom,' zegt mijn moeder. 'We gaan. Je vader had een waardig afscheid moeten regelen voor Babunia, dit is vreselijk. Toen Dzia Dzio werd herdacht, was het bij Babunia thuis en had ze uitgebreid gekookt, je vader en ik hebben de dagen daarvoor nog uren geholpen in de keuken. Natuurlijk begon iedereen weer te zuipen toen, maar dat was toch nog veel beter dan deze verdrietige plek...'

Met mijn jas aan sta ik voor mijn vader. Hij merkt me niet meteen op, druk in gesprek als hij is met enkele ooms.

Als hij me ziet, morst hij kersenwodka uit zijn glas op zijn pak. 'Ga je nu al?' vraagt hij. Mijn moeder staat verderop te wachten. 'Blijf toch nog even.'

'Waarom?' vraag ik. 'Je zegt toch niets.'

'Victor...' Hij kijkt hulpeloos de verte in, alsof daar een antwoord geschreven staat. Hij zucht nog eens diep. '*Maureen, come here please, for a second*,' roept hij door de zaal. Iedereen kijkt op, let nu op hem.

Ze is in gesprek met Marcus, maar komt meteen. Onwillekeurig glijdt mijn blik langs haar lijf omlaag. 'Victor,' zegt mijn vader en hij kucht ongemakkelijk. 'Ik moet je wat vertellen...'

Hij slaat zijn arm om Maureen heen en ik weet het al, hij hoeft het niet eens te zeggen.

Mijn moeder loopt op Sjef af, pakt zijn hand vast en samen verlaten ze de zaal.

10

Hij staat voor de grote wereldkaart die een van de muren van mijn woonkamer bedekt. Ogenschijnlijk verzonken in de gekleurde vlakken op de kaart. In zijn hoofd vaart hij over de helderblauwe zeeën, bedwingt hij gebergten met sneeuw op de toppen. Hij kijkt naar een wereldkaart, maar wat hij ziet, is een film waarin hijzelf een glansrol speelt.

Vanuit de keuken staar ik een poosje naar hem. Dan loop ik op hem af en leg mijn hand op zijn schouder.

'Ah! Daar ben je…' zegt hij en hij drukt zijn wijsvinger tegen Oeganda, het donkergroene land in het oosten van Afrika, doorsneden door de evenaar.

'Kijk, zo ga ik.'

Met zijn vinger trekt hij een lijn dwars over de Atlantische Oceaan, zo naar Amerika, Chicago.

Stad van de maffia in grijze films.

'En dan ga ik zo.' Zijn vinger, die een beetje trilt, glijdt over de kaart naar de westkust van Amerika.

'En dan omlaag.'

Mexico, Guatemala, Peru, dwars door de Andes. Hij schuift helemaal door tot het zuiden van Argentinië.

'Vanaf daar vlieg ik terug naar Oeganda.'

Even kijkt hij me aan, zo trots heb ik hem zelden gezien. Hij zegt: 'Ik ben een moderne James Bond.'

Drie dagen na de begrafenis van Babunia staat hij voor mijn deur. Een grote tas op zijn rug. Hij draagt hetzelfde grijze pak als op de begrafenis; de kersenwodkavlek als een watermerk van zijn rouw in het jasje. Voorzichtig doet hij zijn tas af. Die weegt kennelijk aardig wat, want het kost hem moeite.

Als ik wil helpen, bromt hij afwerend: 'Alsjeblieft zeg, ik ben nog geen oude man.' Hij omhelst me. Ik ruik de scherpe geur van zijn aftershave. Mijn vader schraapt zijn keel, neemt me even in zich op en zegt: 'Je neigt naar voren. Had nu toch maar een poosje met die stok onder je oksels tv gekeken.' Gehaast laat hij erop volgen: 'Of mag ik dat niet zeggen? Sorry van de begrafenis, Victor. Het was hectisch. Dat begrijp je wel, toch? Ik heb mijn moeder verloren. En Maureen en Marcus, in een vreemd land. Ik...'

'Kom binnen, pap,' zeg ik. 'Kom eerst even binnen.'

Mijn huisgenoten zijn er vanavond niet. Heleen zit nog in het buitenland, misschien is dat maar goed ook. Zijn afstandelijke gedrag op de begrafenis heeft me bang gemaakt. Maar mijn angst voelt belachelijk aan nu mijn vader voor me staat. Precies de man die hij altijd is geweest, al draagt hij geen groene kaplaarzen. Dit is hoe hij is. Beter of slechter wordt het niet. 'Iets drinken?' vraag ik.

'Koffie als je hebt.' Ik toon hem de percolator die hij jaren geleden meenam. Hij herkent hem niet. 'Uit Italië,' help ik hem.

'Natuurlijk, natuurlijk. Wat een congres was dat, Milaan. Wereldstad. Onvergetelijk.' Terwijl ik koffiezet, vraag ik hem: 'Waar is Maureen? En die man?'

'Amsterdam, een paar dagen. Ze blijft langer hier. Ze

wilde winkelen, het land zien. Ik ken het land natuurlijk al, door en door.' Hij lacht even. 'Ze gaan ook nog naar Antwerpen en Brussel…'

'Ze?'

'Marcus is bij haar. Wat een mooie kerel is dat, vind je niet? Hij zegt weinig, maar wat hij zegt is raak. Hij ziet me als zijn familie.' Mijn vader kijkt geamuseerd. 'Hij zit achter Maureen aan, dat zie ik ook wel. Maar ze is trouw aan mij, geloof me maar. Ik ben misschien oud en grijs, maar ik weet hoe je vrouwen bij je houdt.'

Hierna wijst hij op de wereldkaart aan waar hij binnenkort heen zal gaan, het web van vluchten dat hij boven de wereld heeft gesponnen. Op mijn lippen brandt vanaf dat moment een vraag die ik pas stel wanneer we aan de koffie zitten: 'Je vervoert toch geen drugs?'

Alsof ik hem van een moord beticht, zo kijkt hij. 'Nooit zou ik zoiets doen!' roept hij.

'Weet ik,' antwoord ik. En wil erachteraan zeggen: Maar weet je dat zelf ook wel? In plaats daarvan vraag ik: 'Wat moet ik dan denken? Je reist kriskras de wereld over en je krijgt er nog voor betaald ook.'

'Het is goed werk wat ik doe, eervol werk.'

'Wat dan? Je vliegt van hot naar her.'

Hij zucht diep, wacht even voordat hij verder spreekt, een maniertje van vroeger. 'Als je het écht wil weten, drammer: ik vervoer informatie voor de overheid van een middelgroot Afrikaans land. Informatie en soms spullen. Dat is het. Met drugs laat ik me niet in, dat weet je best.' Hij snuift zoals Babunia kon snuiven. 'Ik heb jarenlang in het ziekenhuis gewerkt, ik heb gezien hoe drugs mensen kapot kunnen maken. Jonge mensen die hun hele leven nog voor zich hadden, zijn eraan kapotgegaan.' Zijn blik is streng. 'Als een moderne James Bond,' zegt hij. 'Zo moet je me zien.'

Op een gegeven moment vraagt mijn vader: 'Waar is je moeder eigenlijk? Je had haar best mogen uitnodigen. Hoe gaat het met haar?'

'Goed hoor.'

'Die man op de begrafenis, was dat haar vriend?' Ik aarzel en knik uiteindelijk.

'Mooi zo, mooi zo. Zag eruit als iemand die ze wel een beetje rond kan commanderen.'

'Nou...' zeg ik.

'Niet slecht bedoeld,' vervolgt hij en hij schuift heen en weer op zijn stoel. Misschien schuift hij in zijn hoofd op dezelfde manier woorden. Hij speelt met zijn lege koffiekopje, draait het om op zijn hand. Een druppel valt op zijn handpalm. 'Arme Babunia,' zegt hij dan. 'Ze zag er mooi uit, vond je niet? Precies zoals ze was. Zoals we ons haar moeten herinneren. Die armbanden om haar pols, die jurk...' Hij kijkt naar het lege kopje dat hij nog altijd vasthoudt.

'Hoe gaat het in Afrika?' vraag ik.

'Later,' zegt hij. 'Later praten we over Afrika. Nu wil ik het over jou hebben.'

'Over mij?'

'Jou ja, mijn zoon.' Hij begint te lachen. 'Weet je nog hoe je toen je drie was tegen me deed toen je dacht dat ik mijn woord niet had gehouden, in het ziekenhuis? Pijn dat je me daarmee deed. Pijn! Je hebt geen idee. Het sneed door mijn ziel. Dat kleine, boze gezichtje, bont en blauw van de operatie. En je draaide het van me weg, alsof ik het kwaad zelf was. En waarom? Omdat ik tien minuten te laat was...'

Hierna vertelt hij over zijn studententijd, verhalen die hij nog niet vaak verteld heeft. Over zijn lievelingsvakken, over het onderwerp van zijn scriptie, een scriptie die hij overigens nooit heeft afgemaakt. Over de vrijheid die hij ervoer toen hij niet meer thuis woonde, niet meer gebonden was aan de strenge regels van Babunia.

Ik heb Egyptisch gekookt vanavond. 'Heerlijk!' zegt mijn vader een paar keer met volle mond. Veel tijd om te eten gunt hij zichzelf niet. Hij is veel aan het woord en vertelt bijvoorbeeld over Babunia, die de gewoonte had de was op te hangen in de bomen in de tuin, waarna hij erin mocht klimmen om de overhemden er weer uit te halen. Hij vond het zo fijn om in de boom te zitten dat hij op een dag besloot erin te gaan wonen. 'Ik had koekjes meegenomen en een beker met water. Mijn vader vroeg boos of ik eruit wilde komen, omdat de buren voor de ramen stonden te kijken. Toen ik weigerde, liep hij naar binnen en sloot de deur. Hij liet zich niet meer zien, die was net zo koppig als jij. 's Avonds werd het zo koud dat ik niet wist hoe snel ik uit die boom moest klimmen.'

Mijn vader spreekt deze avond zo vertrouwelijk dat het me doet denken aan onze ritten naar het voetbalveld. Het verschil is dat we in plaats van naast nu tegenover elkaar zitten, zodat we elkaar aan kunnen kijken. Natuurlijk kunnen we ons nu verschuilen, achter woorden en achter onze onzekerheden, maar daar hebben we allebei geen behoefte aan.

'Waarom ben je nog een keer getrouwd?' vraag ik.

'Omdat het kon!' roept hij enthousiast. 'Een stoot van een vrouw, nog geen dertig, wil met mij trouwen. Wie ben ik dan om te weigeren? Kijk eens naar haar en dan naar mij.' Hij ziet er moe uit, maar nu lichten zijn ogen op. 'Haar vriendinnen vragen wel eens wanneer jij naar Oeganda komt. Ze zien je foto die in mijn kamer staat. Ze vinden je een stuk.' Ik weet niet wat ik moet antwoorden, en dus zwijg ik. Mijn vader vraagt. 'Weet je nog die dag dat ik thuiskwam met dat potje sperma?'

'Hmhm,' mompel ik.

'Het was shampoo! Denk je nu echt dat ik daar sperma in zou doen? En dan nog, wat zou dat bewijzen?' Hij lacht zo hard dat het kettinkje om zijn nek heen en weer zwiept.

'En die bloemkool toen je terugkwam uit Sofia... kwam die echt uit Bulgarije?'

'Van het platteland even buiten Sofia, ja.' Zijn lach doet anders vermoeden. Nu stuitert het kettinkje tegen zijn borst. Een wit steentje aan een zwart koord. Zou hij dat hebben gekregen tijdens zijn huwelijk in Afrika? Zoals we hier een ring hebben om een huwelijk te bezegelen?

Hij ziet me naar het sieraad kijken. 'Dit is mijn *lucky stone*,' zegt hij. 'Zo noemt Maureen het. Ze verkocht het me de eerste avond. Ze werkte in een winkeltje en ik had haar al een tijdje in de gaten.'

'En toen heb je met haar afgesproken, een paar keer?'

'Nee, we zijn meteen getrouwd, het klopte...'

'Was het een mooi huwelijk?' In gedachten zie ik een Afrikaans feest voor me. Het bruidspaar te midden van een kring dansende mensen in felgekleurde gewaden, en mijn vader in een of andere traditionele jurk die hem geweldig staat. Poncho, djellaba, een hoed van stro. Het staat hem allemaal geweldig. Ik zie voor me hoe na de huwelijksinwijding heerlijke stoofpotten met geurig lamsvlees in gele, rode en groene aardewerken potten op tafel zijn gezet. Kippen draaien boven een vuurtje krokant. 'Geen feest,' zegt hij. 'We moeten het een beetje zuinig aandoen, zo veel geld heb ik niet.'

'En zij?' vraag ik. 'Heeft zij geld?'

'Zij heeft niets. Ja, de omzet van haar sieradenwinkeltje, maar daar koop je nog geen pak rijst voor, zelfs daar niet.' Even is er stilte. Een stilte waarin mijn vader zijn ogen sluit. Ik vrees dat hij in slaap is gevallen, maar dan schraapt hij zijn keel. 'Weet je wat ik ben?' vraagt hij. 'Moedig. Ontzettend moedig. Net als mijn vader. Ik vertelde je toch over de moed die ervoor nodig was om de droom van het WK los te laten?'

'Ja,' zeg ik zacht.

'Ik heb ook mijn dromen gehad,' vervolgt hij. Met zijn vingers tikt hij tegen de scherpe punten van zijn vork. 'Het is makkelijk bij tegenslag jezelf over te geven. Van een flat te springen zoals wujek Kazik, ken je die nog? Een lafaard. Hij liet zijn jonge kinderen achter. Wat denk je dat er van hen geworden is? Van die arme kinderen? Woest was ik op hem, ook al was hij al dood. Zo je kinderen in de steek laten.' De woede die hij toen moet hebben gevoeld, vonkt opnieuw in zijn ogen. 'Of die andere neef van me die voor een trein sprong. De makkelijke weg. Moed heb je nodig om te overleven, en dat hebben wij. Ook je opa had dat, wat een sterke man.'

Zijn stemverheffing herinnert me aan vroeger. 'Rustig,' zeg ik. 'Rustig maar, pap.'

'Schaam je niet voor me!' schiet hij uit zijn slof. 'Leer wat van mij! Mijn hoofd springt soms van ellende uit elkaar, dan wil ik weg van dit alles, maar ik zal het nooit doen. Hoor je me? Nooit zal ik dat doen. Dat is het verhaal van mijn leven, en misschien wel het verhaal van élk leven. Daarom begon ik aan dat boek over je opa, omdat het zo rauw is, precies hoe het leven loopt. Dat moeten de mensen weten, dat is een belangrijke les. Maar ik ben geen schrijver...' Hij knippert onrustig, tokkelt met zijn vingers op tafel. 'Dat reizen van mij is natuurlijk heerlijk. Maar het lost zo weinig op. Ik stopte mijn ongeluk weg. Een reisje naar Argentinië, een weekje Peru, China. Reizen die me niet zoveel opleverden, vluchtig geluk. In Oeganda heb ik de rust gevonden, en liefde, liefde is belangrijk. En werk. Ik reis nu met een doel. Dit is waar ik mijn hele leven naar op zoek ben geweest.'

Hij staat op, kijkt mijn woonkamer rond alsof hij desondanks nog steeds op zoek is. Wanneer hij weer is gaan zitten, vraag ik: 'Blijf je dan nu in Nederland?'

'Nee natuurlijk,' antwoordt hij. 'Ik hoor maar op één plek thuis: Afrika. Tot nu toe heb ik verkeerd geleefd. Ik stopte mijn ongeluk weg, Victor. Niet over nadenken, dacht ik. Gewoon iets anders doen, maar zo werkt het niet... Weet je wanneer ik echt gelukkig ben geweest?' Hij schraapt weer zijn keel. 'Wanneer ik thuiskwam van een reis. Dan voelde ik me fijn. Mijn lichaam vol met de adrenaline van de tocht door een prachtig land, en dan jullie weer zien, jullie omhelzen. Jij die op me afkomt en zegt: "Dag pap." Dan voelde ik me intens gelukkig, beter kon niet. In het vliegtuig of op de boot verheugde ik me daar al op. Ik kwam helemaal tot rust met de gedachte daaraan.'

Hij leunt voorover, legt zijn hoofd in zijn armen. Minder goed versta ik hem als hij vervolgt: 'Maar het vreselijke daarvan was dat het zo kort duurde, één moment en bam! Voorbij, afgelopen. Dag geluk, foetsie. Tot de volgende keer.'

Een poosje blijft hij roerloos zitten, alsof hij het verhaal zelf ook voor het eerst hoort en het even op zich moet laten inwerken.

Aan het einde van de avond, als de laatste trein dreigt te vertrekken, krijgt hij plotseling haast. Haast zoals de keer dat hij naar Argentinië ging maar mijn moeder er nog niet was.

'Je kunt hier slapen,' probeer ik.

'Morgenvroeg vlieg ik,' antwoordt hij. 'Nee, ik moet echt gaan, maar eerst plassen.'

Misschien heeft het met haast niet eens zoveel te maken en is het vooral angst om te blijven.

Hij plast met de deur open, die duw ik met mijn voet dicht.

'Gaan we?' vraag ik wanneer hij zijn handen heeft gewassen en voor me staat. Ik heb zijn rugzak omgedaan. 'Doe onmiddellijk af,' snauwt hij en hij begint eraan te trekken. Pas wanneer hij hem zelf om heeft, kalmeert hij en loopt hij naar de deur.

Het is koud en guur buiten, weer om snel te vergeten. Mijn vader rilt. In Afrika draagt hij geen jas en hier ook niet. 'Ik ga hard werken de komende weken,' zegt hij. 'Ik heb een vervolgafspraak met de minister van Volksgezondheid. Had ik dat al verteld? Hij wil mijn plan heel graag horen, en nu dankzij Babunia heb ik het geld om het hele project te realiseren! Binnenkort heb ik een afspraak op het ministerie in Kampala.'

Ik wil trots op hem zijn. Maar ik weet eerlijk gezegd niet of het waar is wat hij vertelt. Sterker nog: ik ga ervan uit dat het niet klopt. De dag na de begrafenis van Babunia sprak in mijn geboortedorp een man me aan, een vader van een voetbalvriendje van vroeger.

'Bijzonder van dat museumstuk van je vader...' zei hij. Ik had geen idee waarover hij sprak.

Hij legde het uit. Mijn vader was nog even naar het dorp gekomen. Naar de kroeg waar ze hem zoals altijd onthaalden alsof hij jaren weg was geweest, terecht dit keer. De mannen hadden zich om hem heen verzameld en hij had verteld. Verteld over een exclusieve historische kunstschat die hij had gekocht, voor veel geld. Een beeldje dat aan koningen had toebehoord. De dorpsmythe vormde zich snel: de gekke Pool had iets heel bijzonders op de kop getikt. Een museumstuk, net zo bijzonder, volgens velen, als de bloemkool die hij jaren geleden had meegenomen uit Tsjernobyl.

Zo kruidt mijn vader zijn leven, ongeveer op dezelfde manier als wujek Lech dat vroeger heeft gedaan. Meer en meer ben ik me daarvan bewust geworden, en nu staat dat bewustzijn voortdurend tussen mij en zijn verhalen in. Zo ook als hij het heeft over de afspraak met de Oegandese minister. Gelukkig rijdt net de trein het station binnen.

Mijn vader omhelst me. Zijn hand zoekt grip bij mijn jas, hij trekt er een beetje aan, kijkt me vragend aan. Wat wil hij horen? Wil hij mijn zegen hebben? 'Pas een beetje op jezelf,' zeg ik. 'Met al die reizen.'

'Komt goed,' antwoordt hij. 'Met James Bond loopt het altijd goed af.' Hij heeft gelijk. James Bond sterft niet op een willekeurige avond in een ziekenhuis met niemand aan zijn bed. James Bond is een schepping van de fantasie en blijft in leven omdat hij zich steeds in nieuwe avonturen moet storten, want hij bestaat bij de gratie van die avonturen. Avonturen die zich opstapelen aan de horizon en daar een warmrode gloed verspreiden, als een groot vuur in de verte.

Mijn vader drukt zijn ruwe wang tegen de mijne en stapt met een hupje de trein in. Weer gaat hij op pad, zoals hij al heel mijn leven vertrekt. Steeds blijft hij iets langer weg dan de voorgaande keer.

Langzaam rijdt de trein mijn blikveld uit. Mijn vader zwaait naar me, zoals mensen die met een trein vertrekken dat doen naar hen die achterblijven. Ik zwaai terug en overdenk ondertussen deze avond, overdenk wat hij heeft gezegd over dapperheid en geluk. En terwijl ik hieraan denk, komt de trein los van het spoor, als een ritssluiting die langzaam open wordt getrokken. Eerst de voorste wagon, dan de volgende en zo verder. Totdat de hele trein een stukje boven de rails zweeft. Dan klimt hij, hoppa, hoger en hoger, in de richting van de wolken, de gloed van avonturen tegemoet. Om er vervolgens in te verdwijnen.

11

In de periode die volgt, belt mijn vader soms meerdere keren per week om zich daarna weer maanden te verschuilen in de schaduw van het continent. Onze gesprekken zijn blauwdrukken van elkaar. Hij voert het woord en ik luister. Altijd heeft hij haast. Echte haast in dit geval, geen angst om te blijven. Steeds is er iets buiten het gesprek waar zijn concentratie zich op richt, iets in de toekomst: een reis naar een ver land, een groot feest in zijn dorp, een nieuwe vrouw.

'Makkelijk is het hier niet,' zegt hij wanneer hij weer eens belt. 'Neem dat maar van mij aan. Ze werken me hier tegen, daarom heb je bijvoorbeeld nog geen brieven van me gehad.' Wie 'ze' zijn vraag ik niet, waar 'hier' is evenmin.

De keer nadat hij mijn verjaardag is vergeten, vertelt hij over een energiecentrale die door terroristen is gesaboteerd, waardoor zijn provincie dagenlang zonder stroom heeft gezeten. Andere keren spreekt hij groots en meeslepend over het onrecht dat hem in zijn leven is aangedaan: de woede van mijn moeder na de problemen met oma Mossel, de congressen die hem zijn afgepakt, zijn mislukte politieke campagne; nog steeds begrijpt hij niet dat de kassajuffrouw van de supermarkt boven hem werd verkozen. Ook windt hij zich op over het feit dat mijn moeder de reis naar China nooit een kans zou hebben gegeven. Met geen woord rept hij tijdens zijn tirades over het General Healthplan Uganda, dat een stille dood lijkt te zijn gestorven.

Een eigen telefoon heeft mijn vader nog steeds niet, en zijn rode boekje met belangrijke nummers heeft hij een halfjaar na vertrek al tijdens een boottocht in de rivier laten vallen. Regelmatig moet ik hem helpen nummers op te zoeken voor in zijn nieuwe boekje, dat hij dan ook weer vlug verliest.

Eén keer belt hij met een alarmerend bericht, waar hij zelf gelukkig om kan lachen. In zijn dorp heeft een brand gewoed. Een deel van het aangrenzende oerwoud is verloren gegaan. De inwoners hebben een keten gevormd naar de rivier en emmers en kruiken water aan elkaar doorgegeven. De dapperste mannen gooiden het water over het vuur en na uren zwoegen in de hitte van zon en vlammen is het ze gelukt de brand te bedwingen. 'Maar ondertussen stond er ook een medicijnman te dansen vlak bij het vuur,' vertelt mijn vader. 'Helemaal naakt. Zijn lul schokte heen en weer. Na een tijdje offerde hij een kip. Hij zoog het bloed uit de nek en spuwde het in het rond, naar de vlammen. Een beetje zoals de brandweer dat bij jullie met water of schuim doet. In dit geval hielp het niet bepaald, dus toen heeft de medicijnman een geit laten komen. De meest wilde van de kudde. Ook die heeft hij geslacht. Daarna heeft hij nog langer gedanst en uiteindelijk werd de brand bedwongen.'

Mijn vader lacht hard: 'Hoeveel die geit daarmee te maken heeft gehad, weet ik eerlijk gezegd niet. Maar daarna werd het even heel spannend voor mij. Je weet dat ze me hier mogen, maar ik ben wel de enige blanke, de mzungu. Een paar mensen uit het dorp, heel domme mensen als je het mij vraagt, beweerden dat het mijn schuld was dat er brand was uitgebroken. Ze verschenen boos voor mijn huis om verhaal te halen, maar gelukkig namen andere dorpsbewoners het voor me op. Maar goed ook, want als ze hier boos zijn, moet je wegwezen. Dus dat was wel even spannend, maar dat hoort erbij hier. Ze hebben een heel ander geloof dan jullie, daar moet je respect voor hebben. Inmiddels gaat het weer goed en doet bijna iedereen aardig tegen me. Ik heb flink meegeholpen om de schade van de brand te repareren, huizen opnieuw opgebouwd. Dat waarderen de mensen wel, geloof ik zo.'

'Was je in gevaar?' vraag ik.

'Gevaar, gevaar,' antwoordt hij. Meer woorden maakt hij er niet aan vuil en ik besluit het er ook bij te laten.

Er zijn maanden dat ik hem helemaal niet spreek, maar toch denk ik dan aan hem. Ook zie ik hem een paar keer door de stad lopen, of ik denk hem te zien. Mannen met dezelfde smalle bouw, met hetzelfde loopje. Dan schrik ik, natuurlijk schrik ik. Maar als ik deze mannen goed bekijk, moet ik lachen om het gemak waarmee ik mezelf op de kast laat jagen. In buitenlandse steden heb ik hier meer last van dan in Nederland. Grote steden hebben altijd zijn voorkeur gehad en tegenwoordig schijnt hij vaker dan vroeger te reizen. Over de bestemmingen doet hij mysterieus; voor mijn gevoel kan ik hem daarom overal tegenkomen.

Op een namiddag in Turijn weet ik zeker dat ik hem zie; hij staat aan de bar van een espressotentje. Ik loop een paar keer langs en ontdek dat het niet mijn vader is, gelukkig niet. Hoewel ik tegelijkertijd een lichte teleurstelling voel. De man gaat goed gekleed, netjes gekapt. Hoe zou mijn leven eruit hebben gezien als dit mijn vader was geweest?

Mijn echte vader vertelt op een dag over de mooiste vrouw van Afrika, een nieuwe. Hij geeft de hoorn aan haar door en met tegenzin sta ik haar te woord. Tegenzin, omdat ik denk dat ze zal verdwijnen zodra zijn geld op is, zodra hij haar hulp nodig heeft. Ze zal hem achterlaten met onstuimig liefdesverdriet, misschien wel te veel voor één man om te dragen. Precies zoals Maureen heeft gedaan. Zij is met Marcus vertrokken, met Marcus én de inhoud van de kas van het National Healthplan Uganda. Mijn vader wil er niet over praten. Het enige wat hij erover heeft gezegd is dat ze het geld aan hem had kunnen vragen, dan had hij het gegeven. Ze hoefde hem toch niet te bestelen? Tijd om bij te komen van wat hem is overkomen gunt hij zichzelf niet. De haast waarmee hij op zoek gaat naar een nieuwe vrouw vlakt mijn medelijden met hem af.

Vanuit een ziekenhuis in een mijndorpje even buiten Mbarara spreekt een dame me op een dag bestraffend toe. Mijn vader is opgenomen met malaria, alweer. '*He's drinking too much*,' vertelt ze me via de telefoon. '*It's bad for him.*'

'*I know.*'

'*Can't you speak to him and tell him to stop?*' Ze klinkt jong, waarschijnlijk ongeveer van mijn leeftijd.

'*Doesn't help, we tried many times.*'

'*You only have one father*,' zegt ze. '*You should try again and again.*'

Even weet ik geen antwoord. '*It's not that simple*,' zeg ik.

'*It is, you should come here and take care of him. That's it. Come live with him. If you don't do this, bad things will happen. Help him.*'

Altijd en overal zijn er mensen die het voor hem opnemen, die hun best voor hem doen. Vaak zijn het vrouwen.

Dit meisje, mijn moeder, oma Mossel, Babunia. Maar ook van mij krijgt hij veel gedaan. We hebben zelfs een wake voor hem gehouden. Welke levende krijgt in hemelsnaam een wake?

12

Bijna een jaar is er sinds de begrafenis van Babunia verstreken. Kerstmis vieren Heleen en ik bij mijn moeder en Sjef thuis. Eerste kerstdag eten we tussen de middag Poolse worst; een traditie die we in stand hebben gehouden. Nog steeds stroop ik minutieus het vel eraf.

De tuin ligt vol sneeuw, in de oven roosteren we wilde kastanjes en we hebben warme chocolademelk met slagroom. Onder de kerstboom ligt een grote stapel cadeaus. We eten uitgebreid, maar bij lange na niet zo gevarieerd als in mijn vaders tijd. Ik mis de chaos in de keuken; de geopende kastjes, de beslagen ramen, het prikkelende aroma van uien, de geur van gekookte mosselen en verse peterselie. Er is een nieuwe keuken; modern, met licht dat uitgaat wanneer je in je handen klapt, en een afzuigkap.

Na het diner lopen we een rondje door het dorp. Ik raak achterop. Mijn gedachten dwalen af naar mijn vader, naar vroeger toen hij veel weg was maar er wel bij hoorde. Ik besef hoe veel er de laatste jaren is veranderd: het is niet alleen de nieuwe keuken, de platgewalste tuin of de nieuwe man in huis. Ik heb tegenwoordig meer vrienden die mijn vader nog nooit hebben ontmoet dan vrienden die hem wel kennen. Zelfs mijn vriendin kent hem alleen via de verhalen. Ik mis de mogelijkheid dat hij elk moment voor de deur kan staan met een tas vol cadeautjes en een hart vol verhalen.

Het lijkt me fijn wanneer Heleen hem op een dag kan ontmoeten, zodat ze weet wie hij is en mijn relatie met hem beter kan begrijpen. Heb ik de kans laten schieten om ze aan elkaar voor te stellen?

Aan het einde van de straat staat Heleen met mijn moeder en Sjef te wachten. Ze wenkt me, maar ik doe het kalm aan. Nog even wil ik ongestoord terugdenken aan vroeger.

Wanneer ik thuiskom, zie ik op mijn telefoon enkele gemiste oproepen. Steeds hetzelfde lange nummer. Het ontroert me dat we op hetzelfde moment aan elkaar denken. 'Papa heeft gebeld,' zeg ik tegen niemand in het bijzonder. 'Meerdere keren.'

'Wens hem maar een fijne kerst als je hem vandaag nog spreekt,' antwoordt mijn moeder. Zelf gaat ze met Sjef naar de kerk voor het kerstconcert, omdat dit traditie is in zijn familie.

Mijn telefoon gaat inderdaad nog een keer af. Ik zet hem op speaker zodat Heleen mee kan luisteren. We zitten in de woonkamer die ruikt naar kaarsen. Aan de andere kant van de lijn klinkt niet mijn vaders stem, maar de stem die me ook nu weer doet denken aan de Belgische voetbalcommentatoren van vroeger.

'Antonie Van Cauteren,' zegt de man. 'Ik vrees dat ik weer slecht nieuws heb over uw vader.' Het gesprek met de Afrikaanse vrouw schiet door mijn hoofd. Waarschuwde ze me voor iets anders dan malaria? Is het nu écht mis? Met compassie in zijn stem zegt de man: 'Uw vader is aangehouden op het vliegveld van New York, onder de verdenking van spionage. Het spijt me zeer.' Ik luister half, kijk naar de kerstboom waarvan de lampjes branden, naar de piek die erop is gezet door Sjef.

Als ik opleg, omhelst Heleen me. Tranen staan in haar ogen. Mijn verdriet is haar verdriet, zo gaat dat bij relaties. Al ben ik vooral geschrokken, misschien volgt het verdriet op veilige afstand van deze schrik. 'Wat vreselijk,' zegt Heleen.

'Godverdomme,' stamel ik, meer omdat het hoort zoiets te zeggen dan dat het woord sterk in me opborrelt. Zwijgend staan we in de kamer, tot Heleen fluistert: 'Hoeveel kilo was het?'

'Wat bedoel je?'

'Hoeveel kilo had hij bij zich?' Ze wrijft over mijn rug. Felle woede komt in me op. Misschien ziet ze dit aan mijn ogen. Ze zegt: 'Daar gaat het ook niet om. Het is vreselijk.'

Weer staan we zwijgend tegenover elkaar, dan zeg ik tegen mezelf en toch hardop: 'Godverdomme, opgepakt voor spionage.'

'Cocaïne,' fluistert ze voorzichtig. 'Cocaïne, Victor.'

'Ik heb geen zin dit aan mijn moeder te vertellen,' zeg ik. Toch doe ik dat meteen wanneer ze terug is uit de kerk. De tijd dat ik geheimen over mijn vader voor haar bewaar ligt achter ons.

13

Gearresteerd in New York, hoe krijgt hij het voor elkaar? De dagen na kerst zijn mijn gedachten onrustig. Het ene moment verwacht ik dat mijn vader de komende jaren geen voet meer buiten een Amerikaanse gevangenis zal zetten. Vlak na die gedachte besef ik dat dit het zoveelste valse alarm kan zijn, dat hij allang aan het bananenbier zit in Ouagadougou of welke wereldstad dan ook, dat hij daar een of ander jong ding het hof maakt.

Een volle week wacht ik in spanning; de ambassade belt niet en ook mijn vader neemt geen contact op. Wanneer ik op een middag thuiskom in mijn studentenhuis zit in mijn brievenbus een brief met een grote rode stempel erop. De brief is gedateerd op de dag na Kerstmis en begint als volgt:

> Ze hebben James Bond gepakt. Terwijl hij niets fout heeft gedaan, de onschuld valt te lezen in zijn handpalm. Ze hebben hem gepakt terwijl hij erin is geluisd. En nu valt de zure regen op de arme Brit. Spartaans wordt hij behandeld, hier valt weinig te lachen…

Vanaf dan komen week in week uit zijn berichten binnen. Liederlijke brieven, geschreven met trillend potlood. Vlekken dansen over het papier. Zijn statige handschrift houdt de grote woorden die hij in zijn brieven gebruikt met moeite overeind. Soms stuur ik wat terug, lang niet altijd; het schrijven van een antwoord kost me meer moeite dan ik aan mezelf wil toegeven. Ik heb meerdere pogingen nodig om een brief te voltooien, veel gooi ik er weg zonder te versturen. De juiste toon vind ik niet. Ik praat tegen hem alsof hij een kind is, heel voorzichtig. Wat ik ook probeer, hoe lang ik er ook voor ga zitten: in elke brief sijpelt deze toon door.

Zijn proces komt traag op gang; het lijkt alsof ze hem zijn vergeten. 'Een tactiek om me klein te krijgen,' zegt hij wanneer hij me een week na zijn eerste brief opbelt. 'Ik, onschuldig, zit hier tussen verkrachters en moordenaars. Kun je je dat voorstellen?' Dit kan hij pas zeggen nadat een computerstem me heeft gevraagd of ik een *collect call from an inmate of a federal prison* wens te accepteren. Wanneer ik dit hoor, besef ik dat het geen misverstanden kunnen zijn die hem daar houden, die hem tot een *inmate* maken. Het is ernstig, en elke keer als de computerstem me sindsdien toespreekt, raak ik ervan doordrongen hoe ernstig precies. Ook word ik me bewust van de mogelijkheid die de stem me biedt. Ik kan weigeren het gesprek aan te nemen. Ik kan mijn vader de toegang tot mijn leven ontzeggen. In dit geval via de telefoon, maar vervolgens kan ik ook zijn brieven niet meer openen of zelfs terugsturen. Stap voor stap ban ik hem op deze manier uit mijn leven. Deze gedachte werkt bevrijdend; ik heb de keuze! Al weet ik heel goed dat het een besluit is dat ik onmogelijk kan nemen, omdat ik me verantwoordelijk voor hem voel. Al sinds ik me kan herinneren waak ik over zijn gezondheid en voor zover ik dat kan beïnvloeden ook over zijn geluk.

Daarom hoor ik hem elke keer aan, luister hoe hij vertelt over de dagen die op elkaar lijken, met uitzondering van de zondag, want dan hoeft hij niet te werken en mag hij langer rondlopen op de luchtplaats.

'Wedden dat dit telefoongesprek wordt afgetapt en vertaald?' zegt hij een keer fel. 'Elke fout die ik maak wordt tegen me gebruikt. Terwijl ik onschuldig ben. Ik heb niets gedaan! Ik een spion? Wat een grap.'

In zijn brieven zet hij onder het woord onschuldig steeds een streep.

Eén beeld krijg ik niet van mijn netvlies. Mijn vader fluistert het in de hoorn en ik moet moeite doen het te verstaan. Het beeld bijt zich in me vast en ik kan me er niet van losmaken. Even voel ik de verleiding hem te laten stikken. Is ieder mens niet verantwoordelijk voor zijn eigen geluk?

Het beeld dat ik niet kan loslaten: mijn vader zit in het vliegtuig dat zich klaarmaakt om te vertrekken. De deuren zijn al gesloten, maar het vliegtuig vertrekt niet. En mijn vader voelt dat de reden dat het nog niet is opgestegen bij hem ligt, zo vertelt hij het me achteraf althans. En dan komen vier agenten binnen, overleggen kort met een stewardess en lopen op hem af. Hardhandig tillen ze hem op uit zijn stoel. 'Met spionnen, want dat ben ik voor hen, wordt niet gelachen,' vertelt mijn vader met bevende stem aan de telefoon. Tussen vier agenten in wordt hij het vliegtuig uit gevoerd, de trap af. Op de landingsbaan staat een politiebusje te wachten. Bij het instappen stoot mijn vader ook nog eens zijn hoofd tegen het portier.

Drie dagen verhoren ze hem. Tussen deze verhoren door zit hij in een cel van drie bij twee. Zonder schone kleding. In de hoek een pot voor zijn behoeftes. Twee, drie keer per dag brengen ze hem naar een ander klein rotkamertje waar hij uren op een stoel moet zitten terwijl ze op hem in praten. Ze geloven zijn onschuld niet, willen dat hij meewerkt met het onderzoek, dat hij namen noemt. Mijn vader wil alles prijsgeven wat hij weet, maar hij weet bar weinig. Kwaad sturen ze hem terug naar zijn cel, een cel die stinkt naar zijn eigen pis. Zo gaat het een paar dagen, dan plaatsen ze hem over naar een echte gevangenis.

'Do you accept a call...'

'*Yes.*'

'Victor, ik word gek hier. De cel is zo klein. Hoe halen ze het in hun hoofd? Vijf of zes meter oppervlakte! Mijn varken in Afrika had nog een groter hok dan ik, zelfs het konijn bij ons thuis vroeger had meer ruimte. En die aten we op met de kerst.'

'Wanneer is je proces?'

'Proces, proces... geen idee. Daar zeggen ze niets over. Ik zit maar te wachten. Om acht uur gaan de lichten uit. Acht uur. Zit ik daar in een donkere cel, niets om mijn gedachten af te leiden. Ik maal over hoe ik mijn leven vorm heb gegeven, over jou. Over de pech die ik weer heb. Geen kant kan ik op. Precies als op die boot destijds, dat congres op het water. Ik doe mezelf nog eens wat aan hier.'

Ik schrijf hem na deze uitspraak nauwgezetter terug, en de eerstvolgende keer dat ik hem spreek, trilt mijn stem, want hij is dan misschien verantwoordelijk voor zijn eigen geluk, toch voelt het nog steeds alsof het zwaarste deel van die verantwoordelijkheid op mij drukt.

'Ik heb een man ontmoet,' klaart mijn vader de lucht. 'Een vriend voor het leven. Een Moldaviër, Afrikafiel, liefhebber van donkere vrouwen. Hij is opgepakt voor drugssmokkel! Naïef als een kind. Natuurlijk onschuldig. Hij heet Azamat. Prachtige vent.'

'Fijn papa, maar weet je al meer over je proces?'

'Azamat is mijn celgenoot,' gaat hij verder. 'Een hoogleraar filosofie. Hij heeft prachtige overpeinzingen, net zoals wujek Lech vroeger. Jammer dat hij net als ik slachtoffer is van een samenzwering.' Samen lezen ze vuistdikke werken van oude Russen en van Duitse filosofen uit de gevangenisbibliotheek. Mijn vader studeert elke morgen en elke avond op de Bijbel. Azamat is een atheïst en tekent ondertussen schetsen van naakte vrouwen op de muren van hun cel. Af en toe verdwijnt hij voor een paar dagen de isoleercel in, waar hij steeds net iets verwarder uitkomt dan hij erin is gegaan.

'Daarin wil ik nooit verdwijnen,' zegt mijn vader. 'Dus ik gedraag me goed hier. Ik train mezelf. Niet op kracht maar op conditie. Ik ben fit nu. We sporten elke dag in de eetzaal. Dan zetten we de tafels aan de kant en doen we oefeningen. Azamat doet het voor, want die heeft overal verstand van. Joggen! Van de ene muur naar de andere muur. Dat zijn ongeveer vierenzestig grote stappen heen en vierenzestig grote stappen terug. Honderdtwintig meter per keer, dus als we dat tien keer doen, hebben we een dikke kilometer gerend. Had je dat van mij verwacht?'

Heleen luistert vaker mee wanneer hij belt. Ook leest ze zijn brieven. 'Wat een man is het toch,' zegt ze nadat hij heeft verteld over het joggen tussen de gevangenismuren. 'Hij zit in de gevangenis, nauwelijks daglicht, maar hij blijft positief, is heel blij met zoiets als joggen.' Ze kijkt me liefdevol aan.

Tijdens de voorbereiding van zijn proces ontslaat mijn vader de ene pro-Deoadvocaat na de andere; niemand gelooft in zijn onschuld, niemand wil zijn zaak voorbereiden op de manier waarop hij dit wil. 'Ik ga mezelf verdedigen!' zegt hij ten slotte aan de telefoon. 'Ik zal ze op de knieën krijgen.'

Bijna iedereen weet dat je in Amerika schuld moet bekennen voor strafvermindering. Maar mijn vader vertikt het toe te geven dat hij moedwillig staatsgevaarlijke informatie heeft vervoerd. Die domme maar eerlijke vasthoudendheid maakt me trots en ergert me tegelijkertijd. Van voor tot achter bestudeert hij de Amerikaanse wetboeken. Daar heeft hij tijd genoeg voor en bovendien krijgt hij hulp van Azamat die zogezegd alles weet.

'Ik schrijf brieven aan de president,' zegt mijn vader vol vuur aan de telefoon.

'De directeur van de gevangenis?'

'Nee nee,' lacht hij. Hij blijft hierna iets te lang stil. 'De president van Amerika natuurlijk. Barack Obama. Net als ik een vader, met een achtergrond in Afrika. Hij zal me begrijpen.'

14

Al een poos denken Heleen en ik erover te gaan samenwonen. We zijn praktisch altijd samen, maar beperken elkaar niet in ons doen en laten. We besluiten het erop te wagen. Omdat Heleen het ruimste van ons tweeën woont, trek ik bij haar in. Haar appartement ligt zo ongeveer aan de gracht. Een etage met drie kleine kamers, waarvan een de woonkamer, waarin ik het eierschalenschilderij met de scheur aan de muur hang. Heleen vindt het een lelijk ding. Ik mag het onder één voorwaarde ophangen: ik moet het laten taxeren. Voor de verzekering, zegt ze. Ik denk dat ze gewoon benieuwd is.

Ik heb altijd geaarzeld dit te doen, exact om dezelfde redenen waarom ik nooit de opstellingen heb gecontroleerd van de Franse bekerfinale in 1939. Nu neem ik het schilderij mee naar een klein pand aan de gracht. Ik daal een trappetje af en daar zit een man, een Iraniër met een dun brilletje op zijn neus. Precies zoals ik verwacht van een taxateur neigt hij iets naar voren. De Iraniër schudt streng het hoofd wanneer ik hem het schilderij voorhoud, prikt met zijn vinger onbehouwen in de scheur. Ik haat hem intens.

Het schilderij hang ik in onze gezamenlijke woonkamer boven de bank.

Mijn vader schrijft me in deze periode minder brieven. Hij is veel te druk met zijn zaak. Ook bellen schiet erbij in. Het lukt me een poosje niet te veel aan hem te denken, al glipt het beeld dat hij in een cel zit soms vlak voor het slapengaan mijn hoofd binnen, om daar onstuimig huis te houden. In mijn brieven schrijf ik hem over mijn leven, over mijn studie die er bijna opzit. Ik overweeg nog een studie te gaan volgen, journalistiek bijvoorbeeld. Twee dagen in de week werk ik als bureauredacteur bij een medische uitgeverij. Daar kan ik na mijn studie meerdere dagen aan de slag, maar ik weet niet of ik dat wil. Heleen is ondertussen afgestudeerd in de psychologie en begonnen aan de kunstacademie; ze schildert abstract. In onze woonkamer hangen we haar beste werken op. Het schilderij van mijn vader verdwijnt naar de gang.

Een paar keer per jaar maken Heleen en ik tripjes naar fraaie Europese steden waar we een dag of vier verblijven en de stad proberen te doorgronden; hoewel ik weet dat het onmogelijk is dat mijn vader in deze steden is, denk ik hem toch altijd wel één of twee keer te zien.

Over de minder fijne kanten van mijn leven, die zich onherroepelijk voordoen maar die gelukkig nauwelijks permanente sporen in mijn ziel achterlaten, zwijg ik tegen mijn vader. Sindsdien gaat het schrijven me makkelijker af. Omdat hij ook liever praat over wat er allemaal goed gaat, zijn onze gesprekken opgewekt. Deze opgewektheid kan blijven bestaan omdat hij niet één keer vraagt: 'Waarom help je me niet?' Of: 'Waarom bezoek je me hier niet een keer?' Zelfs niet: 'Denk je dat ik schuldig ben?'

Op mijn beurt hou ik de vragen die me jaren beziggehouden hebben voor me. Terwijl ik denk dat hij eerlijk zal antwoorden, dat alle redenen om niet eerlijk te zijn achter ons liggen.

15

Zijn proces is nog steeds niet echt begonnen en ik, de goede zoon van dienst, zoek geen advocaat die mijn vaders belangen beter kan behartigen. Ik praat hem niet uit het hoofd zichzelf te verdedigen. Wanneer hij vertelt over de brief die hij aan Obama heeft geschreven, spreek ik hem niet tegen. Ik ontmoedig hem niet. Wat hij wil horen is dat de wereld zit te wachten op zijn vrijlating, reikhalzend uitkijkt naar het moment waarop hij de deuren van de gevangenis uit zal lopen. De wrange waarheid, die mij ook verdriet doet, is dat zelfs zijn eigen zoon daar zijn best niet voor doet, want waar moet hij dan naartoe? Terug naar Afrika? Als ik daaraan denk doemen nieuwe rampscenario's op; nog grootser en meeslepender dan de problemen waarin hij zich tijdens die paar jaar in Afrika al heeft weten te storten. Hoe moet hij zich daar redden? Overal heeft hij schulden, nergens een huis om in te wonen, nauwelijks nog vrienden die hem onderdak zullen aanbieden en al zijn oude maar ook meer recente liefdes zijn verdampt.

Nee, in de gevangenis is hij beter af dan in Afrika. Aan

drank kan hij er niet komen en hij is er een slaaf van de regelmaat: vroeg opstaan, op vaste tijdstippen werken. Elke dag wordt even laat het licht in de cellen uitgeknipt. Regelmaat hield hem tijdens het huwelijk met mijn moeder lange tijd aardig in het gareel. Nog zelden klinkt hij slecht aan de telefoon, niet langer klaagt hij over de verplichte versmalling van zijn wereld – de kleine cel, de koude vloer 's nachts als hij opstaat om te plassen, het gebrek aan daglicht. Met hem zitten zijn soms wonderlijke en bijna altijd grootse gedachten opgesloten, en dat lijkt hem goed te doen.

Op een dag wordt hij overgeplaatst naar een andere gevangenis in New York. Daar zitten vooral fraudeurs, low-profile drugsdealers en -gebruikers. Azamat volgt hem een paar weken later. Op donderdagen speelt mijn vader voetbal op de binnenplaats, met een bende Mexicanen. Hij speelt linksbuiten. 'Ze zeggen dat ik hun mascotte ben, hun *topito*. Ze verbazen zich erover hoe goed ik kan voetballen. Mijn conditie is uitstekend, dat komt omdat ik niet meer drink. Ik scoor niet zoveel maar ik speel goed. Ik neem de ballen net zo aan als jij – links en rechts, en dan op doel schieten. Blits is het. Prachtige mannen zijn het, die Mexicanen. Ze vinden het geweldig dat Dzia Dzio nog naar het WK heeft gekund, daar hebben ze veel respect voor. Sommigen van hen zijn echt jongens, geen mannen. Onschuldig bovendien.'

Dit gaat hem zo aan het hart dat hij een boek besluit te schrijven over de onschuldigen die in de Amerikaanse gevangenissen zitten opgesloten. Ik zie hem in gedachten achter een smal tafeltje in zijn cel zitten, op een stoeltje dat kraakt, het ene been over het andere geslagen.

Veel tijd om te schrijven heeft hij niet, want hij werkt in de gevangeniskeuken. 'Hoe krijg je dat nu weer voor elkaar?' vraag ik hem als hij belt. 'Laat dat maar aan mij over,' pocht hij als vanouds. Hij vertelt dat hij onlangs voor de hele populatie kippensoep heeft mogen maken. In glimmende grote pannen met enorm keukengerei. Hele kippen liet hij twee uur drijven in kokend water om de bouillon op smaak te krijgen. 'Net zoals Babunia vroeger!'

Aan de telefoon fantaseert mijn vader over zijn toekomst, op een afstandelijke manier, alsof hij het over het leven van een ander heeft. Hij lijkt erop te rekenen nog jaren vast te zitten, terwijl hij nog niet is veroordeeld. In zijn eigen onschuld gelooft hij nog steeds heilig, terwijl zijn geloof in het Amerikaanse rechtssysteem tot een nulpunt is gedaald.

Op zijn verzoek stuur ik brochures van Mozambique, daar houdt het ware geluk zich volgens hem schuil. Later, als er weer maanden zijn verstreken, wil hij na zijn vrijlating per se naar Japan, volgens hem het land van de toekomst. Ook heeft hij het over een nieuw healthplan, voor heel Afrika dit keer. Een grensoverschrijdend project. Hij schrijft hierover aan Obama. Hoe langer een antwoord van de president uitblijft, hoe groter volgens mijn vader de kans dat het op een dag in zijn postvakje ligt. Vrijdags komt de post. Elke week is hij hoopvol gestemd, steeds tevergeefs. Hij krijgt brieven van mij, van mensen uit Afrika en zelfs van enkele oude kennissen uit het dorp die hem op het spoor zijn gekomen. Ook zijn oude psychiater schrijft hem nu en dan. Maar Barack Obama laat niet van zich horen.

Mijn vader heeft het vaak over een Afrikaans meisje, een meisje van mijn leeftijd. 'Ze is een magnifieke actrice,' zegt hij. 'Zo mooi als een prinses.'

'Oké papa.'

'Nee echt. Ik maak geen grap. Ze wil actrice worden en dat wordt ze ook, reken daar maar op. Maar dan moet ze wel naar Parijs, daar gebeurt het volgens haar. Ik zou haar daar mee naartoe nemen, maar ik werd opgepakt. Nu kan ik haar niet meer helpen.'

'Dat is jammer,' zeg ik.

'Kun jij haar wat geld voorschieten? Als ze eenmaal daar is, redt ze zichzelf wel. Ze is heel goed. Ik ken haar uit Kenia, een bekende nachtclub daar. Zij was het mooiste meisje daar.'

'Ik heb ook niet zo veel geld.'

'Nee, snap ik,' gaat hij verder. 'Is het nog aan met je vriendin? Anders kun je haar misschien eens opzoeken in Parijs tegen de tijd dat ze daar woont... denk er eens over na.'

Twee weken na dit gesprek wordt hij tot twaalf jaar veroordeeld. Hij belt om de veroordeling aan me te vertellen en klinkt moe maar opgelucht. 'Misschien zoek je me op een dag op,' zegt hij berustend, dromerig. 'Dan land je met een helikopter op het plein, spring ik erin en stijgen we samen op naar betere oorden, naar mooiere tijden.'

Later krijg ik een zoon, natuurlijk krijg ik een zoon. Het leven draait rondjes totdat je er duizelig van wordt en er een beetje van in de war raakt. Deze zoon, op jonge leeftijd al een begenadigd voetbaltalent, zal ik over zijn Dzia Dzio vertellen, mijn vader. Misschien doe ik dat op een fraaie zomerdag terwijl we buiten in het gras zitten. Ik zal hem vertellen over de reislust van zijn Dzia Dzio, over tafels gevuld met door hem bereide, heerlijke maaltijden tijdens feesten, over zijn Poolse achtergrond, over het voetbalveld dat hij in de tuin voor me maakte, over zijn viertalige speech tijdens de begrafenis van Babunia en over zijn uiteindelijke vertrek naar Oost-Afrika. Ik zal vertellen dat hij daar een tuin had met een varken en ook dat er avocado's, guave- en mangobomen groeiden. In het zuiden van Oeganda lag zijn zelfgebouwde huisje, ingeklemd tussen het oerwoud en een grote rivier.

Wat ik mijn zoon bespaar is de prijs waarmee mijn goede vader zijn zoektocht naar vrijheid en geluk heeft moeten bekopen. Hoe hij uiteindelijk afgesneden is geraakt van de wereld waar hij zo van heeft gehouden. Terechtkwam op een plek waar hij nauwelijks kleur kon geven aan zijn bestaan. Ik vertik het dat beeld aan mijn zoon te schetsen, hem die les over het leven te leren. Want in hemelsnaam, wat voor les is dat?

Liever vertel ik hem een variant van de waarheid. Als hij een volwassen vent is, belast ik hem met het echte verhaal. Dit in tegenstelling tot mijn eigen vader die nooit liet weten hoe het afliep met Dzia Dzio, dat moest ik van mijn moeder vernemen. Maar het was zijn verhaal. Hij was begonnen het te vertellen, dus had hij het af moeten maken.

In de versie voor mijn zoon verander ik enkele details, zodat het een vollere en kleurrijkere geschiedenis wordt, een verhaal dat beter past bij mijn vader. Ik verplaats de hele kwestie naar het Oostblok, laat hem oppakken op het vliegveld van Sint-Petersburg. Voor spionage uiteraard. Hij raakt al snel verstrikt in het Russische rechtssysteem dat weinig met het ware recht te maken heeft; kafkaësk, corrupt, gedeeltelijk tot vermaak van mijn vader die houdt van onorthodoxe methoden, onderhandse dealtjes. Met een trein transporteren ze hem naar Oost-Siberië, waar een strafkamp ligt dat niet eens een naam heeft, alleen een nummer. Tientallen kilometers buiten Krasnojarsk, een bevroren metropool waarvan hij in alle jaren dat hij in het kamp zit nooit een glimp zal opvangen. IJskoud is het er in de winter, die elk jaar veel te lang duurt. Hij draagt een jas van schapenvacht, gewatteerde laarzen en een muts van nertsenbont met oorflappen die onontbeerlijk zijn, anders vriezen je oren eraf. De telefoonlijnen zijn nagenoeg het hele jaar bevroren, zodat contact met het thuisfront moeizaam verloopt. Ongeveer eens per maand ploegt er een wagentje door de sneeuw om de post van de gevangenen op te halen. Het meest onherbergzame stuk van de route wordt de wagen voortgetrokken door vier ossen. Parallel aan het ritme van de postwagen krijg ik zijn brieven, met het rode stempel van het kamp erop. Nu en dan mist hij een maand omdat hij het te druk heeft. In het strafkamp deelt hij zijn eigen tijd niet in, sterker nog: er bestaat niet langer zoiets als *zijn* tijd. Zijn dagen staan ter beschikking van de kampleiding, zelfs het tijdstip waarop hij naar het toilet mag wordt voor hem bepaald. Hij wordt onderworpen aan heropvoedingslessen om een betere burger te worden. Waarschijnlijk verwachten ze dat hij ook een betere burger wordt door te werken aan de spoorlijn die tot in Vladivostok voert, het einde van de oostelijke wereld. Een dagtaak is dit, levensgevaarlijk bovendien, want de kou loert op eenieder en sneeuwstormen gieren om zijn oren. Hij heeft het gevoel in drie vingers verloren toen hij met tientallen gevangenen een paar uur ingesloten zat. Bovendien doemen de treinen op onverwachte tijdstippen op uit de mist en dan moeten de mannen maken dat ze van het spoor komen. Al blijft er soms eentje staan, moe van dit leven. De treinen die langsdenderen zitten vol erts, steenkool en wapens, vermoedelijk soms zelfs kernwapens. Als ze denken dat dit laatste de vracht van een trein is, houden de mannen zo lang mogelijk hun adem in.

Het strafkamp ligt aan een baai waarover mijn vader in zijn brieven graag schrijft. Zodra het even kan, zit hij aan die baai na te denken, zijn blik gericht op het water; de weidsheid ervan stemt hem tot rust. Alleen in de lente en de zomer laat het weer het toe om aan de waterkant te zitten. Dan gaat hij gekleed in een kobaltblauw uniform, zwarte legerlaarzen met stalen punten en een vierkante pet als van een Sovjetsoldaat. Hij is verplicht dit uniform aan te houden, geen knoopje mag er los zitten, al zijn er kampbewaarders die zich gematigder opstellen. Van hen mag hij op heel warme zomerdagen zwemmen in de baai. Zeldzame vrolijkheid in een droevig leven.

Maar nog steeds veel minder droef dan een grauwe

Amerikaanse staatsgevangenis waar iedereen schuldig is en toch ook weer niet, waar steekpartijen plaatsvinden met als trofee de afstandsbediening van de tv, en waar zeker voor een man op leeftijd nauwelijks hoop gloort. En al is er hoop, wat is dat waard op zo'n plek?

De kampbewakers in mijn versie spreken Siberisch Russisch, een dialect waar mijn vader niets van verstaat. Wanneer de Russen uit Moskou zich roeren begrijpt hij grotendeels wat er wordt gezegd; Russisch en Pools lijken aardig op elkaar. In het kamp stikt het van de Polen. Intelligentsia uit de buurt van Warschau. Ze nemen mijn vader aanvankelijk uit principe niet serieus, ze vinden hem een verwesterde Pool die met een gek accent hun taal spreekt. Dat hij een internationale spion is, naar dit kamp gestuurd in een poging hem monddood te maken, wakkert de interesse aan. 's Avonds in de barakken, dicht tegen elkaar gekropen vanwege de kou, luisteren ze naar zijn verhalen. Zijn Afrikaanse avonturen over vermeende drugspraktijken, zijn in brand gestoken Mercedes, verhalen dat hij een keer een helikopter tegen de vlakte heeft zien gaan. Graag mag hij op zijn beurt luisteren naar de geschiedenissen van de andere gevangenen. Ik zal mijn zoon vertellen dat zijn Dzia Dzio die geschiedenissen zoveel mogelijk op schrift stelt opdat ze niet vergeten worden. Verhalen worden van generatie op generatie overgeleverd, van ouder op kind. In het kamp zijn geen kinderen, zodat het voortleven van de verhalen op het spel staat. Daarom schrijft hij ze op, maar vooral ook omdat deze verhalen de grootsheid in zich dragen waarnaar hij al heel zijn leven op zoek is. Eigenlijk schrijft hij ze vooral daarom op.

Zoals het verhaal van Milos de Kozak, met negentig jaar de oudste kampbewoner. Al dertig jaar hoest hij elke morgen bloed op, maar nog steeds gaat hij met de anderen mee om te werken aan de spoorlijn. De oude Kozak heeft

Stalin nog de hand geschud en speeches van Lenin meegemaakt. Over een andere historische gebeurtenis waarvan hij getuige is geweest, vertelt hij mijn vader op een heldere middag waarop ze de horizon af kunnen kijken tot aan de bergen die in een andere wereld lijken te liggen. De Kozak wijst in de verte, de twee mannen staan tegen de zon in te turen. 'Tsjernobyl! Boem!' zegt de Kozak.

Ik zal mijn zoon vertellen dat het kampleven zijn Dzia Dzio soms aan het wankelen brengt, maar dat de Polen die hem beschimpten om zijn westerse achtergrond hem er dan doorheen slepen. Wujek, noemt hij deze mannen. Wujek Celas, wujek Igor, wujek Vlad. De laatste is een Tartaar, geen Pool, maar toegelaten tot de groep. Ze letten op elkaar, delen voedsel wanneer het schaars is, waarschuwen elkaar voor de treinen die soms zelfs zonder lampen aan komen geraasd. Ik zal hem vertellen dat zijn Dzia Dzio de kampkeuken mag runnen, een rommelige ruimte waarin het behelpen is, maar dat maakt mijn vader niets uit. Hij bereidt de heerlijkste maaltijden. Met biet en aardappel, met koolrabi's en andersoortige knollen. De gevangenen trekken soms zelf de natuur in om op konijnen, herten en everzwijnen te jagen. Met knikkende knieën, want er leven bruine beren, wilde zwijnen en wolven in de wouden, en op de omliggende steppes liggen rovers met karabijnen op de loer, die maar wat graag een leven nemen voor een gewatteerde jas. Natuurlijk drinkt mijn vader in het kamp. De gevangenen stoken illegaal wodka en wat al niet. Oogluikend staan de bewakers dit toe, uiteraard tegen de lucratiefste vorm van omkoping: de helft van de productie is van hen. Stomdronken zwalken de bewakers soms door het kamp, dat zijn de gevaarlijkste momenten voor de gevangenen.

Dit is het verhaal dat ik aan mijn zoon zal vertellen. Misschien vervang ik Milos de Kozak door Izaha de Mongool, of een naamloze Tartaar. Veel maakt dat allemaal niet uit. Het gaat erom hulde te brengen aan de strijdlust van mijn vader, hulde te brengen aan zijn vermogen de tegenslagen in het leven het hoofd te bieden, verloren dromen voor lief te nemen en voorwaarts te blijven gaan. Ik vertel mijn zoon over de straf die tegen zijn Dzia Dzio is uitgesproken, maar die hem er niet onder heeft gekregen. Zoals eerdere valse aantijgingen over drugssmokkel in Afrika hem niet van zijn stuk brachten, zoals de malaria-aanvallen hem nauwelijks leken te deren. Ondanks zijn donkere buien, zijn neerslachtige gedachten en suïcidale neigingen beschikt mijn vader over een oerkracht die hem keer op keer op de been weet te houden. Het is dezelfde kracht die mijn opa vroeger in de mijnen heeft geholpen het misgelopen WK te accepteren en daarna nog iets van zijn leven te maken, al werd het vanaf daar niet gemakkelijker voor hem. Dzia Dzio's oerkracht om te overleven is overgegaan op mijn vader, die zich dapper heeft verweerd nadat zijn leven de ene onverwachte en ongewenste wending na de andere nam. Nooit heeft hij zijn toevlucht gezocht tot het ultieme middel waarmee de Poolse ooms hun problemen voorgoed dachten te kunnen bezweren.

Mij wacht nu op mijn beurt de taak mijn zoon te leren wat ik van mijn vader meegekregen heb: het leven draait rondjes, omsingelt je naarmate je ouder wordt, net zo lang totdat je geen andere mogelijkheid meer hebt dan je handen in de lucht te steken en jezelf over te geven. Als het eenmaal zover is, moet je weten hoe je daarna te verweren.